JAMES BOND
007典藏精选集

神秘金手指

[英]伊恩·弗莱明　著

席伟健　译

007

北京联合出版公司
Beijing United Publishing Co.,Ltd.

图书在版编目（CIP）数据

神秘金手指 ／（英）弗莱明著；席伟健译. — 北京：北京联合
出版公司，2016.6（2019.3重印）
（007典藏精选集）
ISBN 978-7-5502-7427-3

Ⅰ. ①神… Ⅱ. ①弗… ②席… Ⅲ. ①长篇小说－英国－现代
Ⅳ. ①I561.45

中国版本图书馆CIP数据核字(2016)第067391号

神秘金手指

作　　者：伊恩·弗莱明
出版统筹：新华先锋
责任编辑：徐秀琴
特约编辑：徐　玥
封面设计：吴黛君
版式设计：徐　倩

北京联合出版公司出版
（北京市西城区德外大街83号楼9层　100088）
三河市嘉科万达彩色印刷有限公司印刷　新华书店经销
字数158千字　620毫米×889毫米　1/16　15印张
2019年3月第2版　2019年3月第2次印刷
ISBN 978-7-5502-7427-3
定价：59.00元

007

2

楔　子

　　世界各国的黄金突然出现大量的流失，而黄金的黑市交易却异常火爆。虽然各国都在储存的金锭上做有标记，但是，这些金锭经过熔化重铸后就没有任何迹象可循了。这时，政府部门把目光转向了巨富金手指，怀疑他参与了黑市的黄金交易，因为他作为一位国际商人，可以合法地拥有并使用大型的铸造设备。他在日内瓦拥有一座规模很大的银行，各国都有大量的黄金储备存放在那里。然而，没有任何证据可以证明黄金的外流活动与金手指有关。为了查清其中奥秘，詹姆斯·邦德受命调查金手指。

　　邦德一路跟踪金手指到了日内瓦，发现了金手指外运黄金的秘密，他通过用黄金铸造车身的方法将黄金重新熔化后再铸成金块。邦德在追查过程中意外地听到了大满贯行动计划。金手指的手下发现了邦德，将他抓了起来。金手指并不急于杀死他，反而得意地将大满贯行动全部讲给他听。原来，这个阴谋针对的是金手指在日内瓦那座银行中价值600亿美元的黄金储备。金手指策划使用飞机释放毒气使银行周围的六万人包括四万军队与一些居民死亡，然后炸开银行，利用一名原子专家将一枚小型核弹引爆金库，致使世界各国在此储备的黄金受到辐射污染，这样一来，世界各国的黄金就无法进行流通，而金手指控制下的黑市黄金交易将获得十倍以上的巨额利润，垄断整个世界的黄金市场。

　　被软禁的邦德将会怎样？金手指的阴谋计划是否能够得逞……

詹姆斯·邦德坐在迈阿密机场休息室最后一排的沙发上，两杯波旁威士忌（一种美国产的烈性威士忌）下肚后，他思考着生存与死亡的问题。

他的职业中有一部分是杀人。他从来没有喜欢过这种营生，但是当他不得不杀人时，他会尽量做得干脆利落些，然后让自己尽快忘记这又一次的杀戮。对于一个手持特别的"两个0"打头的证件去杀人的特工来说，在执行任务时杀人便是他所要做的工作，这就要求他像外科医生一样冷酷地对待死亡。如果杀戮与死亡不幸发生，就该坦然面对。后悔可不是一个好的职业习惯，那是短视的妇人之仁，如果搞砸了，自己的小命就得丢掉。

然而，邦德心里对于刚才那个墨西哥人的死却有些奇怪的感觉，那一幕让他印象深刻。不过这并不表示那个人不该杀。他是一个邪恶的人渣，别人都叫他"歹徒"。这种人为了40比索就敢杀人越货，这点钱也就相当于英国的25先令。当然，既然有人雇他来杀邦德，给的钱肯定不是这个价码。从这个人的面相上来看，他被自己一生中的痛苦与穷困吞噬了灵魂。当然，这个人早就该死，但在不到24小时之前，在杀他的时候，邦德似乎能感觉到这个人的灵魂是那么迅速、彻底地脱离了自身的肉体，从他的嘴里冒了出去，就像海地土著人画的鸟儿一样飞走了。

拿一个有血有肉的正常人跟一个行尸走肉般的人相比，两者之间的差异令人感到诧异。有血有肉的人生气勃勃，而那个如行尸走肉般的人却只是个浑浑噩噩的死魂灵。邦德面对的这个人只是一个有着姓名、地址和工资卡——也许还有一张驾照的墨西哥人。当邦德干掉他，他的灵魂离开他，离开那具臭皮囊和身上裹着的廉价衣服时，他就像被装进空纸袋的垃圾一样，等待着垃圾清扫车的到来。跟邦德杀的其他人不一样的是，他从这个浑身散发着恶臭的墨西哥歹徒身上找到了想要的东西。从这一点来说，这家伙可比其他所有墨西哥人都棒。

邦德低头看了看干掉那个墨西哥人的"武器"——他的右手外侧又红又肿，很快那里将形成一处瘀伤。邦德屈起右手，用左手轻轻揉着伤处。在他乘飞机逃脱的一路上，他一直不断地揉着那里。这是一个痛苦的过程，但如果他能保持伤处血液循环畅通，他的右手会好得快一些。邦德也不知道他还得多久就要再次用上这件"防身利器"。他揉着手，坐在角落里自言自语着，一股愤世嫉俗的凄凉感涌上心头。

"全美航空公司，明星航班，飞往纽约拉瓜迪亚机场的本公司NA106次班机，马上就要起飞，各位旅客请到7号门登机，请所有旅客登机。"

扩音器关闭时，大厅里回响起一下"咔嗒"声。邦德看了看表，离他所要搭乘的飞机起飞至少还有10分钟。他招呼女招待，又点了一杯波旁威士忌。一个厚实的阔口玻璃杯端了上来，邦德晃了晃杯中混合着冰块的液体，待冰块稍微消融后，仰头饮下一半。他掐灭了手中的烟蒂，重新靠在沙发上，左手支着下巴，闷闷不乐地凝视着阳光照耀下闪闪发亮的飞机跑道。夕阳西下，太阳的半个身子已被吞没在墨西哥湾里。

干掉了那个墨西哥人，邦德这次做的倒霉差事也画上了一个并不完美的句号。这次上面派给他的差事糟糕透顶，既让邦德感到卑劣而危险，又没有给邦德任何成就感。幸亏他勉强得以从贼窝脱身，如果不慎搭上了自己的性命，那就万劫不复了。

墨西哥的一个大老板有些罂粟田。当然，那些美丽的花儿可不是用来装点大地的。毒枭们会将这些花儿的果实掰开，榨出汁液，制成毒品。很快，在墨西哥城一个叫"玛德·德·卡乔"的小咖啡馆会有人以相对便宜的价格将这些货买走。可以想象，这个小咖啡馆里面森严壁垒。如果你想买货，就必须走进去，先点些喝的。喝完东西后，去吧台付钱，老板会告诉你该在账单上添几个"0"才能提货。表面上看这是再正常不过的守规矩的交易，除了墨西哥人，没有人会注意到这一点。然而，在万里之外的英国，由于联合国敦促各大国打击走私贩卖毒品的犯罪行为，英国政府宣布在大不列颠禁止贩运、销售海洛因。

禁令下发到了伦敦的索霍区，即便对于那些一心想以海洛因等毒品减缓病人痛苦的医生来说，这一禁令同样有效。然而，禁令是犯罪的催化剂。很快，因为英国境内的毒品集散地被发现，南亚的"金三角"地区、土耳其以及意大利等几大毒品货源地的毒品走私路线被切断了。

在墨西哥城，一个做进出口生意的商人，名叫布莱克威尔，此人口碑一向不错。他在英国有一个瘾君子妹妹，沉迷于海洛因而不能自拔。布莱克威尔很爱这个妹妹，并为她而感到难过。然而，这个女孩写信给哥哥说，如果没人帮她弄些海洛因，她很快就会死。布莱克威尔相信了妹妹的话，并着手搜寻墨西哥的地下毒品交易市场。他通过朋友以及朋友的朋友提供的特殊渠道，找到了"玛德·德·卡乔"咖啡馆，并进一步接洽到了那个墨西哥大佬。接下来，他了解到交易是如何进行的了。接着他做出一个危险的决定：如果他能通过这种渠道发大财，不仅可以缓解妹妹的痛苦，也可以取得人生暴富的秘诀。

布莱克威尔做的本行生意是肥料。他有一个仓库、一个小种植园和一个三人研发团队，主要搞土壤测试和种植研究。因此，对他来说，劝说墨西哥大佬让他入伙很容易。打着做化肥这一光鲜招牌，布莱克威尔的人可以偷偷地干从鸦片里萃取海洛因的勾当。墨西哥大佬会迅速地帮他安排好去英国的货轮。以一次1000英镑的代价，他们能让帮外交部部长送快件的人每月将一个特别的手提箱带到伦敦去。价钱是公道的。手提箱里的东西值两万英镑。墨西哥大佬命令送件人将这个箱子寄存在维多利亚火车站的行李存放处，然后将行李票邮寄给一家叫作"波安皮克斯有限公司"的一个叫斯瓦布的人。

很不幸，这个斯瓦布是个恶棍，他心中毫无"人性"二字容身之地。他认为，既然美国的青少年瘾君子一年能花上数百万美元去吸海洛因，那么他们的英国远亲也完全应该如此。在皮姆利科的两间房子里，斯瓦布手下的人将海洛因加工后，通过自己的渠道卖到各大舞场及娱乐场所。

当英国刑事调查部同他联系时，他已发了大财。为了调查他的货源，苏格兰场决定再让他神气一段时间。他们派人秘密跟踪他，先是跟到维多利亚火车站，接着又跟上了那个墨西哥的送件人。到了这个阶段，既然牵涉了外国，特工局便被召集来，邦德的任务就来了——他被命令去找送件人的货源并切断这一贩毒渠道。

邦德奉命行事。他飞到墨西哥城，迅速找到了那家叫"玛德·德·卡乔"的小咖啡馆。接着，他假装是一个来自伦敦地下毒品交易市场的买家，找到了那个墨西哥大佬。墨西哥人亲切地接见了他并把他介绍给布莱克威尔。二人刚接触时，邦德一时间很喜欢这个人。他对布莱克威尔妹妹的事一无所知。显然，这个人对贩毒并不在行，并且因为妹妹的事而对英国的禁毒政策大吐苦水，这一点让邦德觉得布莱克威尔还算是真诚的。一天晚上，邦德潜进了布莱克威尔的仓库，安装了一颗定时炸弹。离开后，他在几英里[1]外的一家咖啡馆里坐下，看着远方屋顶火焰腾空而起，聆听着救火车呼啸忙乱的声音。第二天早上他给布莱克威尔打了电话。

---

[1] 1英里约等于1.6千米。

他将一块手帕蒙在话筒上，说："很抱歉昨晚给您造成了巨大的损失。恐怕保险公司对于那堆您正在研究着的肥料不会按价赔付了。"

"你是谁？你到底是谁？"

"我是从英国来的。您仓库里的东西已经杀死了那个国家许多的年轻人，并毒害了为数更多的人。桑托斯再也不会有机会带着他的外务包来英国了。斯瓦布今晚也将银铛入狱。最近您接见的那个叫邦德的家伙，他也逃脱不掉法律的严惩。警方现在正在追捕他。"电话那头传来了这番让布莱克威尔颤抖不已的话。

"好吧，不过别再干那勾当了，老老实实做你的肥料生意去吧。"邦德挂断了电话。

入行不久的布莱克威尔显然看不破其中的端倪，但是邦德显然没瞒过那个墨西哥大佬。邦德提高了警惕，换了家宾馆下榻。但是那天晚上，当他在科帕卡巴那酒吧喝完酒，准备回酒店的时候，一个墨西哥人忽然拦住了他的去路。此人身穿一套脏兮兮的细亚麻布西装，头戴一顶大而无当的白色司机帽。此人有着阿兹特克人特有的高颧骨，在脸上留下两团深蓝色的阴影。他嘴角的一端戳着根牙签，另一端则叼着根香烟。他的眼睛迸射出精光，显然，他刚吸过毒，正享受着云里雾里的快意。

"需要女人吗？找女人跳支舞吧？"

"不用。"

"墨西哥女郎要不要？"

"不。"

"辣妹裸照总要吧？"

邦德对那种将手滑进衣服口袋的动作可是再熟悉不过了，就在那人准备抽出手，将刀刺向邦德的喉咙之前，他已经做好了准备，提防着这种他已司空见惯的危险。

邦德几乎是下意识地使出了以前在书上学过的格斗招式，他身体一转，右臂横砍过去。邦德的右手格挡住了墨西哥人持刀的右手，使其无法再刺过来，接着左手乘虚而入，猛击对方的下颚。邦德强有力的腕关节一使劲，手掌与手指一起用力，捏碎了墨西哥人的下巴。邦德这一击几乎将墨西哥人举了起来。但也许是刚才用的第一招便折断了墨西哥人的颈骨，杀死了他。当墨西哥人倒在地上的时候，邦德抽回了右手，用手掌外侧朝对方的喉部又猛砍了几下。邦德刚才那一击足以击碎男人的喉结，这一招就是将手指并拢，形成刀状，然后用力击出——据说这一招是特种兵们的最爱。如果这个墨西哥人刚才没被一下打死，那么在倒地之前他肯定会咽气。

邦德站了一会儿，胸口起伏不定，然后又看了一眼倒在地上的那堆包裹在廉价衣服里的烂肉。他朝街上看了一眼，一个人也没有，只有几辆汽车缓缓驶过。也许有人在他们二人格斗时经过，但当时他们处于阴影处，估计没人看得清。邦德跪在尸体边，又摸了摸那人的手腕，已经没有脉搏了。

刚才那双由于毒品的刺激而显得炯炯发亮的眼睛现如今正不甘心地瞪着，从此这个人住的房子空了，因为房客一去不复返了。

邦德扶起尸体，将他靠着放在墙边，阴影吞没了墨西哥人的尸体。接着他理了理自己的衣服，看领带系得整整齐齐，然后径直走回宾馆。

黎明时分，邦德起床后便开始剃须，准备开车去机场，赶第一班航班离开墨西哥。这班飞机飞往委内瑞拉首都加拉加斯。邦德飞到加拉加斯，在机场休息室的沙发上坐着消磨时间，等待飞到迈阿密去的飞机。到了迈阿密后，他又准备晚上搭乘全美航空公司的客机飞往纽约。

这时广播又响了："全美航空公司向各位旅客表示抱歉，由于发生机械故障，飞往纽约的 TR618 航班要延迟起飞。新的起飞时间为明天早上 8 点。请各位旅客去本公司售票处登记，我们将为大家办理住宿手续。谢谢。"

　　真倒霉！怎么会这样！眼下是该搭乘另一班飞机回纽约，还是在迈阿密过夜呢？邦德郁闷得快冗了喝杯中的威士忌了。他端起酒杯，头靠回沙发，仰脖吞下冰凉的液体。酒杯里残余的冰块碰到了他的牙，叮当一声。就这样吧，今晚干脆在这里玩玩。邦德打算在迈阿密过夜，好好地喝上几杯，喝个烂醉如泥，然后随便找个妞儿扶他回宾馆。由于工作的关系，他这酒瘾已经克制了不少年了。今晚不妨好好地乐上一乐。这个特别的晚上可是上帝赐给他的好时光，机不可失，时不再来。这是自己好好放松、享受一次的大好时机，他可不会浪费了。没办法，一直以来，邦德太紧张了，神经绷得太紧了。这些天来他怎么了，难道在为那个打算干掉他的墨西哥人渣感到沮丧吗？不是你死就是我活，无论如何，世界各地每天都有人在杀人。有人开车把人撞死；有人用散播传染病病毒的方法来杀人；有人将细菌洒到别人脸上；有人在厨房或封闭的车库故意让煤气开着，以达到用一氧化碳气体杀人的目的。还有，说到制造氢弹，从铀矿里挖矿石的矿工到坐在办公室里钻营的股东们，谁敢说自己脱得了干系？从某种意义上来说，世界上究竟还有没有人没有参与过杀害其邻居的行为？即便从统计学上来说，这个问题也不见得搞得清。

　　天边最后一丝光亮被夜幕吞没了，蓝紫色的天幕之下，机场跑道闪烁着绿色与黄色交织的灯光，机场的柏油路面上反射出暗淡的光环。一架 DC7 客机发出令人震颤的怒吼声，冲上了跑道。休息室的窗户微微颤抖着。人们站起来向那架飞机望去。邦德努力地解读着他们脸上的表情。他们希望飞机马上坠毁吗？这样他们就能有热闹看了，彼此之间也有了新的谈资，那样的话，眼下这段空虚的时光也不难打发了吧？或者，他们希望这架飞机平安无事？他们到底希望飞机上的六十名乘客有着怎样的命运，是生存，还是死亡？

　　邦德抿着嘴唇。得了吧！别在这儿瞎琢磨这些变态的东西了。然而，在执行了一项让人不舒服的倒霉任务后，有这样病态的想法，也许情有可原。够了，不能再这么紧绷着自己的神经了。邦德需要改变一下目前的生活，耳闻目睹了这么多人的死亡后，他需要尝试一下生活的另一面——今晚他需要好好享受一下舒适、高雅、从容的生活。

忽然，邦德感到有人走近了。来人站在了他的身旁。邦德抬起头一看，眼前是一个衣着得体整洁、看上去很富有的中年人。他的表情有些尴尬，神色中有些许的恳求之意。

"打搅了，不过，我想您就是邦德先生……詹姆斯·邦德——呃——先生吧？"

第二章

邂 逅 故 人

邦德不喜欢透露自己的名字，因此他冷冷地对来人说："是的，正是。"话语中充满要将对方拒之门外的冷漠。

"哦，那真是太巧了。"来人伸出手来。邦德懒洋洋地举起手，握了眼前这个人的手一下便放开了。此人的手又松又软，似乎没有关节——就像一只软泥制成的人手模型，或者像一只充气的橡胶手套。"在下名叫杜邦，朱尼亚斯·杜邦。我想您可能已经不记得我了，但是我们以前见过面。介意我坐在这里吗？"

看着眼前这张脸，邦德在脑海里搜索着他的大名。是的，看此人是有点面熟。但肯定是在很久以前了，而且不在美国。邦德在脑海中搜索有关此人的资料后做了以上的总结。杜邦先生年龄在50岁上下—— 他面色红润，脸上刮得很干净，衣着考究而规矩——"布克兄弟"
（即 BrooksBrothers，美国的顶级男装品牌）这样的名牌服饰足以掩饰
美国有钱人的罪恶—— 总之，此人一副美国大亨的派头。他身穿一件
单排扣的黑色夏式西装和一件白色低领的丝质衬衫，系着一条深红色
与蓝色条纹相间的领带，在衬衫领子的两端和领结下别着一枚金质的
安全别针。衬衫的袖口在西装袖口下露出半英寸 [1]，现出了磨光凸圆
形宝石链扣，上面有鳟鱼的微缩图案。此人脚穿一双炭灰色的丝质袜子，
皮鞋擦得光可鉴人，红褐色的老款式，显然是名牌。他手上还拿着一
顶深色窄边、草编的小礼帽，礼帽上扎了条深紫色的宽缎带。

杜邦先生坐在邦德对面，拿出一盒香烟和一个纯金的 Zippo 打火
机。邦德注意到他在微微出汗。于是邦德断定此人还算是表里如一的，
只是一个稍微显得有些忸怩不安的美国阔佬。他以前确实见过此人，
但一时想不起来是何时何地了。

"您抽烟吗？"

"谢谢。"这是一个很常见的客套。邦德假装没注意到递过来的
纯金打火机。他不喜欢用别人的打火机。于是，他从桌上拿起自己的
打火机，点着了烟。

"1951年，在法国的泉水皇家俱乐部，"杜邦先生急切地看着邦德，
"在那个俱乐部，埃塞尔，就是我的夫人和我坐在您的旁边，那天晚上，
在那张赌桌上您可是与一个法国人玩了个大手笔。"

邦德想起来了。是的，正是如此。当时在那张桌子上，大家玩巴
卡拉（一种流行于欧洲赌场的通常由三个人一起玩的纸牌游戏），杜
邦夫妇坐在 4 号位和 5 号位上。邦德当时坐 6 号位，觉得眼前这对夫
妇并无可疑之处。在那个令人兴奋的夜晚，邦德很高兴坐在自己左边

---

[1]　1英寸等于 2.54 厘米。

的人牌打得那么好，让他赢了一大笔钱。眼下邦德回想起了当时的情景——在那张绿茵茵的台面上，灯光耀眼，一双红润的如蟹爪般的手有条不紊地在桌子上忙碌着，牌打得非常棒。他似乎还闻到了当时散布在空气中的烟草的味道以及他自己身上的浓烈汗味。那个夜晚真是太棒了！邦德会心地看着杜邦先生，笑着说道："是的，当然记得您，很抱歉我的反应如此迟钝。不过那天晚上真是太棒了，当时我除了自己手上的牌没想其他的。"杜邦先生也如释重负地笑了，高兴起来："我说呢，哎呀，邦德先生。我当然理解您的想法了。我这么冒失地打扰您，真心希望您予以谅解。你看……"他打了个响指，唤来了女招待，"不过我们必须干一杯，来庆祝我们的重逢。您想来点什么？"

"谢谢。加冰块的波旁威士忌。"

"给我来杯添宝威士忌和一杯水。"

女招待转身离开去端酒了。

杜邦先生向前倾了倾身子，微笑着。一阵香皂或是须后水的香味从桌子一端飘向邦德。"我就知道是您。刚才我一看见您坐在这里，就立刻认出来了。我心里对自己说，朱尼亚斯，你通常认人认得很准，不妨过去看看吧。是这样的，今晚我也本打算乘全美航空公司的班机，不料他们宣布航班延误了。我在远处瞧见了您的表情，然后，恕我冒昧，邦德先生，从您的面部表情来看，我猜您也是要搭乘全美航空这个航班的。"说完他停顿了一下，等待邦德的肯定，不过他立刻又接着开口道，"因此我跑到售票柜台，看了看这一航班的乘客名单。这下我弄明白了，就是您，邦德先生。"

杜邦先生靠回沙发，为自己的聪明举动而感到得意。酒水端来了，他举起酒杯说："先生，为您的健康干杯。今天肯定是我的幸运日。"

邦德不置可否地微笑起来，也喝了一口酒。

杜邦先生又向前倾了倾身子。他环顾四周，周围的邻桌上都没人。

不过他还是放低了声音："我想您也许会对您自己说，是的，与这个名叫朱尼亚斯·杜邦的先生重逢很高兴，但是理由何在？为什么今晚他遇到我会表现得那么高兴？"杜邦先生扬了扬眉毛，似乎在以邦德的身份说话。邦德也故意换上一副警察讯问的表情。杜邦先生又向前挪了挪，趴在桌子上说："那么，请您原谅我，邦德先生。我不习惯去刺探别人的秘密……呃，隐私。不过，那天在俱乐部玩完牌后，我确实听人说您不仅是个了不起的玩牌高手，还是一个，呃，我怎么说好呢？就是说，您是那种，呃，搞侦探工作的人。是的，大概就是搞情报的吧。"杜邦先生说完这番话，已经为自己发出如此轻率言论而变得面红耳赤。然后他坐回去，掏出一块手帕，擦了擦前额，接着他急切地看着邦德。

邦德耸了耸肩，然后盯着尴尬的杜邦先生，灰蓝色的眼睛中眼神忽然变得凌厉而极富警戒性，其中甚至还夹杂了坦率、讽刺和自欺欺人的意味："我曾经涉猎过一些那样的事，不过战后就没干过了。那时候人们会认为做危险的事很有趣，不过现在要是再干那个，可就没什么前途了。"

"是啊，是啊。"杜邦先生夹着香烟的那只手做了个随意的手势。在提出下一个问题时，他的眼神躲开了邦德，等待邦德的下一句谎话。不过邦德心里却在想，别看这个杜邦先生身穿商标图案为绵羊的"布克兄弟"，内心里说不定是一匹狼呢。这个人够狡猾。"那么现在您在何处高就？"杜邦先生像一个慈父般笑着说，"如果您不介意我这么问的话，现在您在干哪行？"

"进出口生意。我跟通用公司做生意，也许您跟他们打过交道吧？"

杜邦先生继续跟邦德玩着捉迷藏的游戏："嗯，通用公司，我想想。是啊，对，我肯定对他们的生意有所耳闻，不过我没跟他们做过就不好说了。不过，我想将来肯定会有机会的。"接着他开怀大笑起来，"其实我在世界各地都有大量的业务往来，不过坦白地说，我唯一不感兴趣的便是化学药品。可能那是我的不幸，邦德先生，我绝不是那个化学巨头，即杜邦家族中的一员。"

邦德敢肯定，这个家伙肯定为自己与化学巨头同姓而倍感自豪呢，因而对此未发表任何评论。他看了眼手表，希望杜邦能快点演完这出戏。同时他提醒自己，眼前这个人可不好对付。杜邦先生看上去和蔼可亲，长着一张红润的娃娃脸，嘴角微微起皱，显得有些女性化。就像那些去英国旅游、挂着照相机游荡在白金汉宫的普通美国中年男人一样，他看起来不会对别人产生什么威胁。不过邦德在这一老好人的正面印象下还是觉察出些微的强硬与精干。

在邦德看手表时，杜邦先生那双敏锐的眼睛一下捕捉到了这一细节。他也故意看了看自己的表："哦，天哪！我还在这里说废话呢，已经7点了！那么，邦德先生，您看，多亏您提醒，不然麻烦就大了。如果您今天晚上不打算离开迈阿密的话，如果您能给我点时间的话，我想请您做客。那样将会是鄙人的莫大荣幸。"杜邦先生伸出了手，"那么，我想我能招待好您，让您玩个痛快。正巧我是佛罗里达一家饭店的老板，您也许听说过，我们是在圣诞节开业的。我可以高兴地告诉您，那里生意非常好。敝店名为'蓝泉'，店员们个个干劲十足。"杜邦先生颇为夸张地笑着，"为求个雅致，我们把那里称为'枫丹白露'。怎么样，邦德先生？在那里我们将给您安排一个最豪华的套间，即使那意味着我们可能要将某个已付账的顾客赶到马路上去，也在所不惜。如果您愿意光临，将是鄙人莫大的荣幸。"杜邦先生以恳求的目光看着邦德。

其实邦德已暗自决定接受这一邀请了——管不了那么多了。不管这个杜邦先生遇上了什么样的麻烦——敲诈也好，黑社会找碴儿也好，女人问题也好，总之，肯定是典型的有钱人才会遇到的麻烦。此前邦德正在琢磨该怎么享受这个老天赐给他的假日，这下可好，送上门的便宜事儿来了。既来之，则安之。不过，出于礼貌，邦德开始还得说几句客套的辞谢之语。杜邦先生闻言立刻打断了他："拜托，拜托，邦德先生。请相信我，我是诚心邀请您的，绝对诚心。"说完他又打了个响指，叫来了女招待。女招待走了过来，杜邦转过身，背着邦德把账结了。就像其他有钱人一样，他可能认为那样会让人知道自己给了女招待多少小费。在他看来，这样的暴露是不得体的，别人会认为自己在显摆。埋完单后，他将钱塞进裤子口袋（有钱人从不会把钱放在屁股后的口袋里），然后挽起邦德的胳膊。他旋即感觉到邦德对这一亲密的动作稍有抵触，于是明智地松开了手。他们二人顺着台阶走向机场大厅。

"现在我们先处理一下您订的机票的事。"杜邦先生边走向全美航空公司的售票柜台边说道。在这一刻，一反开始的谨小慎微，杜邦先生在美国，在他自己的地盘上显现出他的分量与效率。

"好的，杜邦先生。没问题，先生。我会处理好此事，先生。"

大厅外，一辆锃亮的克莱斯勒"帝国"汽车缓缓驶到路边。车一停，一个身穿灰棕色制服、看上去很结实的司机赶忙为他们打开车门。邦德跨进车里，一下坐到柔软的靠垫上。车内很凉爽，让人感到几乎有点冷了。这时，刚才那个全美航空公司的职员一下跑过来，手里提着邦德的行李箱，将箱子交给了司机，然后欠着腰退回机场大厅。

"去比尔海滨餐厅。"杜邦先生对司机说道。

汽车慢慢驶出拥挤的停车场，顺着林园大道飞驰而去。

杜邦先生靠到座位上对邦德说："邦德先生，希望您喜欢吃石蟹。以前尝过吧？"

邦德说吃过，并表示自己很爱吃这种海鲜。

这辆克莱斯勒"帝国"车先是穿过迈阿密商业区，然后沿着比斯肯大道行驶，接着又顺着道格拉斯·麦克阿瑟堤上的大道横穿比斯肯湾。这段时间里，杜邦先生先是谈了些关于"比尔海滨餐厅"的事，接着又谈起石蟹和阿拉斯加蟹相比孰优孰劣的话题。邦德不时做些适当的评论以作为回复，同时让自己尽情享受着汽车疾驶、车内的舒适环境以及随意的对话所带来的快意。

汽车将邦德他们载至一所涂着白漆的房子面前，这所房子的正面以护墙板和灰泥修筑成，建筑风格是仿摄政时期[1]风格。房子上面有一排粉红色的霓虹灯标示着"比尔海滨餐厅"。当邦德走出汽车时，杜邦先生赶忙吩咐起司机来。邦德听见他说："给我安排一下阿罗哈套间。如果有问题，就让费利先生打电话到这儿来找我，明白了吗？"

众人拾级而上。在餐厅内部，房间的窗户上装饰有白色与粉红相间的薄棉布垂饰，因此，餐厅的桌子上都笼罩了一层粉红色的光晕。餐厅里人头攒动，充满了晒得黝黑的人，个个都是一身昂贵的热带打扮——从鲜艳华贵的衬衫、叮当作响的金手镯到镶着珠宝的太阳镜，乃至小巧可爱的本地产草帽，等等，一切应有尽有。空气中飘荡着一种让人难以形容的气味。这种气味大概是那些在太阳底下晒了一天的身体所散发出的怪味吧。

比尔，一个稍微显得有些女性化的意大利人匆匆走了过来："哎呀，欢迎光临，杜邦先生。今晚稍微有点挤，不过您的位子马上就能安排好，请跟我来，这边请。"比尔单手举着一本封面为皮制的菜单，走在二人前面为他们开路，将他们领到房间里位置最好的一张六人桌旁。比尔拉过来两把椅子，打了个响指，叫来领班和侍者，并把两份菜单摆在二人前面。他跟杜邦先生讲了几句客套话后，就转身离开了。

杜邦先生把放在他面前的菜单合上，对邦德说："那么，菜让我来点吧，如果点的菜您不爱吃，可以退回去重新点。"然后转头对侍者说，"给我们来些石蟹吧，不要冷冻的，要新鲜的。再来点熔解的黄油和

[1] 摄政时期，即英国 19 世纪初一段时期。

厚片吐司。可以吗？"

"完全可以，杜邦先生。"侍者拿着菜单迅速离开，洗了手的斟酒侍者赶忙迎过来。

"来两瓶粉红香槟，要 1950 年的泊默里，再来两只大银杯，明白了吧？"

"好的，杜邦先生。是否先喝点鸡尾酒？"

杜邦转身看着邦德，他微笑着扬了扬眉毛。

邦德说："给我来杯伏特加马丁尼，再加片柠檬皮。"

"来两杯吧，"杜邦先生补充道，"两杯。"斟酒侍者匆匆离开。杜邦先生靠着椅子，又掏出了香烟和打火机。他环顾四周，不时微笑着向远处一些朝他挥手的人回礼，同时也跟附近桌上的人举手打招呼。他将自己的椅子挪了一下，以靠近邦德。"抱歉，这里恐怕有些嘈杂，"他满怀歉意地说，"不过要吃美味的蟹，只有到这儿来。这里的蟹味道相当不错。希望您不会对海鲜过敏。有一次，我带一个小姐来这里吃螃蟹，结果她的嘴唇肿得像轮胎。"

对于此刻杜邦先生言行举止发生的变化，邦德觉得有点意思——一旦杜邦觉得邦德已经上钩，可以供他驱使的时候，眼下这种有趣的话语和财大气粗的架势就在不经意间流露出来了。与刚才在机场不同的是，杜邦先生一反害羞的恳求者的姿态，神气起来了。这个杜邦先生想要邦德为他做什么呢？看来，很快他就要提出自己的要求了。邦德回答说："没关系，我吃什么都不会过敏。"

"好的，明白。"

酒点完后，杜邦先生停顿了一下，然后打开了打火机的盖子，打了好几次都没把火打着。他意识到这样的噪音有些无礼，干脆把打火机放下，推到了一边。他定了定神，把手放到桌子上，看着自己的手，下定了决心后开口对邦德说："邦德先生，您打过卡纳斯塔牌吧？"

"是的，很好玩。我喜欢。"

"是两个人打的卡纳斯塔吗？"

"我打过，不过觉得不太有趣。如果你不想糊弄自己的话——当然，如果你的对手也不这么做的话，结果往往是平手。这种牌的规则就是输赢都差不多。玩这种牌谁都占不到大便宜。"

杜邦先生用力地点点头说："就是这样。我当初也是这么对自己说的。这种牌就是打上100场，两个水平相当的人也很难分出胜负。当然，这种牌可没有'金'牌或'俄克拉荷马'牌那么好玩，但由于某种原因我却很喜欢玩这种牌。你可以用它来消磨时间，手中抓着一大把牌，打来打去不分胜负，也不会为了它恼气，不是吗？"

邦德点了点头。马爹利酒端上来了。杜邦先生对斟酒侍者说："10分钟后再端两杯。"二人便喝起酒来。杜邦先生转过身来，看着邦德。他的脸忽然因愤怒而显得有些扭曲，他说道："您猜怎么着，邦德先生，如果我告诉您我打这种牌在一周内一下输了2.5万美元，您会怎么想？"邦德正要作答，杜邦先生一下握住了他的手："您要知道，我也算是个玩牌高手。我是'摄政年代'俱乐部的会员，像查理·戈伦、约尼·克劳福德这样的桥牌名手，我都跟他们多次交锋。也不是我自吹自擂，在牌桌上我可不含糊。"杜邦先生以探查的目光看着邦德。

"据我所知，如果您近来一直是在跟同一个人玩，那么您就被骗了。"

"正——是。"杜邦先生一拍台布，靠回椅背，"没错，在输了整整四天后，我也这么认为。我对自己说，这个浑蛋肯定在欺骗我，看在上帝的分儿上，我要拆穿他的诡计，然后让他滚出迈阿密。因此我一再提高赌注，连着翻番，而他则看上去很高兴。我仔细地看着他每一刻打的每张牌，结果一无所获！没有人给他暗示或做手势，牌上也没做记号。我只要想用新牌玩，马上就可以换一副，甚至还可以用我自己准备的牌。他也不可能看到我的牌，因为他就坐在我正对面。

我们旁边也没有人在指手画脚给他出主意。然而他却赢了一局又一局。今天早上他又赢了我，下午还是这样。"

"最后我都快疯了——当然，我当时并没失态——"邦德听着杜邦说的话，觉得不无蹊跷，"我还是客气地将输的钱给了他，但是我并没跟他打招呼，便收拾好行李赶到机场，订了张下一班飞往纽约的航班的机票。这叫怎么一回事！"杜邦先生说着举起手来，"我只好溜之大吉了。您知道，2.5万美元毕竟不是一笔小数目，尽管我5万、10万美元都输得起，但是我被人这么不明不白地算计，并且还戳不穿他，实在恼火。所以，只好躲开他。您是怎么想的呢？我，朱尼亚斯·杜邦，因为再也不愿蒙受失败的耻辱，所以只好甩手不干了！"

听了这番抱怨，邦德颇为同情地"哼"了一声。这时，第二杯鸡尾酒端来了。邦德对这样的事产生了兴趣，因为对于有关玩牌的事，他总是兴味盎然的。他在想象着这样一幅场景：两个人在打牌，一个人在静静地洗牌、发牌并不时为自己加分；而另一个呢，则无奈地一次又一次以一种被操控的屈辱姿态摊牌认输。显然，杜邦先生被骗了。但是用的是什么手法呢？邦德开口说道："2.5万美元不是小数目，你们是怎么下注的？"

杜邦先生显得有些不安地说："每一分押25美分，然后是50美分，后来则是1美元。我想对于两个人打的均势牌来说，赌注有些高。一局下来，往往就是两千分呢。即使每分算25美分，一局也是500美元。下每分1美元的注，如果您输了，那就等于挨宰了。"

"您应该也时不时能赢个一两局吧？"

"是的，不过每当我抓了一手好牌，准备好好地赢那个狗娘养的一局时，他就会把手上的大牌都抛出，我便只能赢些小分了。当然，这也是在我抓到好牌时才有可能的。您也知道卡纳斯塔牌是怎么玩的，打牌时你必须要打对牌。你设下圈套，然后让对手钻。那么，真见鬼，那个家伙似乎是个巫师！无论我什么时候设圈套，他总能避开，而每当他设套给我钻的时候，我没有哪次能逃脱。至于他出牌的时候，哎呀，他总是出些最见鬼的牌，像单牌啊、A啊——上帝才知道是怎么回事，每次他都能看破我设的圈套。看他那样子，似乎他能看见我的牌。"

"房间里挂镜子了吗？"

"啊，没有。我们俩总是在户外打牌。他说他想晒日光浴。的确是那样，那家伙被晒得像只熟透的龙虾。他只在上午和下午打牌。他说，如果晚上打牌的话，就会睡不着。"

"到底这个人是何方神圣？他叫什么？"

"戈德芬格（Goldfinger），诨号'金手指'。"

"这是他的名字？"

"他名叫奥里克，姓戈德芬格。你看，这个'奥里克'（Auric），不也含有'金'的意思吗？确实是他，他有一头火红色的头发。"

"他是哪国人？"

"说出来您也许不信，他是个英国人。但是他原籍却在拿骚[1]。从名字上看您也许会认为他是个犹太人，可是从外表却看不出来。佛罗里达这个地方有些保守、封闭，如果他真是犹太人，他可能就不会来这里了。此人持有拿骚的护照，42岁，未婚，职业经纪人。我们从他的护照上得到这些信息。当我开始跟他玩牌的时候，我请私家侦探打听到了这些。"

"他是哪种经纪人？"

杜邦冷笑了一下："我问过他。他说：'哦，有生意我就做。'这家伙是一个大滑头。如果你想问些直接的问题，他立刻闭口不言，然后便顾左右而言他，尽说些不相干的话。"

---

[1] 拿骚，巴哈马群岛首都。

"他很有钱吗？身家多少？"

"哈！"杜邦先生几乎叫出来，"这是最让人琢磨不透的事了。可以肯定，他很有钱，太有钱了！我委托我名下的银行在拿骚做过调查。他很有钱，但是不太干净。拿骚富翁很多，一抓一大把，不过他的资产总额在那里可是数一数二的。似乎他把他的钱都换成金条了。他把手上的黄金转运到世界各地，通过各地的黄金差价来赚取利润。他干的这勾当就像联邦银行一样。他不相信现金，不能说是他的错，既然他是世界上最富有的人之一，那么他的做法肯定有合理性。关键是，如果他真的那么富有，为何还要跑到这里来骗我区区2.5万美元呢？他究竟想做什么？"

这时，几位侍者走过来，围住桌子上菜，趁这个空隙，邦德开始考虑该如何回答杜邦先生。按照礼节，一只盛着石蟹的巨大银盘被放置在桌子中央，石蟹的个头很大，蟹壳和蟹螯都被打开了。一只银质的船形容器里盛着熔化的黄油，在他们二人的盘子边，每人上了一份长条吐司。酒杯斟入香槟酒后，泛起粉红色的泡沫。最后，脸上挂着油滑的假笑的领班走到他们所坐的椅子后面，依次帮他们系好了白色的丝质餐巾。这种餐巾很长，一直拖到膝盖下面。

此情此景让邦德想起了16世纪时查尔斯·劳顿跟亨利八世玩牌的故事，不过这时不管是杜邦先生，还是邻桌吃饭的人都放下架子，面对眼前的美味佳肴准备大快朵颐。杜邦先生对邦德说了一声："请自便。"然后，他便挑了几块硕大的石蟹放到自己的盘子里，随意地蘸些黄油，接着就大嚼起来。邦德见主人开始享用石蟹了，便也随之大吃起来，这是他吃过的最好吃的海鲜。

这些石蟹的肉是邦德吃过的海鲜中肉最嫩、最可口的，就着干吐司和有些焦味的黄油吃，更是鲜美。香槟酒似乎有淡淡的草莓香味，是冰镇过的。吃一口蟹肉，再喝一口香槟，就更显得美不胜收：香槟酒冲刷着味蕾，然后再等着吃下一口蟹肉。二人尽情地吃着，直到吃完，都没怎么说话。

杜邦先生吃完后，最后一次用丝质餐巾擦了擦下巴上沾着的黄油，轻轻打了个嗝儿，靠回椅背。他面色通红，骄傲地看着邦德，然后恭维地说："邦德先生，我想在世界上其他任何地方，都吃不到像今晚这样美妙的晚餐了吧！您说呢？"

邦德想，是的，我追求舒适、富有的生活。可是我真的是这样的人吗？我会像他们这样吗？他们只会像猪一样埋头吃，要么便谈些无聊的话题。不过，邦德觉得以前在别的地方似乎吃过这么一顿饭，或者确实就是跟这个杜邦先生一起吃的？忽然，邦德被自己这些自相矛盾的想法弄得有些厌恶自己。自己曾追求这样的生活，而现在他得到了。但是他内心的清教徒思想又出来作祟，不许他接受这种生活方式。他许过那种过好日子的愿，眼下这个愿望不仅实现了，甚至都堵到面前来了。想到这里，邦德回答说："关于这个我不太清楚，不过这顿晚餐确实很棒。"

杜邦先生很满意。他又点了咖啡，接着他问邦德要不要雪茄或利口酒，邦德都没要。邦德自己点燃一根香烟，饶有兴味地等待杜邦先生提出要求，他知道天下没有免费的晚餐。显然，所有这一切，只不过是在为杜邦先生做铺垫。好吧，看看他要说什么。

杜邦先生清了清喉咙："那么，邦德先生，我有个提议。"他目光炯炯地盯着邦德，似乎想预先估计出邦德会有什么反应。

"请讲。"

"在机场与您偶遇，鄙人实在是三生有幸。"杜邦先生的声音变得庄重而严肃，"我绝不会忘记当年在法国那家俱乐部我们初遇时的情景，直到现在我还记得每个细节——您的冷静、果敢以及您出色的牌技。"邦德低头看了眼台布。杜邦先生这次没有再夸夸其谈，而是紧接着直奔主题：

"邦德先生，我愿意付您1万美元，我想请您在这里作为我的贵宾稍作逗留，同时做些调查，看那个叫'金手指'的家伙是如何赢我的。"

邦德看着杜邦先生的眼睛，说："这报酬很优厚，但是，杜邦先生，我必须赶回伦敦。48小时内我必须乘飞机赶到纽约。如果明天上午和下午您还能像往常一样跟他玩牌，我想我有足够的时间揭开真相。不过，不管明天我能不能帮您解决这个问题，晚上我必须走。可以吗？"

"成交。"杜邦先生答道。

第三章
破 绽 百 出

飘动的窗帘发出的声音将邦德吵醒。他掀开身上的床单，踩着厚厚的地毯，走到观景窗前。这扇窗户很大，几乎占据了整面墙。他拉开窗帘，走了出去，站在阳光充沛的阳台上。

阳台的地上铺着黑白相间的格子瓷砖，虽然才是早上8点，可是地上已经被晒得热乎乎的，甚至有点烫脚。海岸吹来的微风轻拂着脸庞，远处的私人游艇码头停泊着许多悬挂着各国国旗的游艇。这阵风带来了海洋的湿气，其中夹杂着浓浓的鱼腥味。邦德想，游客们肯定喜欢这种感觉，不过这里的居民肯定不喜欢。对于居民们来说，这样的风会让家里的金属器具生锈，使书籍变色，腐蚀家里的壁纸和墙上挂的画，使衣物发霉。

在楼下的花园里，一株株棕榈树与一丛丛巴豆点缀其间，在干净整洁的碎石路两旁，则种植着紫茉莉树。这一派景色看上去生机勃勃，可整体布局却稍显呆板。园丁们正在干活，他们旁边还有些有色人种帮工在用耙子清扫着花园的小径，并捡拾着地上的落叶，不过各个看上去都昏昏欲睡，没什么精神。两台剪草机正在草坪上忙碌着，在其身后，喷水车正喷洒出均匀的水雾。

就在邦德所住房间的下面，卡巴纳俱乐部的优雅曲线蜿蜒伸向海滩——在双层更衣室的平屋顶上，随意摆了几副桌椅，还有常见的有红白相间条纹的太阳伞。俱乐部旁边，有一个符合奥运会标准的长方形大泳池，碧波荡漾。泳池旁有一排排铺着垫子的躺椅，一天只要花上50美金，就能躺在上面享受舒适的日光浴了。身穿白色夹克的侍者穿梭于人群中，将椅子摆放整齐，然后将垫子翻过来，并清扫着前一天顾客们丢下的烟蒂。放眼望去，远处是金色的沙滩和碧蓝的大海，以及更多的人——有人在海边弄潮，有人打着伞漫步，还有人在海边铺了垫子，躺下晒太阳。看到这样的情景，难怪这家酒店一天的房费就得200美元——邦德在自己的大衣里发现了账单。他大略算了一下，他一年的工资也只够他在这里住上三个星期。邦德自嘲地笑了笑。然后，他走回卧室，拿起电话，要了一份美味而奢侈的早餐、一盒"切斯特菲尔德"加长型香烟以及一份报纸。

等到他刮好胡子，洗了一个冷水澡并穿好衣服后，已经8点了。他走进环境优雅的起居室，发现身着深紫色与金色制服的侍者已经将他的早餐摆在了窗边。邦德扫了《迈阿密先驱报》一眼。报纸头版上登载着两条新闻：一是前一天在佛罗里达的卡纳维拉尔角美国发射洲际弹道导弹失败的消息；另一条则与海厄利亚赛马场的骚乱有关。

邦德将报纸丢在地板上，坐下开始慢慢享用他的早餐，考虑着杜邦先生和金手指的事。

想来想去，他还是觉得没抓住要领。要么杜邦先生是一个牌技比他想象的还要臭的人，但从邦德对杜邦先生的判断来看，对于精明而不失强硬的杜邦来说，这一结论似乎难以成立；要么，金手指就是个彻头彻尾的骗子。如果说金手指是在牌面上做假的话，那么，尽管他不缺这点钱，但恐怕行骗就是他的爱好了。也许，他正是用这样的行骗手段，通过做其他骗人的交易而发大财的。邦德一向对这样的大恶棍感兴趣，因此，他开始盼望见到这个人了。同时，他也希望能拆穿金手指欺骗杜邦先生的把戏，因为这手法既是高度神秘的，又获得了巨大成功。今天将有一场史无前例的大热闹看了。接下来，邦德便悠闲地等待着这一切的开始。

按照计划，邦德应该于10点在花园里与杜邦先生碰面。根据事先的约定，邦德是从美国飞来的股票经纪人，打算将一个英国股东持有的一家加拿大天然气公司的大宗股份卖给杜邦先生。同时，这件事将被说成是高度机密的，因此金手指就不会刨根问底了。股份、天然气、加拿大，这就是邦德需要记住的一切。然后，他们将去卡巴纳俱乐部的屋顶上打牌，邦德则坐在旁边看报纸，同时观察金手指的言行。午饭后，邦德和杜邦先生将要谈他们的"生意"，下午杜邦和金手指再接着打牌。制订计划的时候，杜邦先生问还有没有其他什么事需要他安排，邦德就向他询问金手指住的套间的房间号，并索要那间房的钥匙。

邦德解释说，如果金手指真的是一个专门靠打牌行骗混江湖，或者干脆是一个职业骗子，那么他出来旅行的时候，随身肯定会带着作假用的工具，比如做过记号的牌、刮削过的牌等。杜邦先生说等他与邦德再在花园里碰面时，会暗地里将钥匙给他。显然，杜邦先生如果想从酒店经理那里弄到金手指房间的钥匙，不是什么难事。

早餐后，邦德站起来放松了一下，并向远处的海岸眺望了一会儿。他并没有因为手上要办的事而犯愁，只是感到饶有兴味，权当消遣吧。在墨西哥完成那样的任务后，他现在正想做这么一件事来换换心情。

　　九点半，邦德离开他的套间，沿着他所住的楼层的走廊漫步，以打探一下这间酒店的布局，不料在找电梯时却迷了路。接着，他向一个碰到两次的女侍者问路，才找到电梯下了楼。他走进"菠萝拱顶门"购物街，在三三两两的游客中穿行。随后他匆匆穿过一家咖啡馆、一家酒吧、一间热带餐厅、一个俱乐部以及一家夜总会。接着，他照原定计划走进了花园。杜邦先生呢，则身穿一身沙滩衣裤，将金手指套间的钥匙偷偷交给邦德。然后两人溜达到俱乐部，走上两段短短的楼梯，来到了屋顶。

　　乍一看到金手指，邦德有些吃惊：在屋顶远处的角落，就在酒店建筑的楼檐下，有个人仰面朝天地躺着，双腿搭在一张躺椅上。此人全身只穿着一件黄色的光泽如缎的泳裤，戴着太阳镜，下巴下面戴着一副洋铁皮制的机翼式的东西。这件东西的形状很古怪——绕过他的脖子和肩膀，并伸展开来，两端微微翘起。

　　邦德问道："他戴的到底是什么东西？"

　　"你没见过吗？"杜邦先生感到有些奇怪，"那是一个帮助人晒日光浴的小玩意儿，用磨光的洋铁皮做的。它可以将阳光反射到你的下巴下面和耳后——因为那里通常晒不到太阳。"

　　"原来是这样，明白了。"邦德说道。

　　当他们离那个躺着的人还有几米的时候，杜邦先生愉快地叫起来："嗨！先生！"他的声音是如此之大，以至于邦德觉得他太大声了。

　　不料金手指先生却无动于衷。

　　杜邦先生降低声调说："他耳朵很聋。"他们走到了金手指先生的脚边。杜邦先生重复了他的问候。

　　金手指先生一下坐了起来。他摘下了墨镜："哎呀，你好。"他解开脖子上套着的洋铁皮玩意儿，将它轻轻放在身边的地上，吃力地站了起来。同时，他以迟疑、询问的目光盯着邦德。

　　"很荣幸地为您介绍一下，这位是邦德先生，从纽约来的朋友，他也是英国人，来这向我推销一些股票。"

金手指伸出一只手："很高兴认识您，邦姆先生。"

"在下叫邦德，邦——德。"邦德握了握他的手，感觉这只手又硬又干。他们稍稍握了一下手，便迅速地将手抽了回去。片刻间，金手指那双黯淡的浅蓝色眼睛睁得很大，严肃地瞪视着邦德。他的目光很尖锐，似乎已穿过了邦德的脸，直抵头盖骨。接着，他眼帘一垂，就像一架 X 光机，金手指将这一记忆的感光板塞进了大脑的"档案系统"里。

"这样，今天不打牌了。"金手指的声音平缓而不带任何感情色彩。他的话听起来更像是宣告而非询问。

"什么意思？"杜邦先生猛然叫了起来，"你不会认为我就这么算了吧？咱们快开始玩，否则我就没脸离开这家倒霉的酒店了！"杜邦先生不无夸张地笑道，"我马上吩咐撒姆去摆桌子。正好詹姆斯说他不会玩这种牌，想学学。是吧，詹姆斯？"他转过脸对邦德说，"你就坐这儿看看报纸，晒晒日光浴吧。"

"我就在这里休息休息吧，"邦德说，"最近到处跑，太累了。"

金手指的眼神又一次刺向邦德，接着他垂下眼皮说："我去穿些衣服。下午我本已跟爱蒙先生约好，打算去博卡拉顿上一堂高尔夫球练习课的。不过，我最大的癖好还是打牌。我用二号铁头球杆击球，总是有翻腕过早的毛病，我本打算练习这个动作，眼下看来得延期啦。"他那双眼睛又漫不经心地停留在了邦德身上，"您玩高尔夫球吗，邦德先生？"

邦德提高了声音："在英国的时候不常玩。"

"那您在哪里玩呢？"

"亨特卡姆球场。"

"啊——那地方不错。最近我加入了皇家圣马克俱乐部。桑维奇离我名下的一家公司很近，您认识那儿吗？”

“我去玩过。”

“那您打几洞？”

“9洞。”

“很巧啊，我也是。哪天咱们比试一场吧？”金手指弯下腰，捡起了那个洋铁皮玩意儿。接着他对杜邦先生说，“5分钟后咱们开始。”然后他向楼梯处缓缓走去。

邦德对这个人产生了兴趣。在与这个大亨初步进行接触的过程中，邦德感受到了那种嗤之以鼻的蔑视姿态，他本不会在乎邦德这样的"小角色"有什么来头。不过，既然邦德站到了他面前，他还是想对邦德盘问一二，以便将其正确归类。

杜邦先生对一个身穿白色外套的服务生吩咐了几句，另外两个服务生便抬过来一张牌桌。邦德走到围着屋顶的栏杆边上，望着下面的花园，猜度着金手指的身份。

他对金手指的印象很深刻。此人是邦德遇到过的人当中最为从容的一个。他的动作、言谈以及表情都很简练，可见金手指是一个不愿浪费任何精力的人。然而，就是在这个从容镇定的人身上，却似乎隐藏着一些不可思议的东西。

刚才，当金手指站起来的时候，让邦德感到震惊的第一件事就是此人浑身上下都是那么不成比例。金手指个子很矮，大概还不到5英尺高，在他肥厚的身躯与短粗的双腿之上，他那又大又圆、如巨球一般的脑袋似乎是直接安在肩膀上的。金手指的身体各个部位，就好像是由不同的人的肢体连在一起，他身上的肢体似乎没有属于他本人的。邦德想，他这么痴迷地晒日光浴，或许就是想掩饰一下其身体的丑陋吧？如果没有这身红褐色的肤色作为伪装，他那苍白的身躯将会显得更怪异。他的头发是胡萝卜色的，发型是平头，而他的脸，虽然也会让人感到吃惊，但是倒不至于像他的身躯那样丑陋。他的脸像月亮一样圆，不过却没有月亮的光泽。他的前额很高，下面是稀疏的沙色眉毛，笔直地戳在蓝色大眼睛的上方，眼睛下有暗淡的眼袋。他的鼻子稍微有些呈鹰钩状，颧骨很高，两颊肌肉发达，并不显得肥胖。他的嘴唇很薄，嘴形很直，呈现出一种暮气沉沉的病态，不过看上去却不算难看。他的下巴很厚实，闪现出健康的光彩。总而言之，邦德暗自想道，这是一张思想家的脸，或者是个科学家，从这张脸上我们可以读到无情、敏感、坚忍和强硬。总之，这是一个奇怪的组合。

除此之外邦德还能想什么呢？他总是不信任矮个子。这样的人自童年时代起就生活在一种自卑情结中。终其一生，他们就是想通过努力奋斗以使自己变高一些——比那些在儿时嘲笑他们的家伙们要高。拿破仑是个矮子，希特勒也是。正是这些矮人曾将我们的世界带入灾难的深渊。而对于一个其貌不扬、长着一头红发和一张怪脸的矮子来说，曾经发生过什么不幸呢？可以想象，这一切就意味一个令人望而生畏，进而无法适应的现实社会。像金手指这样的人，肯定也会在其人生历程中受到这样或那样的约束，不断碰壁。因此，他整个身体经过不断的磨砺，就成为一个能量充沛的发电机，甚至于只要有人将电灯泡塞进他的嘴里，灯泡就能亮。邦德想到这里，笑了笑。那么，金手指将在哪个领域释放他这惊人的活力呢？在赚钱方面，还是在玩弄女人方面，或者是在谋取权力方面？也许，这个家伙一个都不放过。那他的过去是什么样的呢？眼下他也许是个英国人。那他是在哪里出生的？他不是犹太人——尽管他身上可能有犹太血统。他不是拉丁裔，至于更远的南方，也不可能。他也不是斯拉夫人，不过可能是德国人——哦，不，他是波罗的海东南岸的人！那里应该就是他的出生地。他应该来自波罗的海诸国中的一国。他的长辈也许是逃离了俄国人的统治的人，金手指可能被警告过——或者他的父母曾经嗅到了政治空气的紧张，及时将他弄了出去。后来又发生什么了呢？他是怎么干的，一下就成了世界上最富有的人中一员了呢？有朝一日如果可以知道这些问题的答案，那一定很有趣。邦德暂时只要知道他是怎么赢牌的就可以了。

"准备好了吗？"杜邦先生冲着正穿过屋顶向牌桌走来的金手指叫道。金手指身穿一套非常舒适而合身的深蓝色西装和一件敞领白衬衫，这身行头让他看上去稍微顺眼了些。遗憾的是，他那颗硕大的红褐色圆脑袋和左耳上戴着的肉色的助听器却无可掩饰。

杜邦先生背对着酒店大楼坐下了。金手指坐在他对面，开始切牌。杜邦赢了切牌，将另一叠牌推到金手指面前，在上面轻敲一下，表示牌已洗好，不必再切。然后，金手指就开始发牌了。

邦德慢慢地走过去，拉了一把椅子，坐在杜邦先生的肘边。他放松地靠在椅背上。邦德假装将报纸折至体育版，偷看着发牌的过程。

尽管邦德希望他露出马脚，可是在发牌过程中金手指并没有使诈。他发牌很快、很熟练，并没有"耍老千"的暗示。他三根指头沿牌的长边卷曲着，食指则放在牌的短边上——这样的手势发牌很高效。金手指既没戴什么戒指在牌上画记号，也没有用胶布缠在手指上以在牌上做记号。

杜邦先生转向邦德说："发出的15张牌中，你可抽两张，打出一张。而在其他方面，则完全按照'摄政俱乐部'的规则。不能用王来充作1、3、5、8点，其他欧洲打法也不行。"

杜邦先生说完便拿起了牌。邦德注意到，杜邦很专业地将牌迅速归类——不是按照大小将它们从左往右排，也没把左侧的两张'百搭牌'压住，因为那样分牌会让老练的对手一下猜出牌来。杜邦先生把好牌放在手中央，而把单张牌和零碎的牌放在两边。

牌局开始了。杜邦先生首先抓牌，他一下就抓了一对不错的百搭牌，但他不动声色，然后随意地打了一张。这时他只需要再抓两张好牌，就

Goldfinger/029

能赢了。不过，他必须碰运气。连抓两张牌可以使自己抓到好牌的概率倍增，不过当然也可能使抓到只能"烂"在手里的无用牌的机会增加。

金手指则玩得不慌不忙，动作慢得让人恼火。他往往在抓牌后将手上的牌洗了一遍又一遍，然后再决定打哪张牌。

抓了第三张牌后，杜邦先生手上的牌已经大为改观，眼下他只要再抓一张好牌，就能大获全胜了。看这形势，对金手指非常不利。奇怪的是，金手指似乎对他所处的危险很了解，他先是叫了 50 分，然后用 3 张百搭牌和 4 个 5 点组成了一副"卡纳斯塔"。接着，他又打出几张得分牌后，手上只剩 4 张牌了。在其他任何情况下，对于金手指来说这都是一盘非常糟糕的牌。接下来，两人又各抓了一轮牌。由于金手指在这局做了两副"卡纳斯塔"，尽管杜邦先生抓了一手好牌，金手指还是及时脱逃了。因为金手指这么处理牌面，他不仅没有输掉本该输的一百多分，反而赢了 400 分。结果，杜邦先生反胜为败了。

"天哪，那次我差点赢了你。"杜邦先生的声音里已经透出了恼怒，"你究竟是怎么及时脱身的？"

金手指漠然地回答："我预知了麻烦。"他算完分数，通知杜邦后，将它记了下来，然后等待杜邦先生做同样的事。接着，他切了牌，靠在椅背上，以一种礼貌而不失兴趣的语气问邦德："您将在这里待很久吗，邦德先生？"

邦德笑了："不，今晚我就会回纽约。"

"真遗憾。"金手指皱了皱嘴，礼貌地表示可惜。接着他转身去抓牌，又一轮牌局开始了。邦德拿起报纸，在假装看棒球比赛的消息的同时，偷偷注视着牌桌上的动静。金手指一下子又连赢三局。他大获全胜，赢了 1500 分——也就意味着 1500 美元。

"再来一局！"杜邦先生忧郁而愤怒地要求道。

邦德放下了报纸说："他常赢您吗？"

"哪里是常赢！"杜邦先生气得直喷鼻息，"他一直在赢。"

两人再次切牌，金手指开始发牌。

邦德说："你们不以切牌来定座位吗？以前我常发现换座位后可以换手气。"

金手指忽然停止发牌，他严肃地盯着邦德说："很不幸，邦德先生，那是不可能的，否则我宁愿不玩了。一开始玩牌时我就跟杜邦先生解释过了，我患有一种难以根治的心理疾病——旷野恐惧症——也就是说，我害怕开阔的地方。我一看到开阔的场景就难受。我必须坐在这里，面对酒店大楼。"然后，他才继续发牌。

"哦，很抱歉。"邦德的声音也变得严肃起来，其中夹杂着一丝逗趣，"那确实是一种罕见的病。我以前只听说过幽闭恐惧症，但与之相反的病却未听说过。您这种毛病是怎么犯的？"

金手指抓起他的牌，开始理牌。"不知道。"他平静地说。

邦德站了起来："好吧，我想我该起来活动活动腿了，我去泳池那边看看。"

"你去吧，"杜邦先生忽然表现出一副快活的样子，说，"别客气，邦德先生。午饭后我们有足够的时间谈生意。这一局我要看看我能不能赢我的朋友金手指先生一次。一会儿见。"

金手指盯着牌，没有跟邦德打招呼。邦德沿着屋顶漫步着，穿过屋顶临时搭建的斜面，走到远角栏杆边，向下俯瞰。邦德注视着下面的泳池，芸芸众生里一具具粉红、褐色或者白色的肉体躺在蒸汽椅上，享受着生活。一股浓烈的防晒乳液的香味迎面向邦德扑来。泳池里有一些年轻人和孩子。有个人，看上去似乎是个职业跳水运动员——也许是个游泳教练，站在高高的跳台上。他平衡着脚弓，身上肌肉很发达，一头金发，看上去就像希腊神话里的人物一般。他跳了一下，然后从容地跳了下去，胳臂像翅膀一样张着，俯冲向水面。他的双臂像箭一样带着他的身躯射入水中，他入水时只激起了小小的浪花。不久这个人浮出水面，孩子气地甩着头。周围响起一阵稀疏的掌声。他慢慢地在水中踩着水，头上下浮动，肩膀随意地带动双臂划着水。邦德心里想，老兄，祝你好运！你能再这么玩五六年就不错了。从事高台跳水的运动员运动生涯都不会太长——因为人的头盖骨不断经受那样的冲击可不得了。跟高山滑雪一样，这样的运动都会对人体骨架产生巨大的冲击力，因此，高台跳水是运动年龄最短的运动。想到这里，邦德心里暗暗叫道："快去赚钱吧！趁你头发还是金色，去拍电影吧！"

邦德转回头，向那两个还在酣战的卡纳斯塔牌手望去。原来金手指喜欢面对酒店大楼。或者说，他想要杜邦先生背对着大楼？为什么呢？对了，金手指住的套间是多少号来着？200号，夏威夷套间。邦德住在金手指的楼上，是1200号。那么，金手指就住在2楼，恰恰在邦德的楼下，离卡巴纳俱乐部的屋顶只有大约20码，也就是说，他的房间离这张牌桌只有20码！邦德考虑着，同时检视了一下金手指的房间的外部，似乎什么也没有，只是一个空阳台。不过门却开着，里面黑漆漆的看不清。邦德又目测了一下距离和角度，顿时什么都明白了。是的，窍门可能就在这里了。肯定是这样，没错！精明的金手指先生，我来了。

第四章
翻 开 底 牌

杜邦先生招待邦德的午餐也很丰盛——有传统的鲜虾鸡尾酒，有当地产的啮鱼外加一小杯塔塔沙司，有上好的烤牛排外加肉汤，另外还有菠萝作为饭后水果。吃过饭后，在3点会见金手指先生之前，还可以小憩片刻。

杜邦先生在上午又输掉了1万美元后，证实金手指的房间里有一个女秘书。"我从没见过她。据说她从没离开过套房，也许她是个被包养的舞女。"他诡秘地一笑，"我想他可能是雇她来在白天使诈的。怎么样？发现什么了吗？"

邦德并没有和盘托出："现在还不好说，今天下午我也许不会去看你们打牌了。你就说我去观光了，去市区了。"邦德说到这里停顿了一下，"不过，如果我的想法被证明是对的，不管发生什么都别感到奇怪。如果金手指开始乱章法，你就静观其变。现在我不能向你许诺什么。我想我能抓住他，尽管我有可能是错的。"

杜邦先生听了这番话，显得兴高采烈的："老兄，干得真棒！"他热情洋溢地说，"我现在已迫不及待地想看那个浑蛋原形毕露了。这家伙真是瞎了眼了！"

邦德乘电梯回到自己的房间。他打开自己的手提箱，拿出一架M3莱卡相机、一张曝光表、一个K2滤光器和一个闪光灯。他在闪光灯里装了一个灯泡，然后检查了一下照相机。他走到阳台上，看了看太阳，估算了一下看到下午3点半时太阳会在什么位置，然后走回起居室，让阳台的门开着。他站在阳台门口，看着曝光表。曝光时间是百分之一秒。他按照这个标准调整了相机，将快门设定在F11，距离设定为12英尺。他打开镜头盖，拍了张照片，准备看相机是否好使。接着他转过一张底片，将相机藏好。

邦德再次打开手提箱，拿出一本厚厚的《圣经故事》，打开封面，抽出一把手枪。他把手枪的皮套挂在左边的腰带上，然后练习着拔了几次枪。一切都令人满意。随后，邦德仔细地观察了一下他的房间的布局，并认定楼下的夏威夷套间的布局跟他住的这间是一样的。他想象着一会儿当他下楼走进那个房间时，该会遇到些什么。然后他又在不同的锁上面试了试万能钥匙，并努力做到开门时不发出任何噪音。这一切都准备得差不多之后，邦德拉过一把椅子，坐在阳台大门对面，点着一支烟，向海面远眺。同时，他还盘算着一会儿动手时该怎么向金手指摊牌。

3点半到了，邦德站起来，走到阳台上，目光越过碧绿的广场，盯着正在打牌的两个人。邦德走回房间，再次检视了莱卡相机的曝光表。没错，曝光时间照旧还是那些。他穿上深蓝色的热带毛纱外套，拉直领带，将相机的带子绕过脖子，挂在胸前。关门前，他又向房间内看了一眼，便走向电梯。他乘电梯直接到1楼，先检查了一下门厅商店的窗户。当电梯又下来时，他没有乘电梯，而是从楼梯走上2楼。酒店2楼的布局跟12楼是一样的。200号房间的位置跟他所想的是一样的。看左右没人，邦德迅速掏出钥匙，打开房门后又轻轻地关上了。在小小的门廊里，衣帽架上挂着一件雨衣、一件轻便的驼毛外套和一顶浅灰色的小礼帽。邦德右手紧紧地握着相机，将它凑近自己的眼睛，慢慢地走进起居室。门没锁，邦德轻轻地把它推开。

在邦德看到他想看的东西之前，便已听到有人在说话了。这里有个女孩，她的声音缓慢而诱人，她正在用英语说："抓到了5和4，还差两张2他就能做一个卡纳斯塔了。他要打4，还剩K、红桃J、9、7这几张单牌。"邦德偷偷溜进了房间。

一个女孩坐在一张离阳台门有1码远的桌子上，还垫了两块垫子。她似乎在看什么东西，需要垫子将自己垫高一些。下午的阳光正烈，女孩全身上下只穿着一件黑色胸罩和一个丝质内裤。她疲惫地晃动着大腿，刚给左手涂完指甲油。她把手伸到面前，检查着指甲油的效果。随后她又将手凑到嘴边，吹着指甲，想让指甲油快些变干。她的右手向身旁的桌子伸去，将指甲刷放回露华浓指甲油的瓶子里去。离她的双眼几英寸远的地方，是一架看上去倍数很高的双筒望远镜的接目镜，望远镜下端连着一根三角形支架。望远镜下还连着一支麦克风，麦克风的线插在桌子下一个跟录音机差不多大小的盒子里。盒子上还插着其他几根线，连接着设在靠墙的餐具架上的天线。

女孩向前靠了一下，臀部的弧线一下勾勒出来，她似乎在用望远镜看什么东西："他抓了一张 Q 和一张 K，Q 配成对了，K 再配一张王就成了。他要打 7。"她说完关了麦克风。

正当这个女孩在聚精会神地从望远镜往外看的时候，邦德轻手轻脚地溜到她身后。旁边有把椅子，邦德站了上去，希望椅子别发出咯吱的声音。那么他就可以居高临下地将整个场面拍下来了。他将眼睛凑近取景器，好，就这样，女孩的头部，望远镜的边缘，麦克风，还有 20 码外打牌的两个人，所有这些都可以拍下来了。杜邦先生背对着视线，用这种办法，想必他手上的牌可以看得一清二楚。不过不用望远镜，邦德还看不清牌面，然后纸牌上红色和黑色的花却可以区分开了。邦德按下了快门。

闪光灯灯泡的爆破声以及强烈的闪光让女孩大吃一惊，失声尖叫起来。她猛地转过头。

邦德从椅子上走了下来："下午好。"

"你是谁？你想干什么？"女孩惊恐地瞪着邦德，手下意识地捂住了嘴。

"不用担心，我已经拿到了我想要的东西，万事大吉了。对了，在下名叫邦德，詹姆斯·邦德。"

邦德将照相机轻轻放在椅子上，走到女孩面前，闻到了她身上的香味。女孩很漂亮，长着一头淡金色的秀发，随意地披在肩膀上，虽未加修饰，却别有风韵。她的脸略微有晒日光浴的痕迹，一双深蓝色的大眼睛忽闪着，嘴形显得俏皮而不失大气，邦德甚至可以想象到她笑起来会有多可爱。

女孩站了起来，手从嘴上拿了下来。她身材很高挑，大概有 5 英尺 10 英寸，胳膊和腿看上去都很健美，也许她是一个游泳运动员吧。黑色的丝质胸罩下面，傲人的双峰呼之欲出。

很快，女孩的眼神中不再有惶恐。她轻声问道："您打算干什么？"

"小姐，跟您没关系。我只是要逗逗金手指先生。好姑娘，你走吧，让我在这里再看看下面的动静。"

邦德坐在女孩刚才坐的位置上，透过望远镜向下望去。两人还在有条不紊地打着牌。金手指对于信号中断这一事实目前似乎还没有察觉。

"他要是发现收不到信号了怎么办？他会退出牌局吗？"

女孩迟疑地说："只有把插头拔了才会发生这样的事。他会等我重新联系他。"

邦德冲着女孩笑了："好吧，那现在让我们来逗逗他。抽支烟，放松放松吧。"说完掏出包切斯特菲尔德香烟，女孩抽出了一支，"不管怎么样，小姐，现在您该给右手涂指甲油了。"

女孩的嘴角闪现出一个微笑："您在这里待多久了？您可吓坏我了。"

"时间不长，很抱歉，让您受惊了，小姐。不过金手指先生那可怜的老朋友杜邦先生，可已经受了整整一个星期的惊了。"

"是的，"女孩犹豫了一下，答道，"我认为这么干确实很卑鄙。但是杜邦先生很有钱啊，不是吗？"

"哦，是的。我本不该为了杜邦先生而牺牲自己的午睡时间。不过金手指先生原本也有可能选择一个输不起钱的对手。无论如何，金手指先生已经是个亿万富翁，他为什么还要这么做？他可是一个腰缠万贯的人。"

女孩脸上又恢复了生气："我知道。不过我对他的做法还是感到不可理喻。赚钱对他来说，也许是一种狂热的癖好吧。他一刻也不愿停止对于金钱的攫取。我曾经问过他为什么，他说，人有机会不赚，绝对是傻瓜。而他也总是在做类似的事情，以给自己创造这样的赚钱'机会'。当他说服我替他做这件事的时候，"女孩在望远镜前晃了一下手中的烟，"我问他到底为什么要费心去冒这样愚蠢的险，他的回答是，'这是第二课——当时机不对时，就让它对。'"

邦德说："好，我呢，既不是美国的私人侦探，也不是迈阿密警方的人，金手指先生运气不错。"

女孩耸了耸肩："哦，他不会担心这个。他会买通您的。他能买通任何人，因为没有人会拒绝黄金的诱惑。"

"您的意思是？"

女孩漫不经心地说："除非要经过海关，否则金手指外出的时候，身上总会带着价值100万美元的黄金。他总是系着一条里面塞满金币的腰带，或者在手提箱的侧面和底部塞满薄金片。那些手提箱都是金的，只不过外面用皮革包住了。"

"那该有一吨重了吧？"

"金手指总是乘车出行，那辆车上安着很特别的弹簧。他的司机是个彪形大汉，由他来搬运这些金子，其他人不许碰这些东西。"

"为什么他随身会带着这么多黄金？"

"只是为了以防万一用得上。他知道，黄金可以买到任何他想要的东西。他的黄金都是24K的纯金。不管怎么说，他爱黄金就像其他人爱珠宝或珍贵的邮票一样，或者像——是的，"女孩微微一笑，"像有些男人爱女人那样。"

邦德也笑了："那他爱您吗？"

女孩脸红了，愤愤不平地说："当然不爱。"接着，女孩稍稍恢复了平静，"当然，您爱怎么想是您的事。但是他确实不爱我。我的意思是，他想让人们认为我们相爱。不过他确实不讨人喜欢，我想这是他的虚荣心在作怪吧。"

"好的，明白了。那么，您是他的——女秘书？"

"算是伴侣吧，"女孩纠正了邦德，"我不必替他打字或干别的活儿。"忽然她又把手放到了嘴唇上，"哦，我怎么可以跟您说这么多呢？您不会告诉他吧？求求您，他会解雇我的。"她的眼睛闪过一丝恐惧："或者他会用别的办法来惩罚我。我不知道他会怎么做，他可是一个什么都干得出来的人。"

"我当然不会说。但您以后也不能一直以此为生吧？您为什么要做这样的事？"

女孩尖刻地答道："他一周给我100镑，还有这里的一切，"她挥挥手，"这一切可不会从天上掉下来。我在攒钱，等攒够了，我就会走。"

邦德心里在想，金手指不一定会放过她。她知道得太多了，不是吗？他看着她美丽的面庞和未加雕琢的傲人身躯。这个可怜的女孩可能还没想这么多，为了钱，在金手指手里她也许会遭遇不测。

女孩有些坐立不安了。她尴尬地笑着，问邦德："我想我现在穿得很不得体。您能不能回避一下，我得再穿些衣服。"

邦德不知该不该相信这个女孩，因为可不是他每周付她100镑的。邦德故作轻薄地说："您这样看上去很漂亮。我这样看您，就像游泳池边的人们看那些出水芙蓉一样，没什么不体面的。好吧，"他伸了个懒腰，"是揭金手指先生老底的时候了。"

刚才说话的时候，邦德不时看楼下的牌局一眼。一切似乎进展顺利，没什么不正常的。邦德再次弯下腰凑近望远镜。杜邦先生好像换了个人似的，姿态轻松自如，脸上一副生机勃勃的样子。他将手上的一把牌抽出来，摊开摆在桌子上——那是一副由K组成的卡纳斯塔。邦德将望远镜调高一英寸。金手指那张如满月一般的红褐色大脸没有显得激动，而是不动声色，他在耐心地等待时机，想再将牌面扳回来。正在这时，金手指按了按耳朵上的"助听器",将它往里推了推,准备好接收信号。

邦德从望远镜的接目镜那儿退了回来:"多精致的小玩意儿啊,"他评论道,"你按照哪个波段发报?"

"他跟我说过,可是我忘了,"女孩转动着眼睛,"似乎是170什么,是兆什么吧?"

"兆周。也许是吧,不过如果说他在接受你发的信号时没有收到许多出租车或警察局的混杂信号的话,我倒感到奇怪了。它一定有更强的信号放大器。"邦德笑着说,"那么,怎么样,都好了吧?下面我们要揭开魔术师的盖布了。"

不料女孩突然走过去,抓住了邦德的袖子。她的中指上有一枚克拉达戒指,造型是两只金手护着一颗金心。她眼中含着泪说:"您一定要这么做吗?您不能放过他吗?我不知道他会怎么处置我,求您了。"她迟疑了一下,随即又红着脸热烈地向邦德表白:"我很喜欢您。自从很久以前我看到一个很像您的人,我就喜欢上您这样的人了。您不能再在这里陪我一会儿吗?"她低头看着地板,说:"如果您放过他,我会为您——"她顿了一下,下面的话脱口而出:"为您做任何事。"

邦德笑了。他从自己的袖子上拿下女孩的手,轻轻握住说:"很抱歉,小姐。有人花钱雇我摆平这件事,我就必须完成。不管怎样——"他的声音变缓了,"我还是要做到底。现在是让金手指先生吃点亏的时候了。准备好了吗?"

没等女孩回答,邦德弯腰向望远镜的接目镜看去。金手指还在视线中。邦德清了清嗓子,他仔细地看着那张肥脸。他的手够着了麦克风的按键,按了下去。

在金手指耳上的助听器里,响起一阵静电造成的轻微噪声。他的表情没有变化,但是他慢慢仰起脸,向天上望去,然后又低下头,似乎在祈祷。

邦德通过麦克风，以一种柔和的威胁口吻发话了："现在听我说，金手指先生。"金手指停顿了一下。不过他的脸上并没有闪现出慌乱，而是略微低下头，似乎在听邦德说话。他还在一心一意地琢磨着手上的牌，保持着镇静。

"我是詹姆斯·邦德。还记得我吧？牌局结束了，该结账了。我已经拍摄了一张全景照片——金发美人、望远镜、麦克风，还有您和您的助听器。只要您按照我说的去做，这张照片就不会落到美国联邦调查局或英国苏格兰场那里。如果您听明白了，就请点一下头。"

金手指的脸上仍然没有任何表情。他那颗圆脑袋慢慢地向前倾了一下，然后又恢复了原状。

"将您手上的牌全部放到您自己面前的桌上去。"

金手指的手放下了。他手上的牌滑落到桌上。

"掏出您的支票簿，签一张五万美元的支票。这笔钱是为了弥补以下费用——您从杜邦先生那里赢的三万五千美元和我的一万美元佣金，剩下的五千美元则要补偿给杜邦先生，因为您浪费了他的宝贵时间。"

从望远镜里望去，金手指正按照邦德说的去做。他看了杜邦先生一眼，杜邦身子向前倾着，正咧着嘴笑。

金手指慢慢撕下一张支票，并在支票背面签了字。

"好的。现在把我下面的话记在支票簿的背面，不许记错。今晚替我在开往纽约的'银星列车'上预订一个包厢。包厢里要有一瓶冰镇的葡萄香槟和足量的鱼子酱三明治。要最好的鱼子酱。离我远点，别耍花样。如果明天我不能毫发无损地出现在纽约，那么一封包含这张照片和相关报道的邮件将会被公之于众。如果听明白了，请点头。"

金手指那颗大脑袋又慢慢地重复了刚才的动作。他那光滑的凸额头上微微冒汗了。

"很好。现在将支票递给杜邦先生，说'向您致以深刻的歉意，我欺骗了您'，然后请便吧。"

邦德在望远镜中看着，只见金手指将支票放到杜邦先生面前，嘴张开，说了几句话。他的眼神很平静。金手指看上去似乎很轻松，不就是钱嘛。他权当是破财消灾。

"等一等，金手指先生，还没完呢，"邦德盯着女孩，"小姐您的芳名是？"

她诧异地看着邦德。她的眼神中既有痛苦和恐惧，也有渴盼和顺从："吉尔·麦特生。"

金手指站了起来，准备离开。邦德厉声说："站住。"

金手指跨了半步后被迫停下脚步。他向阳台望去。金手指的双眼视野开阔，就像邦德第一次见他时那样，这双眼睛射出严厉的穿透力极强的凶光，似乎正在锐利地透视着望远镜的镜片，甚至穿过了镜片，射向邦德的双眼，一直透到他的头盖骨。这双眼睛似乎在说："我记住您了，邦德先生。"

邦德改用一种比较柔和的口吻说："刚才我忘记了，最后还有一件事，我去纽约时将带一个人质走，就是这个麦特生小姐。您得保证她能跟我一起上火车。对了，我的包厢要有客厅。就这些，请便。"

第五章
临时受命

一周后。邦德站在摄政公园一座高楼——也就是英国情报局的总部七楼一间办公室的窗边。天幕上，一轮圆月在大堆的人字形云朵中时隐时现地赶着路，整个伦敦城沉睡在她的怀抱中。大本钟响了三下。房间里很黑暗，突然其中一部电话响了起来。邦德转过身，迅速走到房间中央的一张桌子边，他打开一盏绿罩台灯，灯光如水一般倾泻到桌上。他从4号电话上拿起了黑色的话筒。

"这里是值班办公室，请讲。"

"这里是香港工作站，先生。"

"请讲。"

电话那头响起了"嗡嗡"的回音，跟香港那边联系时，信号常出现这样故障。在中国上空，难道太阳黑子更多吗？这时，一个平平的声音问道："是通用出口公司吗？"

"是的。"

这时，一个低沉的、听起来更熟悉的伦敦口音说："香港那边接通了，请您说话吧。"

"请把电话线路修理好。"邦德不耐烦地说。

不料前面那个平缓的声音又说话了："电话接通了，请您说话吧。"

"喂！喂！通用出口公司吗？"香港那边大声问道。

"是的。"

"我是狄克逊，您那里能听见我说话吗？"

"那个有关运输杜果的电报是我发的。水雷，明白吗？"

"好，我看看。"邦德将文件夹拿到自己面前，他知道是怎么回事。香港那边要求英国弄一些水雷去，好炸掉三艘由某个敌对国家派来的间谍船。这些船利用澳门作为据点，拦截英国的货船以搜查有没有来自该国的难民。

"10日以内必须付款。"

这话意味着那些船在10天之内会离开，否则那些船的护卫船只可能会增加，或者发生其他紧急事件。

邦德简明扼要地说："照办。"

"谢谢您，再见。"

"再见。"邦德放下了听筒。随即他又拿起一只绿色的电话听筒，拨通了Q分局的电话，跟那里的值班军官通了话。一切都安排好了。清晨，将有一架英国海外航空公司的飞机起飞。Q分局将负责把装着水雷的箱子送上飞机。

邦德坐下，抽出一支香烟并点着了它。他想起了以前在那间位于香港码头边的办公室里看到"279"时的情形，"279"穿着一件白衬衫，由于空调不好使，他身上汗迹斑斑的。邦德跟他很熟，他自称"狄克逊"。现在，"279"也许正在跟他的副手谈话："都安排好了。伦敦那边说可以。我们再仔细检查一下日程表就可以了。"邦德讽刺地笑了笑。他们比他强多了。他可不想跟中国人斗，那里间谍也太多了。香港工作站那边随时可能捅马蜂窝，不过M决定要在香港弄出点名堂来，否则会让人认为英国情报局将香港丢下不管了呢。

三天前，当M第一次告诉邦德他这个王牌间谍也得值夜班的时候，邦德很不高兴。他提出种种理由来推托，他说他不熟悉各工作站的例行工作；他还说他已经以"007"的代号在外面闯荡了六年，已经不熟悉这种办公室工作了；最后，他甚至还说他以前熟悉这些业务，现在全忘光了，怕负不起责。

"你迟早会想起来的，"M毫不怜悯地说，"如果你遇到了麻烦，还有值班组的同事，还有办公室主任——实在不行，直接来找我，为了那些破事。"M说到这里，邦德想到在深更半夜因为亚丁或东京有人遇麻烦而将M弄醒的情景，不禁得意地一笑。

"无论如何，我已经决定了。任何高级官员，不管你有多大牌，都得轮流值班。"M冷冷地看着邦德，"事实上，007，几天前财务处的人跟我碰过头了，他们的联系人认为双O部门是冗余的。他说这个部门有些东西已经不合时宜了。我当时没有和他们争辩——"M的声音缓和下来，"我只是告诉他，他们想错了。"

邦德听着M的话，脑海中浮现了这幕滑稽的场景。

"不管怎么说，既然你回伦敦了，多值几个夜班不会把你怎么着，别把自己弄得太疲累了。"

邦德倒不介意M说的这番话。值班第一周已经过去一半了，到目前为止，他只不过了解了一些常识问题，或者将例行事务交托给相关部门。现在，他倒有点喜欢这个宁静的房间了，他坐在这里，知道每个人的秘密，间或还有局内餐饮部某个漂亮女孩来给他送咖啡和三明治。

他值班的第一个晚上，餐饮部的女孩给他送来了茶。邦德严肃地看着她说："对不起，我不喝茶。我讨厌这种饮料，那简直是泥浆。此外，它还是大英帝国衰落的主要原因之一。好女孩，给我送些咖啡来吧。"女孩咯咯笑了起来，转身匆匆离开。后来，她将邦德的话说给餐饮部的其他人听。从那以后，邦德就喝上咖啡了。"一杯泥浆"这个词也渐渐传遍整个大楼。

邦德开始喜欢这段漫长的值班生活所给予他的空闲的第二个原因，是他可以借这个机会好好做一做自己以前曾计划好的事了——他已经筹划了一年多，想编写一本与徒手格斗有关的秘籍。书名都想好了，就叫"胜者为王"。这本书将记录世界上所有情报组织的顶尖高手们所用的格斗手法。邦德没将这项计划告诉任何人，如果自己可以完成这本书，他希望M同意将此书列入特工手册的书单中去。特工手册不仅应该告诉特工们怎么搞阴谋诡计，怎么掌握现代技术，也应该教特工们增强自卫的本事。

邦德从档案室借来了旧教材和一些必需的翻译材料。这些书中的大部分都是从敌国的情报组织那里缴获的。有些则是兄弟情报组织，如战略情报局[1]、美国中央情报局以及法国的"第二局"赠送给 M 的。现在邦德面前放着一本翻译过来的特工手册，书名很简单，就叫"防卫"。这本书是苏联的恐怖间谍组织"斯莫希"编写的。这是一个专搞复仇行动和暗杀的间谍组织。

那一晚邦德快看完第二章了，这章的标题翻译过来是"擒拿术"。现在邦德将书拿过来，接着读了半个小时，书中教授了一些诸如"手腕擒拿"、"锁臂擒拿"、"前臂擒拿"、"头部擒拿"以及"锁喉擒拿"等招数。

半小时后，邦德将这些打字文件从身前推开。他站起来，走到窗边，向外望去。俄国人写的这种枯燥无味的粗糙文字让他恶心。他回想起10天前在迈阿密机场所遇到的事，感到很难受。他当时那样做有什么不对吗？那样的事自己是不是再也不会干了？他怎么了，是太疲惫了，还是变软弱了？邦德看着天幕上那轮在云层中缓缓行进的月亮，发了一会儿呆。然后，他耸了耸肩，坐回书桌前。他想，他已经对残酷的暴力行为感到厌倦了，就像精神分析专家们对其病人的精神失常所具有的感觉一样。

邦德继续读着那本他不喜欢的书："用拇指和食指按住一个喝醉酒的女人的下唇，就能将她制伏。用力捏、扭那个部位，然后一拉，就能将她带走。"

邦德低声咕哝着，用"拇指和食指"，这样的字眼儿描写得很细致，可又是多么猥琐啊！邦德点了支烟，看着台灯的灯丝，努力将自己的注意力转移到其他事情上，他此刻希望有电话打进来，或者能传来一个信号。距9点将报告递给办公室主任或 M 还有5个小时——如果 M 能早点来的话。有些事在不断地困扰着他，那是些他想在有空闲

[1] 战略情报局，即美国中央情报局的前身。

的时候再处理的事。那是什么事呢？是什么使他想起这件事来了？对了，就是它——"食指"——金手指。邦德打算去档案室看看有无此人的相关资料。

邦德拿起绿色的话筒，拨通了档案室的电话。

"先生，您不必再打过来，我去查查，然后给您打过去。"

邦德放下了听筒。

一周前，邦德和麦特生小姐在火车上度过了一段愉快的旅程。他们吃着鱼子酱三明治、喝着香槟，然后，在火车巨大的发动机的轰鸣中，他们以缓慢的节奏在狭窄的铺位上做了一次又一次爱。女孩表现得很热烈，似乎她太久没有尝试过激烈的性爱了。那天夜里，她两次将邦德弄醒，轻轻爱抚着他，什么也不说，只是用手摸着他那侧着的强壮身躯。第二天，她又两次拉下车厢的窗帘，挡住外面的强光，握着邦德的手说："爱我，詹姆斯。"她的姿态，恰似一个伸手向大人索要糖果的孩子。

即便到此刻，邦德似乎还能听见火车驶至平交路口时所发出的清脆的叮当声、车头传来的响亮汽笛声以及车站里那种单调的喧哗声。那个时刻，他们俩躺在铺上，等待着情欲的轮子再次开始飞驰。

吉尔·麦特生当时对邦德说金手指看上去似乎很放松，对自己的失败并不在意。他让吉尔告诉邦德，说一周后他将飞到英国，想在桑维奇同邦德打一场高尔夫。他不会把邦德怎么样——不会威胁他，也不会咒骂他。金手指还说，希望邦德让吉尔乘下一班火车返回。吉尔也告诉邦德说，她愿意回去。邦德当时跟她发生了争论，但她说她不怕金手指。他会怎么对待她呢？是的，对于她来说，一周100镑的工作还是很诱人的。

杜邦先生的事处理好以后，他将1万美元塞给邦德，还说了很多感谢和祝贺的话。邦德决定将这笔钱给吉尔。邦德设法说服了她。

"我不需要这笔钱。"邦德说，"我不知道该怎么处理它，不管怎样，只要你想离开金手指，这笔钱还能应急。我本该给你100万的。昨晚和今天，我永远不会忘记。"

邦德将她送到车站，在她的唇上重重地吻了一下，然后离开了。这不是爱，但是在邦德乘出租车离开宾夕法尼亚车站的时候他想起了一句名言："有的爱激烈似火，有的爱锈蚀不堪，而最美妙、最纯净的爱是情欲。"他们都不会后悔。他们俩犯下什么罪了吗？如果有，是哪种罪？是不贞之罪吗？邦德独自笑了起来。他又想起一句名言，是一个古代的圣人——圣奥古斯丁说的话："哦，上帝啊，赐予我贞节吧。但是现在别给我。"

桌上的绿色电话机响了。"先生，我找到了三个'金手指'的资料，但是其中的两个已经死了。第三个是一个住在日内瓦的前俄情报官员，他现在开着一家理发店。他在替'顾客'理发时，会偷偷将情报塞到对方的右边衣兜里。他曾在伏尔加格勒失去一条腿。还需要什么吗？先生。这里还有与他有关的其他信息。"

"不，谢谢。那不是我要找的人。"

"早晨我们可以跟刑事调查部（CID）的档案室联系一下，您有那个人的照片吗，先生？"

邦德想起了他拍摄的照片。他还没想起要把照片放大。如果在投影分析仪上将金手指的样子摹画出来，那样动作也许会快些。邦德说："投影室现在有人用吗？"

"没有，先生。如果您要用，我去替您操作。"

"谢谢。我一会儿就下来。"

邦德让总台告诉部门领导他的去处，然后走出房间，乘电梯到达1楼的档案室。

夜晚，整座大楼都矗立在寂静中。而在这片寂静中，包含着柔和

的机器运转的沙沙声以及一种隐秘的存在——邦德经过一道门，听见
了装了消音器的打字机发出的咔咔声；当他又路过一道门时，房间中
传出无线电收报机急剧的跳动声；此外，还有通风系统发出的低泣声。
所有这一切给人以置身于停泊在港口边的战舰上的错觉。

档案室的值班官员已经到了投影室，开始摆弄起投影分析仪来。
他对邦德说："先生，您可不可以跟我大略描述一下此人的面貌轮廓
呢？这将有助于筛选掉明显不符合其相貌特征的幻灯片。"

邦德将金手指的面貌大概描述了一遍后，就坐了下来，看着大屏幕。

投影分析仪是一台可以将一个犯罪嫌疑人的面貌大致还原的机
器——不管人在哪里，无论是在街道上，还是在火车上，乃至路过的
汽车里，只要有人瞥到一眼，这样的机器就能将其相貌还原。它是根
据幻灯的原理而设计的，操作机器的人把各种形状和大小的头部闪现
在屏幕上。若当事人认出一种特征，这种特征就可以停留在屏幕上。
然后各式发型又闪现出来，接着其他面部特征也会一个接一个地在屏
幕上出现——不同形状的眼睛、鼻子、下巴、嘴、眉毛、面颊以及耳朵。
最后，整张脸的图像会形成，达到与目击者所记忆的图像极为相近的
地步，然后拍照，放入档案资料中。

金手指的脸很特别，组合起来费了些功夫，不过最后还是拼出来
一张与他本人很相像的黑白图片。邦德又陈述了他的其他特征，如晒
过日光浴的肤色、头发的颜色以及眼神，整个成像工作才告一段落。

"在漆黑的夜里，我可不愿碰到长成这样的人，"档案室的人评价说，
"刑事调查部的人上班后我会把这个交上去。午餐时您会得到答复。"

邦德回到 7 楼的房间。在世界的另一端，现在是午夜。位于东方
国家的那些工作站要结束一天的工作了。还有一些信号要处理，再写
完值班日志，就该 8 点了。邦德打了个电话给餐饮部，要了份早餐。
邦德刚吃完，桌上的红色电话就"呜呜"叫了起来，是 M！这家伙怎

么竟然早到了半个小时？

"您好，先生。"

"来我办公室，007。在你下班前我有几句话跟你说。"

"是。"邦德将电话放下。他套上大衣，用手拨了拨头发，告诉总台他的去处，拿起夜班日志走进电梯，M的办公室在8楼，也就是顶层。可爱的莫尼彭尼小姐和办公室主任都没来，邦德敲了敲M的门，便走了进去。

"007，请坐。"M像往常一样点燃了烟斗。他脸色红润，面部擦洗得很整洁。他的脸微微有些皱纹，像一个经验丰富的水手，他穿着白色硬领衬衫，领带打着个宽松的结，看上去朝气蓬勃，精神焕发。邦德这时意识到，熬了一夜后，他的下巴已经长出青黑的胡楂儿，衣衫凌乱，憔悴不堪，与M形成了鲜明对比。他不得不勉强打起精神来。

"晚上这里还算清静吧？"M拿起烟斗，吸了一口。他以锐利的目光注视着邦德。

"很安静，先生。香港那边——"

M略微举起了左手："没关系，稍后我会看值班日志。哦，在这儿，看到了。"

邦德将绝密卷宗递给M。M将它放在一旁，然后朝邦德笑了笑，他的笑中带着罕见的讽刺与谴责，"情况不同了，007。现在不用你值夜班了。"邦德也笑了笑，不过有点紧张。他觉得自己脉搏已加速，而以前在这间房子里，他常有这样的感受。M也许要派任务给他了。邦德说："先生，我刚开始熟悉这一工作。"

"很好。不过以后你有的是机会。有新任务了，还是一个很邪门的任务。这个任务涉及你没有碰过的领域，也许，只有天使才能破这个案子。"M忽然很随意地将手中的烟斗向旁边一挥，"而这个天使还得做到'当局者清'，保持清醒。"

邦德坐下，什么话也没说，等待着 M 后面的话。

"昨晚我跟英格兰银行的总裁一起进餐，从他那里我总能听到些新东西。至少对于我来说很新奇。黄金——这种物质所折射的社会阴暗面，走私、伪造，等等。如果不是亲耳所闻，我还不知道英格兰银行的人竟然了解那么多诡计的内幕。当然，保护我们的货币是他们工作的一部分。"说到这里，M 扬了扬眉毛，"对黄金有研究吗？"

"没有，先生。"

"好，今天下午你就有机会了解了。下午 4 点，你将在英格兰银行会见一个叫史密兹上校的人。中间的时间够你睡觉了吧？"

"可以，先生。"

"好的。那个史密兹上校看上去好像是英格兰银行研究部门的头儿。总裁先生告诉我，那个部门其实就是个间谍系统。我也是头一次知道银行还有情报部门呢。不过这也表示我国的情报工作是无懈可击的。无论如何，史密兹上校和他的小伙子们总是对全世界银行界的任何风吹草动都保持高度警惕呢——特别是与我国货币及黄金储备有关的欺诈行为，等等。近来，有些意大利人在用纯金仿造我国的金币，不论是外形还是成色，都一模一样。不过，一枚英镑金币或法郎金币的价值，可远远高于铸成它的黄金的价值。别问为什么。如果你感兴趣，史密兹上校会告诉你一切。不管怎样，英格兰银行已经雇了一大帮律师起诉这些意大利人——技术上这可能算不上犯罪——不过，在意大利的法庭败诉后，他们又到瑞士去起诉。你可能已看过相关报道。然后，在贝鲁特又发生了美金汇率案件，在世界各大报刊上激起了轩然大波。我是无法理解。但是我感到在保护我国的货币方面，我们已经让一些疯子钻了漏洞。有些坏东西发现这些漏洞了。史密兹上校的工作就是识破那些鬼把戏。总裁先生告诉我所有这一切的原因是，'二战'后多年以来，史密兹上校一直在研究英国黄金大量外流的问题。他主要用演绎的方法来研究，再加上部分的直觉。史密兹上校承认自己势单力孤，这项工作也很难有新进展了，但是他极力说服总裁先生将此事上报到首相先生那里，得到首相的允许后，要求我们参与。"M说到这里停住了，他迷惑不解地看着邦德，"你知道谁是大英帝国最富有的人吗？"

"不知道，先生。"

"好，让我们猜猜，或者这么说：谁是最富有的英国人？"

邦德在脑海里搜索着名字。以前报纸上提及过很多有钱人的名字，不管他们是不是真的很富有。但是谁是大家根据其银行存款判断出的妇孺皆知的全国首富呢？看来他必须回答M的这个问题。他迟疑地回答道："好的，先生，有个叫沙松的。还有那个名为，呃，埃勒曼的轮船业大亨。据说考德莱勋爵也很富有。还有就是那些银行家们——罗斯柴尔德、巴林和汉布罗斯家族。还有一个叫威廉姆斯的钻石大亨，南非的奥本海默。其他的，我想还有那些现在仍然很富有的公爵们了吧。"邦德的声音越来越小。

"不错，的确不错。但是你漏掉了一副扑克牌中的'大王'，还有个人，如果总裁先生不告诉我的话，我根本不知道他。他堪称英国最富有的人，他叫戈德芬格，奥里克·戈德芬格，他的姓就是'金手指'的意思。"

邦德忍俊不禁，大笑起来。

"怎么回事？"M的声音听起来有些恼火，"这究竟有什么好笑的？"

"很抱歉，先生。"邦德控制住自己的笑，说道，"事实是，昨晚我还在投影分析仪上将他的面貌成像了。"他看了眼手表，然后压低了声音，"现在这张画像已送到刑事调查部的档案室去了。我想请他们提供一些有关此人的线索。"

M勃然大怒："你到底在搞什么？怎么还是像一个毛头小孩一样莽撞？"

邦德冷静地答道："好的，先生，是这样的……"他将在迈阿密的经历和盘托出。

M 的脸色平静下来。他坐在桌边，身躯前倾，聚精会神地听邦德说着。邦德说完后，他靠到椅背上，嘴里不停念叨着"好、好、好……"，然后将双手放在脑后，盯着天花板，思索了一会儿。

看到 M 这样，邦德几乎笑了出来。他在想，等到刑事调查部的报告送来后，他会受到怎样的斥责呢？ M 的下一个问题忽然打断了他的思绪："顺便问一下，那 1 万美元你怎么处置了？"

"先生，我把它给那个女孩了。"

"什么！为什么不给'白十字会'？"

白十字基金会是为因公殉职的情报工作人员的家属所设立的基金会。

"抱歉，先生。"邦德不打算就这一问题跟上司争论。

"哼！"M 对于邦德好色这一点从来都颇有微词。这是对他所信奉的维多利亚式道德的冒犯。不过他决定还是不予追究了。他说，"好吧，现在就这样吧，007。今天下午你就会获悉所有情况了——有关金手指的趣事。他是个古怪的家伙，我曾在布莱德俱乐部见过他一两次。他在英国时，常去那里打桥牌。他也是英格兰银行要追查的人。"M 停顿了一下，他和颜悦色地从桌子一端看着邦德，"从现在起，看你的了。"

第六章
黄 金 史 话

邦德沿着台阶往上走，进入英格兰银行华丽的青铜门廊，走进宽阔而有轻微回声的门厅，四处打量着。他脚下是金光闪闪的"鲍里斯·安立普"镶花地板，在高达20英尺的弧形窗户外面，是中央庭院，里面是修剪整齐的草坪和天竺葵，左右两边是光滑的霍普敦伍德石柱步廊。整个大厅内散布着一股经空调净化过的空气的清新味道，这里的气氛显得庄严而华丽。

一个身材健壮、穿着粉色长礼服的门童走过来问道："需要为您做什么吗，先生？"

"史密兹上校在这里吗？"

"您是邦德长官，是吗？这边请。"门童走到右边的两根柱子间，向邦德示意。一扇隐藏得很巧妙的青铜门打开了。电梯上行10多英尺，到了二楼。电梯门打开，外面是一条墙壁上镶嵌着格子的走廊，尽头是一扇高大的亚当式窗户。地上全铺着厚实的灰棕色威尔顿绒毯。门童在最后一扇雕刻精细的橡木门上敲了几下，这扇门比一般的门高大、雅致得多。

桌边坐着一个灰头发的女人，靠着墙壁排列着灰色的金属档案橱。这个妇人正在一本四开的黄色便笺簿上写字。她向来人笑了笑随即抓起电话，拨了一个号码："邦德长官来了。"

她放下电话站起来说："这边请。"她领着邦德穿过房间，走到一个上面覆盖着绿呢的门边，推开门，邦德走了进去。

看到邦德进来，坐在桌后面的史密兹上校站了起来，神情严肃地说："您能光临真是太好了。请坐！"邦德便随意坐在一把椅子上。

"抽烟吗？"史密兹上校把一个银色的烟盒推到邦德面前，他则坐了下来，给自己的烟斗装起烟丝来。邦德抽出一支雪茄，将它点燃。

这位史密兹先生以前当过上校——也许他当年是在参谋部工作的。军人出身的他看上去温文尔雅，但其言谈举止中带有一种严肃的气质。他戴着一副角质镶边的眼镜，身躯精瘦而干练，很像一位古代王室的陪臣。

邦德并没有拐弯抹角，径直问道："今天您叫我来，是不是想谈谈有关黄金的问题？."

"我想是这样的。今天，我收到一封银行总裁发给我的信函。这封信使我觉得有必要把我知道的所有有关黄金的事都告诉您。当然，您应该明白，从现在起我和您将进行的谈话，内容可是绝密的。"

史密兹上校说罢，迅速地扫视了邦德一眼。他发现邦德没有回话，并且脸上浮现出不悦的神色。他觉得自己说的话似乎有些不妥，连忙纠正道："显然，身为同行的我不必提及这一点。您可是一位训练有素的……"邦德接口道："其实我们每个人都认为自己手上的秘密任务才是最重要的，而他人的秘密也许就不如自己的那么重要。您这么提醒我，可能没错。不过，请您放心，除了我的上司之外，我绝不会和其他任何人提及这件事情。"

"好，很好，很高兴您能这样做。您知道，我已在英格兰银行工作了许多年，自然而然就养成一种过于谨慎的习惯。"史密兹上校不无尴尬地解释道，随即又转回到了原来的话题，"这是一宗黄金交易案件。这个您大概没有想到吧？"

"我想我看了案件卷宗后会了解情况。"

"哦，是的。您知道，黄金天然就是世界上最有价值和最炙手可热的商品。不论一个人在世界上哪个市镇或乡村，只要手中有黄金，就可以以之换取实物和服务。不是吗？"史密兹上校讲起他在行的东西，不禁兴奋起来，眼眸中也迸射出得意的火花。说完这句话，他看了一眼桌上的便笺，以整理谈话思路。

邦德索性靠到椅背上，面对上校将要发表的滔滔不绝的讲演，做好一副洗耳恭听的态势。

"第二点，"史密兹上校举起他的烟斗，表情严肃地以一种告诫的口吻说，"黄金是一种稀有贵金属。由它铸成的金币在数量上是绝对有限的。如果一国制出的金锭印有标记，那么很显然，不法分子在进行非法黄金交易时会铲除这种标记，或者干脆将它熔化掉，铸成一块新的金锭。这样一来，如果一国政府要想查明该国黄金的流向，其难度可想而知。同理，如果想查清楚整个世界的黄金是如何流通的，更是势比登天。以本国为例，我们英格兰银行只能统计清楚我们自己的金库及造币工厂内的黄金储量，或顶多大概摸清英国珠宝业和典当业所拥有的黄金总量。"

"对于我国所拥有的庞大的黄金总量，您为什么觉得有必要弄个一清二楚呢？"邦德诧异地问道。

"这恰恰是因为黄金和以黄金为本位的货币是我们的英镑享有国际信誉的基础。对于我们自己，完全能算出英镑的真正币值。至于其他国家，则只能从我国货币的含金量推算出个大概。"

"邦德先生，"史密兹上校的眼眸中一扫刚才的柔和，话说到这里时，它们已被磨削得分外锋利，"我的主要任务就是监视并防止本国黄金从本国领土及其他英镑区外流。可以想象，如果某国的黄金价格高于我国的官方黄金牌价，在高额利润的驱使下，黄金就很容易流到那里去。因此，我所要做的就是指挥刑事调查部的黄金缉查组去截住黄金外流的行动，并设法使它完璧归赵。简而言之，就是要堵住这个可怕的漏洞，逮捕相关犯罪嫌疑人。"

"邦德先生——"史密兹上校说着又耸耸肩，透出一股绝望的意味，"您知道，能带来高额利润的黄金必然会吸引来最狡猾、最具心机的犯罪分子。要我凭借一己之力去捉拿他们归案，确实很难。"

听了上校的抱怨，邦德问道："这应该只是一种暂时的现象吧？出现这种情形，只是因为黄金稀缺。如果黄金产量上去了，这种情形还会持续下去吗？近来我听说在非洲发现了大金矿，据说从那里挖出来的黄金似乎足以改变世界黄金的供应局面。那样的话，这个漏洞应该就能堵住了。现在这样归根结底是不是因为人们没有足够的黄金以供使用和流通？我想，黄金的地下市场也许也是像其他物品的黑市一样吧？当物品的供应量增加，出售其的黑市就会自然消失——'二战'后，当时被视为'神药'的青霉素不也是一度千金难求吗？"

"对于黄金，恐怕不会那样，邦德先生。黄金黑市绝对不会像青霉素黑市那样容易消失。在现在这个世界，人口每秒钟正在急速地增长着——您知道吗？大概平均每一个小时，就要有5400人来到这个世界。另一方面，一小撮利欲熏心的人已经变成黄金的奴隶，以囤积居奇为生财及守财之道。他们不信任他们的政府所发行的纸币，乐于埋一些金币在花园里或床下。此外，还有一些人用黄金来镶牙，或者配制金边眼镜，将珠宝镶在黄金首饰上——特别是每个人都需要的订婚和结婚戒指。由于存在这样的正当需求，每年这样的消费者都要从市场买走若干吨黄金。

"在一些现代工业流程中，金钱、金箔和混合金又是必需品。上帝赐予黄金的特殊物理及化学性质使它每天都会被用到新的领域。黄金光泽好，韧性强，同时也是一种柔软的延展性强的金属。除铂金外，普通金属的密度都没有它大。当然，它也有美中不足的地方——第一，它不够硬，磨损常会带来可怕的损失。日常生活中人们通过接触其表面所磨下来的微粒常留在口袋里，或者是在皮肤的毛孔里。因此，不知不觉中它会耗损掉不少。每年世界的黄金储藏量都会因为这种日常的耗损而在无形中减少。"话及此处，史密兹上校忽然变得愁眉苦脸，"此外，黄金本身还有一个最要命的缺点，即它是通货膨胀的天然护身符。邦德先生，您应该知道，人们出于对通货膨胀的恐惧，往往会使他们牢牢攥住手中的黄金，这样一来，黄金的流通就停止了。为了应付在未来的经济生活中可能遇到的不测，人们乐于囤积黄金。有种说法也许会让您感到骇人听闻，可是一点也不夸张——长此以往，大量黄金刚从地球上的某个角落被挖出来，马上就会被埋到另一个角落里去。"

史密兹上校喋喋不休地说了一大通，邦德听着听着，不禁微笑起来。看来，眼前的这个人生活在黄金的世界中——他脑子里想的都是黄金，估计晚上做梦梦到的还会是黄金。哈，这个不苟言笑的人算是打开话匣子了，他很忠于自己的职业，真的陷入了黄金的世界。邦德忽然想起，自己以前在追查一个钻石走私犯时也是这样的。那时他也曾努力使自己进入钻石的魔力世界。想到这里，他说："上校先生，在我调查这宗案子之前，还有哪些是我所该知道的呢？"

"哦，我说了这么多，您应该不会感到厌烦吧？您刚才提出，在整个世界范围内，现在黄金的产量很丰富，因而该惠及形形色色的消费者。很不幸，事实并非如此。实际上，在全球范围内，黄金的蕴藏量正在日益陷入枯竭的境地。您也许会反驳说，世界上还有很多国家在勘探金矿藏。您要是这样想，那就错了。这么说吧，现在，只有在海底的陆地上和海水中才有储量可观的黄金。历史地看，人们已在地表挖了几千年黄金了。古埃及人、迈锡尼人、蒙特祖马人以及印加人都曾拥有过巨额的黄金财富，克罗伊斯和米达斯则挖空了中东地区的矿藏，积累了大量黄金。在欧洲历史上，大量挖掘出黄金的地区也不少——如莱茵河和波河流域，还有马拉加地区和格拉纳达平原。时至今日，塞浦路斯岛被挖空了，倒霉的巴尔干半岛也所剩无几了。在亚洲的印度，淘金热也一度席卷举国上下——据传闻，那里有一种从土中钻出来的蚂蚁，它们身上会带有金屑。可想而知，这样可怕的传闻会让印度人拼命地去冲刷田野，漫山遍野地找黄金。古时，罗马人也在威尔士、德文以及康沃尔等地挖掘黄金。到了中世纪，墨西哥和秘鲁等地也发现了金矿。再然后，淘金者的手便伸向了当时被称为'黑人的土地'的黄金海岸。随着北美洲大陆的开发，人们发现了更多的金矿，并一窝蜂地涌向育空地区和伊埃多拉多地区，燃起了有名的北美大陆'淘金热'。到后来，尤里卡金矿逐渐枯竭了，这给近代第一个淘金时代画上了休止符。到19世纪中叶，俄国勒拿河谷和乌拉尔地区又发现大量黄金矿藏，这使得该国一跃成为当时世界上最大黄金产出国。至于近代第二个淘金时代，则肇始于威特沃斯兰金矿的发现与开采。您也许知道，老的开采黄金的方法是利用汞使金块和黄金分离。到了第二个淘金时代，人们发明了一种新的提炼黄金的办法，即氰化物处理法。时至今日，人们又开采了南非奥兰治自由邦的黄金矿藏，这使我们进入了第三个淘金时代。"说到这里，史密兹上校伸直手，伸了一下懒腰，"不错，现在黄金仍不断地从土地里冒出来。克朗迪克、霍纽斯特和爱多拉多等地曾是世界上出产黄金最多的地方，可是，当年这些地方所出产的所有黄金加起来也只抵得上眼下非洲两三年的黄金产量！

"从现有资料分析，从1500年到1900年，在4个世纪里，全球黄金产量大约为1.8万吨；然而，从1900年到现在，仅仅50年左右，全球却已经开采出4.1万吨黄金！

"邦德先生，按这种比例算起，如果不加控制，"史密兹上校说着，身躯向前倾去，"说出来可能让人吃惊，50年内，全世界的黄金蕴藏量就会完全耗竭。"

邦德捺着性子，尽量耐心地听完上校发表这一有关黄金史的长篇大论，同时也尽量表现出一副严肃的样子，以应和上校的苦心。接着，他慢慢地说道："您刚才讲给我听的人类黄金史话非常妙。不过，我想情况也许不像您所想象的那样糟糕。现在，人们不是已经从海底开采石油了吗？也许，不久的将来人们会发明开采海底金矿的方法。现在，请您谈一谈您前面提到的那宗黄金走私案吧？"

不巧的是，这时电话铃响了起来。上校抓起电话筒，因为对话被打断而感到不耐烦："我是史密兹。"说话的时候，他脸上也写满了烦躁，"菲尔比小姐，就夏季比赛项目的事我的确给您留过一张便条，我没记错。是的，下一场比赛是对狄斯康特队，星期六。"

电话那头，对方似乎又说了些什么，史密兹答道："噢，如果华勒克太太不守球门，只好让她当后卫了。她要上场，就只有这个位置。不可能每个人都打中锋或前锋。是的，请你告诉她，就说如果她能打好，我感激不尽。我相信她能行。好了，菲尔比小姐，谢谢你。"

挂了电话，史密兹上校取出手帕，擦着前额："这时候电话来打扰我们的谈话，真是抱歉。不知为什么，现在运动项目差不多变成我们银行的人最关心的事了，简直快赶上福利了。这不，最近我担任了银行女子曲棍球队的教练，不得不花很多时间为一年一度的运动会做准备。"

"好。"史密兹上校举起一只手，在空中挥了挥，似乎想把那些烦人的事甩开，"现在让我们来谈谈黄金走私的问题吧。呃，首先请允许我谈一下英国和英镑地区，这可是一个重要的问题。邦德先生，英格兰银行总共雇用了三千名职员，而在兑换控制部门工作的雇员就达一千人。而在这部分人中，至少有一半——包括我的工作小组——在从事控制黄金非法流向的工作，即控制黄金走私或逃避兑换管制条例的非法行为。"

"确实是一个庞大的机构。"邦德说，同时拿它与情报局的人数进行比较——情报局的人总共约有两千。"如果您不介意，讲个走私的案例听听可以吗？要不就举黄金走私的案例吧？当然，对这些相关法案我还不甚了解。"

"可以。"史密兹上校的声音忽然显得轻松而略显疲惫。邦德感觉出，这是为国家、为政府做牛做马的人说话时会不自觉地流露出的状态，这样的口吻也是司法部门的专家们爱操持的口吻——这样的姿态表明他的权威身份以及对该部门的情况已了如指掌，甚至对其余相关方面的事情也足以做出不太离谱的揣测。邦德对这种派头再熟悉不过了，这是英国高级文官所惯有的派头。不管怎么说，虽然邦德对上校先生那令人昏昏欲睡的讲述早已厌烦，但他还是开始喜欢这个家伙了。

"好的，让我假定你口袋里有一根金条，其大小、形状相当于两包香烟，大约 5.25 磅重吧。姑且不管其来历如何——也许是偷来的，或是继承来的，或是通过其他渠道得来的。这根金条的成色是 24K，也就是说，是纯金的。那么，根据英国相关法律规定，你必须把它出售给英格兰银行，价格也是法定的，每盎司 12 英镑。那么，这根金条就值一千英镑左右。

"不过呢，你又十分贪财好利。你碰巧有个要到印度去的朋友，或者，你跟一个飞机驾驶员或轮船乘务员有交情，他们将要启程到那个东方国家去。如果你想将这块黄金处理掉，所需要做的事情便是把这根金条切成薄片或小块——当然，这种技术活你很容易就能找人干。接着，你可以把这些小薄片缝进一条布带里，然后交给你的朋友，请他系在身上，并答应给一百英镑酬谢他。

"你的朋友的目的地是孟买，然后他可以到市场上找一个兑换商。这个兑换商可能会按照印度的牌价出 1700 英镑来收购你那条 5 磅多重的金条。您看，您一下就赚了 700 英镑。"

"还没完，"史密兹上校说着又开始显得兴奋了，拿着烟斗挥了一下，"要知道，那只是百分之七十的利润。要是在'二战'刚结束的时候，你完全有可能获得三倍的利润。一年你只要干上六七桩这种暗度陈仓的生意，你就可以坐享其成了，哪里还用得着工作？"

"为什么印度金价会这么高？"邦德对于这个倒无所谓，但他怕 M 会追问他。

"具体原因一时难以说清，总之印度这个国家缺黄金。不仅如此，由于宗教及生活习惯的关系，该国的珠宝业所需要的黄金比其他任何国家都要多。"

"那在实际操作中，这种走私活动的规模有多大？"

"非常大。这么说吧，仅在1955年，印度情报局和海关没收的黄金就达4.3万盎司。据我估计，这个数字也许只有实际走私数额的百分之一——黄金从很多途径流入这个国家。最新的方式就是从澳门空运入境，然后再用降落伞把它交给一个接收小组，每次空投一吨。讽刺的是，这个作案'灵感'来自我们在'二战'时的做法——那时我们不是把救援物资空投给纳粹德国占领区的那些抵抗组织吗？"

"我明白了。除了印度，还有没有别的国家，走私黄金能带来很大的利润呢？"

"其实，在大多数国家都可以捞到一点利润，比如瑞士。不过，到那儿去赚点蝇头小利是没有多大意思的，印度是再理想不过的地方。"

"好了。"邦德说，"我想我了解得差不多了。现在，请谈一下您的问题吧。"他靠到椅背上，点燃了一支香烟。不知为什么，现在他很想听听这位上校对金手指有多了解。

这时，史密兹上校的眼眸里闪现出严厉的神色，同时又显得有些闪烁不定，他说道："早在1937年，有个人来到了英国。他来自波罗的海沿岸的拉脱维亚，是个难民，名叫奥利克·戈德芬格，就是我们这位金手指先生。那时他大概只有20岁，脑瓜子非常灵。由于他当时就已经猜测到俄国人很快会并吞他的祖国，便干脆逃到了英国。据说他是祖传的金匠，他父亲和祖父曾经为法贝热炼过黄金呢。

"那时候他有一点钱，身上带着我刚才跟你提到的那种携带黄金的布带子。我猜那是他从父亲那儿偷来的。本来，这种有正当职业的人对社会是无害的，因而他很容易就获得了英国的居留证。他在英国安顿下来之后，旋即在英国各地收购了几家小当铺，并安排他自己的人去经营，给他们优厚的待遇。此外，他把那些典当铺的招牌一律改名为'金手指当铺'。

"然后，您猜怎么着？他用这些典当铺收购、出售廉价珠宝和旧金饰。你也许不知道，他那种地方往往都挂着上书'收购旧金器，不拘大小，价格从优'的招牌。这家伙经营得很不赖，他也很有头脑，铺子往往设在富人区和中下层人士居住区之间。另外，这些铺子从来不购赃物，因而在各地的警察局中享有不错的声望。

"他住在伦敦，像个巡回法官一般每个月到各地巡行，视察他的铺子的经营状况，收集所有找得到的旧金饰。奇怪的是，他本人对珠宝并不感兴趣。当然，他管得并不是太死，还是会让各分店的经理各自按照各人的爱好去经营铺子。"

说到这里，史密兹上校停了下来，诧异地看着邦德："也许您会认为，那些收购来的小金盒或金十字架都是些微不足道的小玩意儿。是的，它们都不大。但是，设想一下，如果你有20家收货的铺子，每星期每家都能收购上六七件这类小玩意儿，再将它们熔炼一体，我们看到的金块就可观啦。

"第二次世界大战爆发时，这个金手指和其他的珠宝商一样，必须按照政府的规定申报自己的藏金量。在存有的旧档案中，我找到了他当年申报过的数字——他名下所有铺子加在一起，竟然只有区区50盎司！我想，仅仅是各店收购的金戒指之类的东西，也不止这个数吧！

"当然，尽管有欺诈嫌疑，他还是获准保留了这些黄金。'二战'时，他在威尔士又悄悄开一家机械工具公司。不过，他仍在努力经营、维持着他的铺子。后来，他通过这些店铺又和美国兵们做了不少买卖，因为那些在英国打仗的美国兵身上经常会带着金鹰章或面值五十元的墨西哥金币。

"战争结束以后，金手指又悄悄搬到了位于泰晤士河河口的雷卡尔维尔，并在那里购买了一幢房子、一艘设备齐全的不列克斯罕拖网捞船和一辆旧的'银鬼'牌防弹汽车。此外，他还在住宅旁边开了一家小工厂，名为'泰纳合金试验厂'。他的工厂里雇用了一个不想回国的德国战俘为冶金专家，还雇了六七个从利物浦挑来的韩国脚夫。我想他雇那些人的用意在于他们不懂得我们的文明语言，这样可以消除泄密的危险。在接下来的十年中，我们掌握的有关此人的基本情况是，他每年乘他的拖网船出去旅行一次，目的地是黄金奇缺的印度。还有，他也曾乘他那辆汽车每年到瑞士去逛几次。

"后来，他在日内瓦附近为他的合金试验厂建立了一家子公司，当然，他的店铺还照常营业。不过呢，他不再亲自去收集各商店收购的旧金饰了，而把这项活计交给一个会开车的韩国人去干了。是的，傻子也看得出，这位金手指先生并不老实。不过，表面上他的举止很规矩，和警察局关系处得也不错。尽管当时全国各地也发生过很多黄金欺诈案件，可并没有人注意到他。"

史密兹上校忽然又停了一下，充满歉意地看着邦德："邦德先生，我说的话没有使您厌烦吧？我希望你能对这个人有个大略的印象——表面上这个人沉默寡言、遵纪守法、谨慎小心，甚至具备我们都称赞的'精干'和'独当一面'的长处。而在他碰到一次小小的麻烦以前，我们甚至没有听说过他的名字。那还是在 1954 年夏天，当他的拖网船从印度驶回英国时，不巧在古德温搁浅了。于是，他便把这条破船作价卖给了多佛尔打捞公司。当这家公司在拆卸这条船时，他们发现在船舱的木板上沾着一种褐色的粉末。他们都不知道这是什么东西。于是，这家公司的人把一些样品送去当地一个化学家去化验。当这个化学家说这种东西是黄金时，他们都惊讶至极。

"你也许知道那个化学反应——即便是黄金，也可以溶解在一种液体里，这种液体叫'王水'，由盐酸和硝酸按照一定的比例混合而成。

如果在这种液体中加入还原剂，如二氧化硫或草酸，就会使黄金沉淀，变成一种褐色的粉末。接着，在摄氏一千度的高温下，这种粉末可以还原为金块。当然，该反应过程中会有有毒的氯气泄出，所以在处理时应特别留意。这家打捞公司一位爱管闲事的人，在聊天时把这件事告诉多佛尔海关的工作人员。于是，一篇报告就从警察局和刑事调查部那里送到了我这里。同时，他们还附上了金手指每次到印度去都携带的货物清单副本——您猜清单上写的所运货物都是什么？让人意想不到的是，竟然都是些用作农作物肥料的矿渣！根据常识，这一点也会令人深信不疑，因为现代肥料在制造过程中的确会产生多种矿物质。

"这样一切都真相大白了。金手指把他收购的旧金饰溶解，使它沉淀为褐色的粉末，然后再将它冒充为肥料装在那条拖网船上，大摇大摆地运往印度。然而，单凭这些证据，我们还不能给他定罪。我们还暗中调查了他的银行存款和缴税情形，在兰斯格特市巴克莱银行中，他存有两万英镑，所得税和特别附加税每年也都按时缴纳了。这个数字只能表明他的珠宝生意经营得当。我们不甘心，在刑事调查部的黄金小组又找了两个缉私员，派他们去调查金手指的工厂——您可以想象到当时的情景——'先生，实在对不起。我们是劳工部轻工司派来做例行检查的。要检查一下贵厂的安全与卫生。''请进，请进。'金手指热烈地欢迎了他们。

"接下来，您猜怎么样？据我估计，他结交的银行经理或其他什么线人早已向他透露了消息。最后的调查结果是，这家工厂的确是生产廉价合金的工厂，这些合金是供珠宝商们应用的——比如说，他们试用像铝和锡这样的不常用的金属代替常用的铁、铜乃至铂。当然了，作为掩人耳目的伎俩，那儿也不会少了黄金的踪迹，因为那里的熔炉温度可高达摄氏两千度呢。话说回来，金手指毕竟是个首饰匠啊，这些小熔炉和其他设备都是其维持生产所必需的。因此，黄金小组的人失望而归。于是，当地的法院认为，仅凭那条拖网船木板内的褐色粉末，而没有其他佐证材料，不足以立案起诉。

"他们的说法也确有道理。"史密兹上校又慢慢地抖了一下烟斗，"但我也不甘心，这里肯定有诈。此事暂时告一段落后，我便开始到世界各地的银行去调查。"说到这里，他又停住了，街道上的喧哗声从他背后那堵墙上面半开的窗户里传进来。

邦德悄悄地看了一眼手表，五点了。史密兹上校站了起来，双手支在桌上，身躯前倾，脸上带着一种凝重而稍显急切的神色："邦德先生，我已花了五年时间调查他，根据我手上的数据，仅以现金计，这家伙现在是英国的头号富翁。无论是在苏黎世、拿骚，还是在巴拿马或纽约的银行保险箱里，他都存有金条。粗略估计一下，这些金条总价值约为两千万英镑。

"还有，真正重要的是，邦德先生，这些金条跟我们英格兰银行所拥有的那种有刻印的金条都不一样，它们身上没有任何标明产地的记号，它们都是金手指自己熔铸而成的。我曾乘飞机到拿骚，在当地的加拿大皇家银行的金库里，看了一下他保存的金条——那些东西可价值 500 万英镑！

"令人啧啧称奇的是，他似乎抑制不住冲动地要在他的每一件'作品'上签名，仿佛一个有怪癖的艺术家。不过呢，他在金条上签的'名'要用显微镜才能看清：他的每一根金条上，在某处都刻了一个小小的字母'Z'。我们明知这些黄金中至少有大部分是属于英国的，可我们银行对此却无计可施。因此，邦德先生，我们郑重请求您介入，前去调查这个人，并把那些黄金收回来。您也许知道，现在我国的货币危机和银行高利息的情况有多么让人无法乐观吧？是的，我们英国需要那些黄金，需要把那些黄金收回来，越快越好。"

第七章
主 动 出 击

两人交谈完以后，邦德跟着上校来到电梯旁。当他们在等电梯时，透过走廊尽头的长窗，邦德看着外面。这时，他将目光投向英格兰银行后那个幽深的庭院，一辆看上去很棒的褐色货车穿越了三重钢门，驶进了庭院。车停下后，有人出来把车上装的纸板盒卸下，放在短短的传送带上，货物通过传送带运入银行的内部。

史密兹上校见状走到邦德身边，说："这些盒子里装的都是面额五英镑的纸币，是刚从拉夫顿印刷厂运来的。"

电梯来了，他们一起走了进去。邦德说："我不太喜欢这些新的货币，因为它们的外表和其他任何国家的钞票看上去没有两样。原来的那种则是世上最美丽的钞票。"

两人一同穿过大厅。这个时候，大厅里灯光暗淡，已经没有什么人了。史密兹上校微笑着说："实际上，我同意阁下的意见。问题在于，'二战'时德国国家银行曾伪造过我国货币，并且非常逼真。等到苏联人占领柏林后，这种伪钞的印模又成了他们的战利品。我国曾要求该国国民银行把那些印模还给我们，可是遭到拒绝。因此我行和我国财政部都认为这样下去太危险——因为在任何时候，如果莫斯科政府觉得有必要或发生兴趣，他们就会对我们的货币发动一轮大规模的袭击。因此，我们不得不收回旧的五英镑钞票。是的，新的五英镑券虽然外表上没有从前漂亮，不过，至少它们不易伪造。"

说着话，值夜班的卫兵开了门。顺着外面的台阶，上校将邦德送到针线街上。街上也几乎没有行人了，路灯也亮了。邦德和上校告别后，沿着这条街向地铁走去。

过去，邦德从没有注意过英格兰银行，不过，等他走进这个世界后，他又突然发现：这位生活在针线街的老妇人，虽然老了，但她还拥有一副完整、健康的牙齿呢。

按照原计划，邦德要在6点回去向M报告。他见到M时，M的脸上不再那样容光焕发，整天的工作已经使他憔悴。当邦德走进办公室，在他桌子前面的椅子上坐下时，他注意到M在努力地清理自己的思绪，以处理将要出现的新问题。他伸了伸腰，伸手摸过烟斗，高声向邦德问道："情况如何？"

邦德明白，他这种特殊的吼声并不是真的发脾气。他花了五分钟，简明扼要地报告了一通。当他报告完毕时，M若有所思地说："无论如何，恐怕我们必须要接下这宗案子了。虽然我们对银行业务不太了解，但还是不得不挑起这副担子。过去我一直认为，我们的英镑是否坚挺可靠，应赖于我们的努力工作，而不是依赖于我们有多少黄金库存。战后德国人并没有很多黄金，可你瞧瞧在十多年内他们的成就。然而，所有这些对于政治家们来说，这可能是一个再容易不过的答案，或者，也是一个难之又难的答案。"

"那我们该怎样去对付那个家伙？你现在有什么主意吗？该怎么去接近他？要不去他那里找些脏活儿干？"M抬头看着邦德。

邦德若有所思地说："先生，我认为以向他求工作是无法接近他的。这种人很有个性，只尊敬比他更强硬或更聪明的人。我曾经打败过他，他给我的唯一信息是他喜欢并期盼和我打局高尔夫。看来，我只能以此去会会他了。"

"哈，这是我的高级助理打发时间的好办法啊！"M话中带刺地感慨道，但又透出一股子无可奈何，"好吧，就这么干吧。不过，如果你提的这个办法能奏效的话，那你最好再打败他一次。对了，你准备以什么身份去呢？"

邦德耸耸肩："先生，我还没有考虑过。不过，既然我已经告诉他我来自通用出口公司了，我想我最好还是装成刚刚离开的样子吧，见了他，我就说在这家公司里没有前途，所以想另觅生计。再者，眼下我因为在这里待腻了，打算移民到加拿大去。我想，就以这个借口见他吧。当然，去见这个人再小心谨慎都不为过，这家伙可不容易被愚弄。"

"好的，有什么情况请及时汇报。你可不要认为我对这件案子不感兴趣。"听了邦德这番话，M 的声音也发生了变化，表情也和缓许多，眼神也已经重拾了旧有的急切和严肃，"现在，我再告诉你一些英格兰银行没有提供给你的情况——通过一个偶然的机会，我得到了一根金手指的金条。事实上，今天就有人把这么一根金条交给了我，上面刻了一个 'Z' 字。上星期，当丹吉尔的雷德兰德驻官办公室 '着火' 时，我们从 '抢' 出的物品中弄来了这根金条。你去看看上面的这种标记。呃，战后曾经有这种特殊的金条落到我们手上。这是第二十根。"

邦德闻言插嘴道："可是，那种丹吉尔金条，是不是从苏联的 '斯莫希' 组织那里流出来的？"

"一点不错，我曾经核对过。从前那十九条上面刻有 'Z' 字的金条，都是从苏联斯莫希那里的工作人员手中得来的。"说到这里 M 又停顿了一下，接着，他温和地说，"007，如果说金手指原本就是苏联斯莫希的国外管家或司库，那我一点儿也不会感到惊奇。"

第二天，邦德驾驶着一辆 "阿斯顿·马丁 DB Ⅲ" 型轿车，向罗彻斯特大街驶去。在剩下最后一英里路程时，他改变了车速，把挡挂到三挡，然后又移到二挡，冲上一段坡路。这时，引擎发出了 "嗒嗒" 的不满响声，上坡后，邦德又把挡恢复到三挡。他关掉车灯，无可奈何地跟在前面汽车行列的后面。如果幸运的话，他还得花上一刻钟跟着缓行的车流，穿过罗彻斯特大街与查塔姆大街。邦德又换回二挡，让车子慢慢地走。他伸手从另一座位上的青铜盒子中摸出一支香烟，把它点燃。

他选择了这条路到桑维奇去，因为他希望早点去看一下金手指的领地雷卡尔维尔，然后，他将要横越塞尼特岛，到拉姆斯盖特，将他的高尔夫球袋留在邮船公司，早点吃完午饭，然后动身去桑维奇。

这辆汽车是他精心挑选的，局里本来打算给他配一辆美洲虎牌汽车，但他还是挑选了这辆"DB Ⅲ"。其他车都与他现在的身份不符了——一个富有、喜欢冒险、追求放荡生活的青年。至于这辆"DB Ⅲ"的优点，则在于它的颜色不引人注目，它像一艘军舰那样灰暗。作为特工用车，车上还有些特殊的装置。它有几个开关，可以改变头灯或尾灯颜色，这在晚上跟踪时用得着。它的前面和后面，有加强的钢质缓冲杠，必要时可以去撞击其他车辆。在驾驶座位下，还有一个巧妙的空穴，里面正好装一支四五型长管手枪。它有一个轻便的收音机，可以接收"信鸽"电台的广播。此外，它还有不少隐蔽的装置，或许有用，或许没用，但可以迷惑大多数海关人员的耳目。

至于其他型号的汽车，虽然各有各的特色，但是邦德都不喜欢。前面车辆很多，一辆接着一辆。邦德无法超越，只好慢慢地跟随着。然后，邦德发现一个机会，向前冲了50码，挤到一辆反应迟钝的家庭轿车的前面。开车的人身上系着安全带，头上卡着一顶帽子，愤怒地不停按着喇叭。邦德举起拳头，伸到窗子外面示威，喇叭声一下子停止了。

M所说的那种理论究竟对不对？的确，俄国人没有能力支付他们工作人员的费用。众所周知，他们各个特务机构的金库总是空虚，以致他们的人经常向莫斯科抱怨，他们连一顿满意的饭也吃不起。也许，"斯莫希"不能从内政部获得补给，或者内政部不能从财政部获得经费——总之，情况都是一样，产生了无穷的财政困难，以致他们失去机会，不守信用，浪费了不少时间。

因此，在俄罗斯境外的某个地方，如果一个人头脑聪明，会理财，不但能为各特务分支机构提供经费，而且会赚大量的钱维持"斯莫希"海外工作站的开销，从而不必从莫斯科方面获得任何财政的支援，那这个人一定会大受欢迎。另外，这个人的功能不仅止于此。他还在相当程度上损害了一个敌国的货币基础。如果这一切推理全部正确的话，那么"斯莫希"应该有一个完美的计划，并由一个杰出、能干的人切实无误地实行着。

邦德心中一面这样忖度着，一面驾着汽车飞快驶上小山，超过六七辆汽车后，进入了查塔姆。

关于金手指为什么会如此贪婪，想获得更多的金钱，这样的解释大概也行得通了。对这个事业和对"斯莫希"的忠诚，或者为了一枚勋章，这可是一种比金钱强大得多的动力。只要安排妥当，经营有方，拿出一万或两万英镑也是值得的。至于用于所谓"革命"运动方面的资金，用于"斯莫希"特殊的训练方面的经费，多多益善。金手指赚钱的终极目的看来不只是满足自己的欲望，而是要征服整个世界了！

这样就意味着，在做生意的时候，哪怕是表面上再正当不过的生意，随时都会冒一些风险，正如已经被邦德所发现的那样。不过不管怎么样，那样都是值得的。就算是他过去所做的每一件事都被揭发出来，英格兰银行又能拿他怎么样呢？至多不过意味着两三年的铁窗生活罢了。

车驶入吉林罕郊区时，路上的车辆减少了。邦德又开始加速。他的手和脚在下意识地驾驶着车子，头脑里却还在整理刚才的思绪。

也许，就是在 1937 年，正是由"斯莫希"把藏黄金的带子缠在年轻的金手指先生腰上，把他遣送出来的。也许，当在圣彼得堡的间谍学校接受训练时，他就显示出其特殊的才能和贪得无厌的品性。上级告诉他，战争将要爆发，他必须隐藏起来，静悄悄地敛聚金钱。他必须保持自我清白，不和其他任何秘密工作人员见面，不接受或传递一件文书。因为其他活动都由组织安排好了——比如经常在报纸上刊登一些不引人注意的广告。一般来说，这类广告中涉及的物品不是要价太高，就是因描述不当而无人问津。金手指也许就用这种办法跟老东家进行相互联络。金手指会顺从地把价值两千英镑或五千英镑的金条留在许多信箱之中的其中一个里。而这种信箱在他离开俄国以前，就已经由莫斯科方面安排好了——或是把钱放在一座特殊的桥、一棵中空的老树或一条河的岩石下。这样的地方在英国其他任何地方都会有。反正他自己不会去任何一个投放点两次。莫斯科方面则负责通知地下工作人员去收取藏金。

战后，金手指生意亨通，成了一个大佬。这时，双方联络的信箱便不再是低级的桥梁和树木了，而改在银行保险箱、火车站行李存放箱等处。不过，可以想象，规则仍旧和以前一样，金手指绝不会去同一地点两次——他绝不能拿自己的生命来冒险。

也许一年之中，他只会接受一次指示，或者在某个公园里、某次聚会上与人交谈，或者在乘火车旅行时口袋中被塞进一封信。当然，大多数情况下他交纳的是金条、匿名的金条。这样，即使被截获，也没有踪迹可循，只有那个小小的"Z"字。或许是出于虚荣心，他在自己的每件作品上都雕刻了那个小小的"Z"字。他应该没想到，这一伎俩已被英格兰银行的史密兹上校在执行职务时偶然识破了。

现在，邦德正在驾着这辆DB Ⅲ穿越华维沙姆园艺人士所种植的兰花带，太阳从伦敦的浓雾后面钻了出来。左侧，泰晤士河在远处泛起粼粼的波光，河上片帆点点，还夹杂着长长的浑身光亮的油船、粗短的商船和古色古香的荷兰货船。

邦德离开了坎特伯雷路，转到连接度假地的一条风景宜人的道路上。汽车仍以每小时 50 英里的速度平稳地行驶着。邦德漫不经心地握住方向盘，倾听着排气管发出的"嘶嘶"声，思绪仍摆脱不了金手指。投影析像仪上所显示出的金手指相貌和他前次与金手指的较量，常出现在脑海中。

邦德想到，当金手指每年把一两百万英镑的款额倒进"斯莫希"的血盆大口中去时，他聚敛的财富也像金字塔一样地堆积起来。无论何时，只要胜券在握，他就会拼命地收聚钱财，他的每一粒黄金，都充分地发挥其无比的力量。除莫斯科方面，没有一个人曾经注意到他的发迹史，没有一个人怀疑金手指这个金匠，这个合金制造人，这个雷卡尔维尔和拿骚的居民，这个花花公子俱乐部和圣维契的圣马力克斯俱乐部的受人尊敬的会员，竟一直都是个最大的间谍！在他的帮助下，几百或者几千个无辜的人死于"斯莫希"的屠刀下！只有我们的M 怀疑了他，只有邦德对他有所了解！

现在，由于一架飞机在世界的另一面延迟起飞而引起的一连串偶然的机会，一系列的巧合发生了，邦德开始走上与这个人对抗的征程。

邦德不禁冷笑一声，搞这种特工职业，巧合的事真是司空见惯：只要有足够多的巧合，一粒小种子会成长为枝繁叶茂、遮天蔽日的参天大树。现在，他又得出发去把这棵可怕的大树摧毁。用什么去摧毁它呢？难道用这根高尔夫球杆？

这时，他发现一辆新漆过的天蓝色福特大众型轿车正在沿着前头的坡路向前疾驶。邦德轻轻地按了两声喇叭，可是，前面这辆车没有反应。这辆福特牌汽车正在以每小时 40 英里的速度前进。它固执地挡在前面继续它的进程。邦德猛力按下喇叭，发出尖锐的响声，想让它让开。他驱车向它冲去，但它仍不避开，邦德只好踩住刹车。这个讨厌的家伙！怎么撒起野来了？邦德看到该车司机两手高高地握着方向盘，头上戴了一顶奇丑无比的黑色高顶圆帽。邦德心想：算了，不必与这种人较劲。于是，他调整了一下方向盘，傲慢地从它内侧冲过去。邦德又向前行驶了五英里，进入了美丽的赫纳湾，他的右侧传来了曼斯顿的喧嚣声。

邦德看见三架"超级军刀"飞机正在降落。它们飞掠而过，消失在右边的地平线下，好像要冲进泥土里去似的。邦德减慢了速度缓慢地前进，可是并没有停下来。他发现这儿的海岸线光秃秃的，一艘拖网船难以做什么事情。金手指的船可能停靠在拉姆斯盖，那个宁静的小港口吧？至于海关的工作人员和警察们，他们可能只会注意到从法国走私来的白兰地。在道路与海岸之间，有一丛浓密的树林，树林中隐约现出几处屋顶和一个中型工厂的烟囱，一缕轻烟正在升起。

大概就在这里。不一会儿，他就来到一条长长的车道的门口，一块厚重的牌子上书：塞尼特合金试验厂，再看下面，则写着"闲人免进"的字样。一切看上去都非常体面。

邦德驾着车慢慢前行，此外没有什么东西可看的了。他在右手第二个转弯之处拐了弯，越过曼斯顿高地，驶到了拉姆斯盖特。12点，邦德站在他歇脚的房间打量着：一张双人床，一个浴室。房间位于邮船公司旅馆的顶楼。他简单地把行囊解开，走到楼下的快餐馆喝了一杯伏特加酒，吃了两份放了不少芥末的火腿三明治，然后，回到汽车里，慢慢地前进，驶往桑维奇的圣马克斯俱乐部。邦德带着球杆到高尔夫球手修理间，艾尔弗雷德·布莱金正在给一个球杆安一个新的匝圈。

"你好，艾尔弗雷德。"

布莱金猛然抬起头来。他那黝黑的脸上立即笑逐颜开："嗨！这不是邦德先生吗！"说着与邦德握起手来，"我们有15或者20年没见面了。先生，是什么风把您吹到这儿来了？不久以前，有人告诉我，说您在外交界工作，常常在海外出差。呃，我可从来没出过国。先生，你还是用平抽式抽球吗？"艾尔弗雷德·布莱金紧紧握着他的手，把他打量了一番。

"艾尔弗雷德，恐怕积习难改了。我一直没有时间来看你。你太太和塞西尔都好吗？"

"都还好。塞西尔在去年的肯特锦标赛里得了第二名。要是他能少干点活，在这方面多努力一点，今年他准能得冠军！"

邦德把球棍靠在墙上，这里一切如故。在他的少年时代，有一段时期，他每天都在圣马克斯俱乐部打球，一天打两场。

"詹姆斯，练习一下，你就会成功，你真的会成功。你为什么要洗手不干呢？只要你改一下你的平抽式打法，你是相当不错的。当然，你还得克制住脾气。只要两年，或者一年，我就能使你成为一个出色的球手。"

不过，此前邦德总感到在他的一生中只靠打高尔夫球过活，似乎是没多大出路的。对于当时的他来说，要是从事这种运动，他那时就得忘记功课，尽情地打——而他并不想成为一个只会打球的文盲。

不错，自从他在这里打最后一场球之后，到现在差不多已经有20年了。

他一直没有回到这儿来过球。想起来有些伤心。当邦德在总局工作时，他的很多周末都花在打高尔夫球上。不过，他是在伦敦附近的球场打球，像亨特库姆、斯温利、圣宁德尔、柏克郡等地，他都去过。"艾尔弗雷德，现在来打球的人多吗？"

这位职业球手转向后窗，对旗杆周围的停车场瞥视了一下。他摇摇头说："先生，现在不多。这种季节，又不是周末，难得有很多人来打球。"

"你今天能打球吗？"

"先生，抱歉，我已经和他人有约，每天下午两点钟我要陪一个会员打球，天天如此。塞西尔到普林斯去训练了，以准备参加锦标赛。真是糟糕！先生，您在这儿停留多久？"

"不久。不要紧。我可以和一个球童打一场。要和你交手的人是哪一个？"

"先生，是金手指先生。"艾尔弗雷德表现出一副沮丧的样子。

"啊，金手指，我认识这个家伙。不久以前，我曾经在美国和他会过一次。"

"先生，你认识他吗？"艾尔弗雷德显然觉得难以相信，竟会有人认识金手指先生。他仔细地注视着邦德的脸，等待着进一步的解释。

"那他打得好吗？"邦德抢先问道。

"马马虎虎吧。"

"如果他每天都和你打，那他应该打得不错。"

"先生，是的。"从这个球手的脸上，邦德可以看出他对这个特殊的会员没有什么好印象。不过，他是个恪尽职守的人，又忠诚于自己的俱乐部，所以他不会轻易地把自己的看法说出来。

邦德微笑着说："艾尔弗雷德，你还是老样子，我知道你的意思是说没有别的人愿和他打球。还记得华卡逊吗？英国最糟糕的高尔夫球手。没人愿意和他打球。可我记得20年前你还是经常和他打球。说实话，金手指到底怎么样？"

这位球手笑了起来，他说："詹姆斯，没有变的是你，你还是那么喜欢刨根问底。"他向邦德走近一步，压低了声音说："实情是这样的，有些会员认为金手指先生有点不正派，先生。比如，他总爱说谎。不过，那只是传闻，我从来没有发现什么事情。他是个沉默寡言的绅士，住在雷卡尔维尔，时常到这儿来。不过，最近几年，他每年只来一次，只停留几星期。每次来都先打电话，问有没有人能陪他打球。当这儿没有别人的时候，他就约定塞西尔或者我。"

"今天上午，他打电话来问这儿有没有什么人来打球。有时候，真说不准会碰上一个陌生人。"

艾尔弗雷德抬起头来，奇怪地瞧着邦德："我想，今天下午你来和他打球怎么样？你来这儿，没有对手打球那么不好。况且你认识他。要不他会认为我在设法使他不和别人打球。"

"艾尔弗雷德，哪儿的话，你是以此谋生的。要不我们三个人一起打，打三杆？"

"那他不会打的，他会说打三杆太慢了。我想这也对。你不必担心我的报酬，我在这里有很多事情要做。这样，一个下午都会快活的。"这时，艾尔弗雷德瞧了一下表，"他随时都会到达。我去替你选一个球童。你还记得霍克吗？"说到这里，艾尔弗雷德纵声大笑起来了，"还是那个老霍克，他看见你来一定会很高兴的。"

邦德说："非常感谢您，艾尔弗雷德。我倒要看看这个家伙是怎样打球的，不过，你最好对他说，我是偶然到这儿来修理球杆的。我是这里的老会员，战前就时常在这儿打球。我需要一根新四号球杆，你们有现货可以供应。总之，一切都是偶然的。千万不要说你已经把和他有关的事告诉了我。我会待在这儿，这样，就可以使他有一个机会选择伙伴，也不至于使我难堪。说不定他还不愿意见我，好不好？"

"很好，先生，我会照办的。你瞧，那就是他的车。"艾尔弗雷德向窗口指去。大约在半英里以外，一辆黄色汽车正在公路上转弯，驶上通往球场的小路。

"很棒的车。我小时候，在这里经常看见这种车。"邦德看见那辆旧"银鬼"车向俱乐部疾驰而来。这辆汽车真是漂亮极了！在阳光下，银色的散热器闪闪发光，顶上的黄铜行李栏杆，也闪烁出炫目的光彩。这种高大的轿车在20年前非常难看，但不知为什么，到今天却显得非常悦目。除了黑色的顶和窗子下面的黑格之外，这辆汽车全都是淡黄色的。驾驶员座位上坐着一个身穿浅褐色御风轻便外衣的人，头戴一顶帽子。他的脸大而圆，被一副黑框大眼镜遮住了一半。在他身旁，坐着一个身材矮胖、穿黑色衣服的人，一顶圆顶高帽牢牢地戴在他头上。这两个人目不转睛地笔直向前凝视，好像在驾驶一辆灵车一样。

汽车驶近了，六只眼睛迎面扑来——这两个人的眼睛以及这辆汽车的一对大灯，这一切似乎是笔直地穿过小窗子，射入邦德的眼睛。

邦德本能地后退几步，站在一个黑暗角落里。他意识到自己这一不自觉的动作，暗自笑了笑。他抓起一根短球杆，低下头选择开始击球的位置。

第八章
球 场 争 锋

"下午好，都准备好了吗？"听这声音，来人的态度似乎很冷淡，好像是在下命令，"我看见俱乐部外面有一辆汽车，是不是有什么人来打球？"

"说不准，先生。是一个老会员来修理一根球杆。先生，你要我去问问他吗？"

"他是谁？姓什么？"

邦德在注意倾听，脸上现出一种令人捉摸不透的笑，他希望来人的声调马上会起变化。

"是一位姓邦德的先生。"

果然，声音停顿了一下。"邦德？"不过，音调并没有改变，显然，这人对此相当感兴趣。

"不久以前，我曾经遇见过一个姓邦德的家伙。他叫什么名字？"

"先生，他叫詹姆斯。"

"啊，对了，"这一次停顿的时间更长了，"他知道我要到这儿来吗？"

邦德可以感觉到金手指的触觉在探测情况。

"先生，他现在在工作间，可能已经看见你的汽车驶过来了。"

听到这里，邦德心里想，艾尔弗雷德是个向来不说谎话的人，这次他会不会应付自如呢？

"这倒不错。"金手指的声音变得轻松一些了。他还想从艾尔弗雷德·布莱金那里获得更多的情况，"这个家伙打的是哪一种球？"

"先生，他小时候时常来这里打球的，后来就没有看见过他到这儿来打球了。"

"嗯。"

邦德可以感觉到来人在琢磨着这些话，也许，鱼饵马上将会被吞下去。他把手伸进球杆袋取出第一号球杆，开始用一块虫胶片来擦试棒柄，装出一副忙碌的样子。工作间的工作台被他搞得吱吱直响。邦德背向着敞开的门一个劲儿地擦着。

"我想我们曾经见过面。"走廊上传来了低沉而淡漠的声音。邦德迅速地回过头来望着："天哪，我简直不敢相信自己的眼睛。您是金、金、金手指先生！"他希望自己做作得不至于太过分。同时，他故意以一种不高兴和疑惑的口吻说，"你是从哪儿冒出来的？"

"我告诉过你我要和你在这儿打球，记得吗？"金手指狡猾地望着他，眼睛睁得很大，眼睛中射出的光线似乎又透视到邦德脑壳里去。

"忘记了。"

"麦特生小姐没有把我的话告诉你吗？"

"没有，什么话？"

　　"我要她对你说，我愿意到这儿来和你打一场高尔夫球，她没有提到吗？"

　　"啊，那好，"邦德颇为客气地说，"不过我们得改天再来打。"

　　"我本约定和那位职业球手打的，现在，我可以改和你打。"金手指说。毫无疑问，金手指已经上钩了。邦德现在必须努力让他咬住钓饵。

　　"干吗不改天再打呢？我今天到这儿来是修理一根球杆的。再说，我还没练过球，也许一时还找不到球童。"邦德故意尽量地推辞。其实，他最想做的事就是和金手指打一场高尔夫球。

　　"我也有好久没打球了。（听了这话，邦德心想，这家伙真是一个十足的骗子。）况且，修理一根球杆并不要多少时间。"金手指转身走进工作间，"布莱金，你能够替邦德先生找到一个球童吗？"

　　"先生，可以找到。"

　　"你看，就这样安排了！"

　　邦德懒懒地把球杆放回球杆袋里："呃，好吧，那就打吧。"他想出了一个使金手指分散注意力的方法，他不客气地说，"不过，我先说好，我喜欢打高尔夫球赢钱。我可不想只是为了好玩而不厌其烦地把一个球滚来滚去。"邦德对于自己装出的这种性格感到很得意。

　　金手指的眼睛里迅速地闪过一种胜利者的光芒，他淡漠地说："那也适合我的胃口，随你的便吧。我想你说过你打的是九洞？"

　　"不错。"

　　金手指小心地说："我可不可以问一下，在什么地方？"

　　"亨特库姆。"邦德在圣宁达打的也是九洞，亨特库姆的场地比较容易打些，这样说不会吓倒金手指。"我打的也是九洞，是在这个球场。那么，这是一场平手赛，对不对？"

　　邦德耸耸肩："你比我强得多。"

"你这话我不信。"金手指信口答道，"不过我要告诉你我要做什么。赌注是你在迈阿密从我这儿拿过去的那笔钱。你记得吗？数额是一万美金。我喜欢赌博。让你我来试一试。"

邦德故作冷淡地说："这个数目太大了。"他迅速地考虑了一下，觉得他会得胜。于是，他又装作无可奈何地说，"当然，你可以说那笔钱是白捡来的，就是丢了也不会心痛。噢，那好吧。来得容易去得快，今天我们打赌，赌注就算是一万元美金。"

金手指转过身，对布莱金说："布莱金先生，一切都安排好了，非常感谢。把您的场地费记在我的账上。我今天不能和你打球，真是非常抱歉。另外，我来付球童费。"他那平淡的语调中出现了亲切感。艾尔弗雷德·布莱金走进工作间，把邦德的球杆拿起来。他望着邦德说："先生，记着我告诉你的话。"他闭了一下眼睛，向邦德暗示，"我的意思是指你的平抽式，你一定要注意。"

邦德对他笑了笑。艾尔弗雷德的听觉有所欠佳，他可能没有听清楚刚才谈到的数目。不过，他明白这将是一场重要的球赛。"艾尔弗雷德，谢谢你。我不会忘记的。请拿四个彭福德型球来。"

邦德穿过工作间，走出俱乐部，来到他的汽车旁边。那个戴圆顶高帽的男子正在用一块布擦拭那辆"银鬼"车。邦德感到这个人停下工作在注视着他取出拉链包，然后走进俱乐部。这个人有一张方方的、扁平的黄脸。他就是其中一个韩国人吗？

邦德把草地费付给管事人汉普顿，走进更衣室。更衣室还是老样子——旧的鞋子、短袜和客人留下汗水的气味，这里是英国最有名的高尔夫球俱乐部，可它的卫生条件却和维多利亚时代一所私立学校差不多，这是为什么？邦德换了短袜，穿上一双有钉子的旧鞋。他把上装脱下来，披上一件已经褪色的黑风衣。

是不是要带上香烟和打火机？他已经准备好上场了。邦德慢慢地走出更衣室，心中考虑着这场球。他曾经故意刺激这家伙，来参加一种高价的恶战，使金手指对他更加尊敬，也使金手指认为邦德是那种残酷无情的、奋力拼搏的冒险者。这样的人对金手指可能是很有用的。

邦德曾经想过，这场高尔夫球的赌注应是一百英镑，可是，结果竟是一万美金！高尔夫球史上可能还没有出现过赌注这么高的单打赛。除了美国的冠军赛，或者是加尔各答业余球手大赛，才有这种情形，但那是赞助人而不是打球者来下赌注。

金手指的私账由于上次交锋留下了一个缺口。他绝不会甘心，会想方设法把钱捞回去。当邦德谈到下赌注打球时，金手指马上就发现了这个机会。

赌注现在已经下定，无论如何，邦德不能失败。他穿过工作间，去艾尔弗雷德·布莱金那儿拿了高尔夫球和球座。"先生，霍克已经替你拿去了。"

邦德走出工作间，穿过一片修剪了的海滨草地，朝第一号球座走去。金手指正在离球洞二十码的绿地上以杆击球。他的球童名叫福克斯，正站在附近，把球滚给他。金手指换了一个姿势，把一根木质短球杆放在两腿之间轻轻击球。一看金手指这种击球法，邦德觉得他的勇气来了。他从不相信这种新式击球法。他宁肯相信他的旧胡桃木球杆，虽然它有走运的时候，也有倒霉的时候。但那是没办法的。

他也知道，圣马克球场的草地不论在速度或质地方面，都和这个球场上的草地不太一样。

邦德的球童就在前面，一边走，一边拿着邦德的球杆，敲击着想象中的球。邦德赶了上去："霍克，你好！"

"先生，你好！"霍克把球杆递给邦德，丢下三个旧球。他那机智而带有讽刺意味的脸上咧出歪曲的微笑，以示欢迎，"先生，好久不见了，你好吗？20年来你还打高尔夫吗？你还能把球打到发令员的小屋的顶上去吗？"他谈的是有一次邦德在比赛之前，曾经把两个球打进了发令员小屋的窗子。

"等着瞧吧。"邦德接过球杆，在手里掂了掂，然后估测了一下距离。

在练习草地上，击球的声音已经停止了。邦德做好准备，开始击球。他迅速抬起头，几乎以垂直角度把球推了出去。接着他又试了一次。由于球杆位置过低，一英尺见方的草皮跟着飞了起来，而这个球只滚了十码。邦德转身对着有些嘲讽地瞧着他的霍克说，"霍克，还不错。这两球只是试一下。现在再打一个漂亮的给你看。"

他走到第三个球边，慢慢地扬起球杆，然后用力敲过去。这个球飞到一百英尺高，然后再下落八十英尺。落在发令员小屋的茅草顶上再弹下来。

邦德把球杆交还给霍克，霍克现出深思、感兴趣的神色，他没有说什么。

然后，他把第一号球杆取出来，交给邦德。他们一同走到第一号球座，一路谈着有关霍克的家庭情况。

金手指轻松而冷淡地走过来。邦德向金手指的球童打招呼。这个人名叫福克斯，是个爱拍马屁、说好话的家伙，邦德向来不喜欢他。邦德向金手指的球杆瞥了一眼。那是一套美国的新产品，木棒上包着圣马克斯俱乐部的皮套子。球杆袋是美国专家们所喜爱的黑皮帆布袋。为了便于抽取，球杆都是分别放在卡纸板管子里。这是一套精制的球具。

金手指把一枚硬币抛向空中："我们猜正反来决定谁先发球好不好？"

"好的，我猜反面。"

结果是正面。于是，由金手指先发球。他把他的第一号球杆取出来，掏出一个新球说："邓洛普一号球。我总是用这种球。你的球是什么型的？"

"彭福尔德型。"

金手指热切地瞧着邦德："咱们严格按球规打？"

"自然。"

金手指走到球座边上，把球搁在球座上。他仔细地、聚精会神地摆了一两下球杆。这种动作邦德是非常清楚的。它是一种机械的、重复的棒法，表明这个人曾经以极大的注意力研究有关的书籍，花了五千英镑从最好的职业教练身上学来的。这是一种优美的、有力的棒法，在压力之下不会崩溃，邦德十分羡慕这种动作。

金手指摆出击球的姿势。他优雅地转动着身体，以一个极大的弧形使他的球杆头部向后摆。他两眼盯着球，扭动着手腕，机械而有效地使棒头向下，对着球做了一下美妙、标准的敲击。这个球向前疾驶，大约在草地上滚了二百码。

这一击非常优美，但并无创新之意。邦德知道，在整个十八洞中，金手指能够用不同的球杆重复采用这一击球式。邦德走向前去，为他自己安置了一个低的球座，以一种平板的打网球者的姿势，把球敲出去。这一击猛烈有力，他的球一下子越过了金手指的球，而且继续滚动了五十码。这是一个左曲球，停在草地左边深草地的边沿。

两人的头一击都很漂亮。邦德把球杆交给霍克，跟在不太耐烦的金手指之后慢步走了过去。圣马克斯俱乐部球场的第一洞，有四百五十码远。在这四百五十码起伏不平的草地中央有一个沙坑，捕截打得不太好的第二杆球。接着又有一连串的沙坑，分布在球洞处四分之三的草地上，以捕截打得好的球。

邦德注视着金手指取出了三号球杆，做了两次抽球练习，以调整击球的姿势。其实，有很多残疾人也打高尔夫球，其中包括盲人、独臂人，甚至没有脚的人。此外，还有人常常穿古怪的衣服去打球。其他打高尔夫球的人，并不认为他们穿着奇装异服。没有什么条例规定在打高尔夫球时应有什么样仪表，或该穿什么服装。这也是打高尔夫球的小小乐趣之一。

不过，金手指在打球时衣冠楚楚。他的服装款式，在球场上显得比较协调。火红的头发中央戴着一顶以纽扣固定的高尔夫球手帽，脚上是擦得雪亮的橘红色皮鞋。这套高尔夫球服十分时髦，短裤脚管系着松紧带，长袜子为杂色的，上面有绿色的袜带。或许，金手指曾去过服装店对裁缝说："替我做一身高尔夫球服，你知道，像苏格兰的那些高尔夫球手所穿的一样。"

社交的魅力对邦德造不成什么印象。他很少注意服饰对一个人的影响。但对金手指他却有着异常的印象。从第一眼看到他起，这个人的每一件事情都令邦德切齿痛恨。他这种特别炫耀的衣服只是这个恶棍施展的一部分魅力，从一开始邦德就感到讨厌。

金手指又一次表演着他那机械的击球姿势。球飞了起来，但是没有越过斜坡，反而弯到右边，停在短障碍区内。邦德走到自己的球边。球在地上高高突起。邦德取出第四号球杆，准备将它击飞过沙坑，他想起了一个职业球手的名言："反败为胜，现在正是时机。"他感到悠然自得，决定打一个满意的短球。

邦德刚把球击出去，就知道这一棒不会达到目的。高尔夫球的一次佳击和一次劣击之间的区别就如同一个美女与凡妇之间的差异——失之毫厘，谬以千里。这次球杆头的敲击只在球下面低了一毫米，却使球飞行的弧度高而软。他为什么当时不用一根三号木杆或一根二号铁杆来击这个球呢？结果，球击中了远洞的后缘，向后落下。

邦德从不计较已经击过的球是好是坏，只想怎样打好下一杆。他走近沙坑取出宽头杆，估量着到标杆的距离，二十码。球还在那里静静地躺着。他应该把两脚站得很开，以把球击出去呢，还是应该压低棒头,扬起很多沙呢?为了安全起见,他决定还是采用压低棒头的打法。这一击并不理想。不过,金手指打出的球也不比邦德的好多少。两人的球都停在离标杆还有三英寸的地方。

第一洞打完了,邦德把他的球抬起来,从霍克那儿取来第一号球杆。

"先生,他说他打的是几洞?"

"九洞,这是一场平手的比赛,必须打得比想象得要好。我应该用第三号球杆来打第二洞。"

霍克疑惑地看着邦德说:"先生,那还早呢。"

邦德知道已经不早了,反败为胜,现在正是时机。

第九章
再 度 失 利

金手指已经把球放在球座上,邦德慢慢地跟了过去,霍克跟在后面。金手指完成了例行的练习,又打了一个优美的重击球。第二洞有三百七十码远。

一阵微风袭来,金手指心想,借这一风力用五号球杆来打第二下效果会好些。

该邦德击球了。他集中注意力,用力将球朝沙坑打去。这是个左曲球,微风吹着它,使它飞起来,向前疾进。然后,它落下来,掉进沟里,只差一点就上了绿地。

金手指没有说话,走开了。邦德加快脚步,追上去问道:"您上次说您有什么旷野恐惧症。这里四处空空,不会使你感到害怕吗?"

"不会。"金手指故意走向右边。他对着在远处的半隐半现的旗子望了一下，计划着他的第二杆球。他取出五号铁杆，仔细地击球。这一球没有到达绿地，落到左边的深草中去了。邦德笑了笑。他明白金手指再用两杆击入洞，就算幸运的了。

邦德走到他的球边上，用球杆轻击球，球向前滚去，上了草地，越过了球洞一码，停了下来。

金手指又打了一个漂亮的抛起球，可是球离洞还有十二英尺，再看，转身走开了。邦德再用杆轻轻一推，球稳稳地进入了洞里。就这样，金手指和邦德一直杀到第五洞。由于疲乏，金手指手中的球杆都打脱了手："对不起，我不小心甩掉了球。"

邦德淡淡地说："当心点，以后别再这样了。"他说完取出一支香烟，把它点燃。

只见金手指狠狠地击了一下，球前进了二百码。然后两人一言不发地走下山丘。金手指突然提出问题，打破了沉寂："你干活的公司叫什么名字？"

"通用出口公司。"

"在什么地方？"

"伦敦摄政公园。"

"你们都出口什么商品？"

邦德从他愤怒的沉思中醒过来了：从现在起，该当心了，我这是在执行任务，那可不是游戏！邦德故意装作漫不经心的样子说道："啊，什么东西都出口，从缝衣机到坦克的输出，什么都干。"

"那您具体负责什么？"

邦德可以感觉到金手指的眼睛在紧紧地盯着他，他故作轻松地说："我负责轻武器生意。这么说吧，我的时间大部分都花在游说中东的酋长和南亚的王公们身上。外交部认为，只要不是我们的敌人，这种生意都可以做。"

"有趣的工作。"金手指的声音平淡而略显厌烦。

"实际上并不非常有趣。我想辞职不干了,所以我到这儿来度一星期假,想想我今后该干什么。如果英国没太大前途,那我想到加拿大去。"

"真的?"

说话间他们已经走过了深草地。邦德欣慰地发现他的球已经越过山丘,到达了草地上。现在邦德已经比金手指靠近了几英尺。轮到金手指击球了。他取出第三号木杆。他心里想,这一棒的目的不在于到达绿地,而只是穿越那些沙坑和那条溪谷。

邦德等待着自己的击球机会,眼睛盯着地上的球。这时传来一声木杆误击球的声音。金手指的球打偏了,沿着地面迅速地滚进一个乱石坑里。这个坑较深,里面有很多小鹅卵石。

邦德没有理会,取出第二号木杆,选择了击球的位置。他想他这一杆一定会使球穿过溪谷,滚到绿地上。他向右边移动了一下,打了个左曲球。

邦德和金手指你争我夺地一直打到第七洞。这时邦德已输了两杆。第八洞,距离比较短,邦德和金手指二人都以三杆把球打入洞中。在第九洞,邦德决心扭转逆势,至少应捞回。可费了半天劲,也没把球处理好。金手指用了四杆,邦德五杆。邦德又输了!

邦德叫霍克拿一个新球来。霍克慢慢把包皮纸打开,等待着金手指走过小丘,走向下一个球座。霍克轻声地说:"先生,您看见金手指先生在第六洞的那个沙坑里做的事吗?"

"看见了,那一击还真不错呢。"

霍克诧异地说:"啊!先生,您真的没有看见他在那个沙坑里做什么吗?"

"我离得太远了,没有看见,他到底干了什么?"

金手指和他的球童已经走下了山丘,不见人影了。霍克不声不响地走到围在第九洞绿地的一个沙坑中，用脚趾在沙地里踢成一个洞，然后把一个球丢进洞里。接着，他站在这个半埋的球的后面，把他的两只脚合拢来。他抬起头来望着邦德，并对他说："先生，你记得他跳起来看球吗？"

"我记得他跳了一下。"

"先生，让我示范一下。"霍克向第九洞的标杆望着，跳了一下，正如同金手指在第六洞的那个沙坑里所做的一样，好像要看一看球洞。他抬起头来瞧着邦德，并指着他脚下的球。他两只脚在球后面重重地一击，不但踩平了沙坑里的原有的凹坑，而且把球挤得突了出来，好像放在一个球座上。这就是说，金手指在第六洞时滚到沙坑里的那个球，本来是不可能击起来的，经过这么一种非法的动作，就美妙地打出来了。邦德默默地望了一下他的球童。说："霍克，谢谢你。把球杆和球给我。在这场球赛中，总有人要输的。如果这个人是我，我不会使它变为事实。"说完，他向霍克眨了一下眼睛。

霍克心领神会地说："先生，我懂。"于是他一拐一拐地走开了。

打完第十洞，邦德和金手指两人离开他们各自的球童，走下斜坡，向下一个球座走去。

这一洞，金手指打了一个漂亮的重击球，他感到十分满意。邦德突然问："顺便问一声，那位美丽的麦特生小姐出了什么事？"

金手指头也没抬，回答道："她已经辞职不干了。"

邦德心中暗想，这倒是她的运气。他接着说："呃，我还有事想找她。她到哪里去了？"

"我也不知道。"金手指说完离开邦德，向着他的球走去。由于金手指的失误，待打完十一洞时，邦德追回一杆。现在，邦德只输一杆了。

到了第十二洞，他们都以不精彩的五杆打完了这一洞，不分胜负。到颇长的第十三洞，也是彼此以五杆击球进洞的，金手指打了一个漂亮的杆推球。

十四洞打完，邦德仍旧还输一杆。现在只剩下四个洞了。打十五洞时，太阳正在西沉。草地上四个人的影子，慢慢拉长了。邦德摆好了击球的姿势。这个球位置很好。邦德开始挥动球杆。这时，他觉得有个黑影在他右眼角上移动。

他抬头看了看，是金手指那个大脑袋的影子。他正在翘着头仔细打量着天空。

"金手指先生，您的影子，请走开。"

金手指低下头，慢慢地转过身来瞧着邦德。他的眉毛一耸，显出疑惑的样子。他向后退了几步，静静地站着，没说什么。

邦德击球了。球先低低地飞着，划出一道优美的弧线，飞过远处那些起伏的沙坑，击中了地下面的岸壁，高高反弹起来，滚到标杆附近，随即不见了。

霍克走过来，从邦德手上把球杆接过去。他们一同向前走时，霍克非常郑重地说："这是我近三十年来看见过的最好的长射球之一。"然后，他降低声音说道，"先生，我看得出，他想报复你。"

"霍克，他差不多已经这么做了。"邦德掏出香烟，递给霍克一支，然后把他自己的香烟点燃。他静静地说，"现在，已打了十五洞，结果是旗鼓相当的，还有三洞要打。我们必须特别注意剩下的这几洞球。霍克，你懂得我这话的意思吗？"

"先生，不必担心，我会特别注意他的。"第十六洞的距离比较短。他们两人都打了三杆好球。

金手指一杆把球击入深草地中。霍克忙走上前去，放下球杆袋，帮金手指找球。深草地中，青草长得很茂盛，又长又密。下午快要过完了，除非他们的运气好，否则难以找到这个球。几分钟之后，金手指和球童仍旧在到处搜索。他们已走到草儿较稀疏的草丛地带去寻找。

邦德突然踩到了一样东西。那不是那个鬼球吗？他要不要把它踩到泥土里去？他耸耸肩，低下头去，轻轻地把球移出来，使它不致被埋没，但也不改变它的位置。

不错，是一个邓洛普球。"球在这儿，"他大声地叫道，"啊，不对，你打的是一号球，对不对？"

"是的。"金手指不耐烦地回答。

"呃，这是一个邓洛普七号球。"邦德把它捡起来，向着金手指走过去。金手指以奇异的目光对这个球瞥了一眼。他说："这不是我的球。"接着，他继续用他的第一号木杆的杆头，在那一丛一丛的草里面拨弄着。这是一个好球，没有毁损的痕迹，几乎是全新的。邦德把它放到口袋里，又继续找球。规定的五分钟马上就要到了，再过半分钟，老天爷，他就要宣布他打赢这一洞球了。金手指自己讲好的，一定要严格执行高尔夫球规则。朋友，好的，你也尝到规则的滋味了！

金手指沉着地朝邦德走过来，他仔细地寻找着，一步一步地穿过草地。

邦德说："恐怕时间要到了。"

金手指呻吟着，正想说什么，忽然传来了他球童的叫喊声："先生，你的球在这儿呢，邓洛普一号。"

邦德跟着金手指走到他球童所站的地方。这儿是一块较高的小平台。他的球童向地下指着，邦德弯下腰查看这个球。不错，一个几乎全新的邓洛普一号球，并且停的位置好得令人不敢相信。这真是一项奇迹，特大奇迹！邦德看了看金手指，又看了看他的球童。他平和地说："这一杆简直打绝了。"

球童耸耸肩。金手指的目光很平静："你的话似乎不错。"他转身向着他的球童，"我想我可以用第三号球杆把这个球打过去。"邦德退到一边，心中仍在深思着。

他转过身来看金手指打这个球。金手指又打了一个好球。它高高飞起，越过遥远的草地，奔向绿地。邦德走向霍克。他正站在草地上观看打球。一片长长的草叶子从他那扭歪的嘴巴上悬垂下来。邦德对他苦笑了一下。

邦德说："他找到那个球了，真是奇迹！"

"先生，那不是他的球。"霍克说。

"你这话是什么意思？"邦德紧张地问。

"先生，我看见金手指递过去了一张钞票，带白色的，可能是五英镑。福克斯一定是从他的裤脚管放下了那个球。"

"霍克！"邦德走了几步停下来，他向四周望了一下。金手指和他的球童正从五十码以外慢慢地走过来。邦德低声地说，"你可以发誓吗？你敢肯定吗？"

霍克含羞地一笑，眼睛里闪出诡诈的挑战目光。

"先生，因为我把他的球压在我的球杆袋下面了。"当他看见邦德正想说些什么时，他又接着说，"先生，对不起，在他对你做了那些不合法的动作之后，我不得不这样做。不过，我必须提醒你，他要整你呢。"

邦德忍不住笑出声来，他赞许地说："呃，霍克，你是个聪明人，你是那么全心全意地为我着想，要为我打赢这场球！不过，那家伙的确太不像话了，我得治他一下。现在，让我们来想个办法。"他们慢慢地走着。邦德的左手放在裤子口袋里，心不在焉地玩弄着他刚才从深草丛中捡起来的那个邓洛普七号球。突然，他头脑中闪过一个念头。有了！他挨近霍克，对远处两个人看了一眼。这时，金手指正背对着邦德从球杆袋里取出轻推杆。

邦德用肘子碰了一下霍克："拿着它。"他把手中的球悄悄地放到他手上，然后，轻声而急促地说，"当你从球洞边草地上拾起球的时候，不管球洞的情况如何，你把这个邓洛普七号球递给金手指。知道吗？"

霍克不动声色地向前走着，脸上没有出现任何表情："先生，明白了。"霍克走到绿地上，大踏步地循回去，转到旗子后面，在那里蹲下来，"先生，离洞口的右边一英寸。"

"你就让它待在那里。"邦德答道。霍克站起来走开了。金手指站在绿地右面，位于他的球附近，他的球童则停在斜坡的底部。

邦德弯下腰来用轻推棒，用力一击球，球奔上了堤岸，飞向球洞，猛地一下撞着了标杆，跳回三英寸，然后停了下来。邦德嘘了一口长气，把丢在一旁的香烟拿起来，看着金手指。金手指轻轻一拨，球在离洞口只有两英寸处停下来。

"好了，"邦德淡淡地说，"打成平手，只有一洞了。"现在关键是让霍克来捡球。如果金手指在短距离内把球打进洞，那么，把球由球洞里面捡出来的，将是金手指本人，而不是霍克。霍克低下头去，把那两个球拾起来，把其中一个向邦德滚过去，并把另外一个传给金手指。

四个人一同从绿地上走下来，金手指和往常一样走在前面。邦德注意到，霍克的手伸进了口袋。现在，只要金手指没有注意到球座上的任何事情就大功告成了。

由于打成平局，还只有一洞要打，金手指一般不会注意球，而是思索如何把球打得飞起来，怎样打到绿地上，以及风速多快等情况。现在，金手指站在球座旁。他弯下腰去准备抽球。球正面朝上停在球座上。他随即伸直了腰，向后退了两步，习惯性地挥动球杆。接着他小心谨慎地向着球走上前去，站在那儿，对着球看了一会儿：但愿他不会发现！但愿在最后一刻，他不会低下头去检查这个球！好的！球飞起来了。这一杆击得非常漂亮，球笔直地向着草地上飞去。

邦德心里唱起了歌：你中计了！你这个浑蛋！中计了！你这个浑蛋！邦德高兴地离开了球座，向着草地慢慢地踱过去，心中谋划着下一个步骤。金手指已经被打败了！现在，他已成为烤肉架上的肉了，邦德剩下要做的就是将他挂起来慢慢地烘烤了。对此邦德并不觉得良心上有什么过意不去。因为金手指已经欺骗了他两次——在第六洞他用脚把球挤上来，在第十七洞由他的球童改变球的位置而把球放在极佳的击球位置。另外，他还有很多次企图妨碍邦德击球。就凭这两点，他早已输了。如果邦德来要他一下，矫正计分，那也是公平合理的。况且，这并不是一场单纯的高尔夫球赛，这还是邦德的秘密工作，而他的责任是——一定要获得胜利。如果这一洞他输了，两个人的分打平。如果他赢了，他将比金手指领先两杆。

邦德猜想，像金手指这样自认为无所不能的人，是不能容忍这种结局的，这太令人难堪了。另一方面，金手指心中会想：邦德这个家伙有两下子。他性格刚强，爱冒险，诡计多端，正是一个我所需要的人。金手指小心地取出第三号球杆，打出一个长射球。他的表演很精彩。

邦德握住球杆，把球打上绿地离标杆二十英尺的地方。这正是他所希望的地方，既可对金手指造成威胁，又可使他欣赏将要得到的胜利。现在是关键时刻。金手指集中注意力。在他贪婪的神色中呈现出残酷的微笑。不要太用力，也不能太轻了。

邦德似乎可以看出这个人心中奔腾着万般焦虑之情。

金手指打了个轻推球。球沿着球洞线向前滚去，停在离标杆只有六英寸的地方。形势对金手指很有利。

邦德不慌不忙，向球走去，故意保持一种悬而未决的状态，让悬念就像一块黑云，把阴影长长地笼罩在绿地上。

"请标旗，我得进这一洞。"邦德说，似乎已稳操胜券，同时心里在想：这个球该怎么打，是偏左还是偏右，或者干脆让球不进洞呢？他低下头去轻轻一击，结果球从洞孔右边溜过去了。

"糟糕！没有进洞！"邦德大声叫喊起来，似乎充满了痛苦和愤怒。他走到洞位旁，拾起他们两个人的球，非常仔细地瞧着它们。金手指走过来，脸上现出了胜利的光辉："呃，真该感谢你能和我一起打这场球。看来，我的确要强些。"

"你当然是个优秀的球手。"邦德用讽刺口吻说。他把他手上的球瞥视了一下，把金手指的球挑出来，正要递给他时却诧异地大叫起来："喂！"

他目光锐利地望着金手指的球说："你打的是邓洛普一号球，对不对？"

"呃，当然是的。"金手指的第六感觉立即察觉到了危险，脸上的喜悦神色一扫而光，"怎么啦？有什么不对？"

"啊，"邦德充满歉意地说，"恐怕你打错球了吧。这是我的彭福尔德牌球，这一个是邓洛普七号球。"

他把两个球一同递给金手指。金手指一把抓过球，反复检查着。金手指的脸慢慢地涨得通红，嘴巴嘟囔起来，看了看球，然后又看了看邦德，最后又将目光转回到球上。

邦德轻声地说："先生，我们要严格按球规打球，这可是你自己说好的。这样，恐怕这一洞你输了。对不起，这是比赛。"他说完，眼睛冷冷地盯着金手指。

"可是，可是……"

正如邦德所预料的，金手指现在异常狼狈。邦德站在一旁，什么也没有说。金手指那一如既往的沉着、冷静的脸色这时突然变得异常愤怒，像颗快要爆炸的炸弹。

"这是你在深草地里捡来的那个邓洛普七号球，是你的球童故意把这个错球递给我的。这个浑蛋！"

"喂，冷静一点。"邦德温和地说，"如果您说的话不确切，可是要犯诽谤罪的。霍克，你是不是故意把这错球给了金手指先生？"

"先生，没有呀，"霍克脸上毫无表情，冷淡地说，"先生，要是有错的话，那么是在打第十七洞时，这位先生在离线那么远的地方捡到那个球，错误可能就出在那里。邓洛普七号球看起来和一号球差不多的。先生，这位先生的球会落在那么远的地方，简直是一项奇迹。"

"荒唐！"金手指鼻子里"哼"了一声，表现出一副极其厌恶的样子，他愤怒地转身对邦德说，"那个球是我的球童拾起来的，你当时看见了，是个一号球。"

邦德狐疑地摇摇头："恐怕我没有看清楚。"说着邦德的声音变得轻快起来，但仍很认真，"不过，打高尔夫球的人，本人应该清楚自己要打的是什么球，对不对？如果你已经用这个错球放在球座上，连续打了三洞，我想这怪不到别人。要怪的话，也只能怪您自己。"他迈步走出绿地，"不管怎样，我非常感谢你和我打了这场比赛，我们改天再来一场吧。"

此时，夕阳西坠，余晖照在金手指身上，在地上留下一个长长的臃肿黑影。他的双眼充满疑惑地盯着邦德的背部，慢慢地跟在邦德后面。

第十章

生 死 关 头

邦德舒服地躺在浴池里，心中想着，对于像金手指那样的富翁们，使用他们的财富是不是就好像使用一根球杆一样随便呢？对于这些人来说，他们认为金钱可以征服世界，大把的钞票可以扫除一切烦恼和敌人——金手指就是有着这样价值观的人。他曾想用一万美金搞垮邦德，因为这一万美金对金手指如九牛一毛，而对邦德则显然是一笔不小的财富。

按理说，金手指这种策略本该可以成功的。在前面那场漫长的十八洞比赛中，每一杆击中都押着那么大一笔钱，这需要一种钢铁般的意志与坚强的神经，需要高度清醒的头脑。除了金手指，一般人难以做到。那些为他们自己和家人的衣食而打球的职业球手在球赛不分胜负，走向第十八洞球座时，他们知道自己面临的可能将会是贫民窟的寒冷。他们生活俭朴，烟酒不沾。所以，球场上获胜的职业球手通常是最实际的人。

金手指哪里会知道，高度紧张正是邦德的生活方式，压力和危险只能使他感到轻松自如。同时，他也不知道邦德以如此高的赌注跟他打球，是因为他不用自己埋单——如果他打输了，有英国情报局为他付钱呢，他自己完全不必操心。金手指时常这样巧妙地以金钱操纵他人，可这一次却没有意识到自己反被他人操纵了。

想着这些，邦德从浴池里走了出来，用毛巾擦干身子。金手指那个大而圆的脑袋——那个大功率发电机此时一定已经嗡嗡作响了。他一定会对自己受骗感到恼怒。他一定在想邦德怎么会两次半途杀出，两次挫败了他成功的机会。金手指心中必定有很多疑问。邦德也在想，他问自己是否处理得适当。他是表现得像一个有趣的挑战者，还是已使金手指敏感的鼻子闻到了威胁的气息？如果是后者，金手指肯定不会再与他接触，邦德将不得不退出这件案子，而让 M 去另想办法。

如果这条大鱼已经上了钩，要过多久邦德才会知道呢？这家伙会花长时间来嗅鱼饵。要是让他轻轻地来咬一口就上钩，那就太好了。卧室的门传来了两下敲击声。邦德用浴巾裹好身体，走去开门，走廊上站着门房。邦德问道："什么事？"

"先生，您的电话，是一个叫金手指的先生打来的。他向您问候，问您今晚愿不愿到他家去吃晚饭。先生，他家在雷尔维卡的一座农庄，六点半用餐，服饰则不必讲究。"

"请你谢谢金手指先生，说我很高兴赴约。"

邦德关上门，穿过卧室，走到打开的窗子旁边，站在那儿眺望夕阳中宁静的大海："啊，啊！要独闯贼窝了！"邦德自己微笑着，"不妨将计就计，去和他吃顿饭不妨，当然，多加小心是没错的。"

六点钟，邦德下楼来到酒吧，喝了一大杯加有补药和一片柠檬片的伏特加。然后，他驾着汽车慢慢地驶向利堪尔佛，回味着刚才所喝的饮料，脑子里在憧憬着那即将到来的会晤：这次去吃饭，一定很有趣——现在是把自己出卖给金手指的时候了。如果走错一步，后面则满盘皆输，这宗案子的后继者也很难再打开局面了。因此，他得处处小心，事事须三思而后行。想到自己没有带武器，邦德感到一阵不安——不过这种感觉很快就过去了，眼下他与金手指还未进入战争状态，他们之间目前至多只是一种对立。他想起，当他们在高尔夫俱乐部分别时，圆滑的金手指仍然装出一副热忱的样子，甚至还询问他该把邦德打这场球赢的钱寄到什么地方。邦德给了他通用出口公司的地址，他也问到了邦德的住处。邦德告诉了他，并且说明他只在拉姆斯盖特停留几天，然后再决定他未来的去向。

看金手指当时的意思，是希望找时间再和他打一场球。不过，他明天要起程到法国去，而什么时候回来，他还没有确定。

乘飞机去？"

"是的。呃，谢谢你陪我打这场球。"邦德回示了谢意。

金手指的眼睛对邦德又进行了一次透视，好像是要把邦德的一切永久地放在他金手指的档案里，然后，那辆黄色大轿车"嘶嘶"地开走了。

邦德又仔细地看了一下那个司机。他是个矮胖的、平脸的日本人，或许是韩国人。在他那异常歪斜的眼睛里，闪现出一种粗野而近似疯狂的目光，那副样子如同日本影片里的典型反面角色，与那个阳光灿烂的下午以及美轮美奂的豪华轿车相衬，显得极不协调。他上唇好似猪

鼻子，上面还有一条裂缝，不过，他没有说话，使邦德没有机会证实
自己的猜想。一套黑色的衣服紧紧地裹在他的身上，似乎马上就要裂开，
头上戴了一顶滑稽的圆顶高帽。这种样子真像是一个刚下场的日本相扑
手。不过，他长得虽然丑陋，可并不是那种使人发笑的人。即使会发笑，
只要一看见他脚上锃亮的黑皮鞋和黑黢黢的手套，恐怕也笑不出来了。
那双皮鞋好像是双舞鞋，紧绷在脚上，而手套看上去又厚又重。

　　这人的侧影，邦德有一些面熟。汽车开走时，邦德从后面瞥视了
他的头部才想起来——那天中午 12 点左右，在赫尔尼湾的公路上，
有一辆天蓝的福特牌轿车固执地拦在前面不肯让路。而那个司机的
头部、肩部以及当时所戴的圆顶高帽，跟眼前此人一模一样。

　　他从哪儿来？负有什么使命？邦德想起了史密兹上校所说的话：
是不是就是这个韩国人，到金手指各地的分店去收集旧的金首饰？是
不是就是这辆汽车后面的行李箱，塞满了收来的金表、戒指、小金盒
和金十字架？当他瞧着那高大的黄色"银鬼"车慢慢消失时，邦德感
到他的判断一定是正确的。他把车子驶离了大路，进入一条私人车道，
在两行高大的维多利亚常青树之间前进。前方是一片石子地，石子地
后面就是金手指的"农庄"。

　　这幢房子样子很难看，是一幢世纪初建的别墅，有落地玻璃的门
廊和日光浴室。邦德还在车里，就闻到了日光浴室中橡胶装置和死苍
蝇的气味。他慢慢地从车里走出来，站在一旁观看这幢建筑物。房子
的正面显得单调，房子后面传来嘈杂的声音，像是一只心跳过速的巨兽，
在沉重而有规律地喘息着。

　　声音大概是从工厂里传来的。这个工厂巨大的烟囱耸立在后面，
像是一个巨大的手指，从高高的针叶树林中钻了出来，马房和车房也
在那一边。

　　这幢房子十分安静，似乎等待着邦德的进攻行动，以便做出迅速

的反应。邦德耸耸肩，使自己轻松一点，步上台阶，按了一下门铃。他并没有听见铃声，但是，门却慢慢地开了。

那个开汽车的韩国人仍戴着高顶圆帽站在门内。他的左手搁在门内的把手上，右手伸出来像一根路标指向黑暗的客厅。邦德从他面前走过去，克制着自己想在他脚上踩过去或者一拳打在他肚子上的欲望。他时常听到别人谈起韩国人的事情，这个韩国人看来和别人讲的没什么两样。在这种阴暗气氛的房子中，邦德真想捣乱一下。

幽暗的厅堂是主客厅，里面有一个硕大的火炉。火炉旁挂着火炉用具，炉里闪出熊熊的火光。两把矮背的安乐椅和一把沙发摆在炉前，静静地注视着火焰，中间的矮长椅上摆着装得满满的饮料盘。在这有生气的火光四周的广大空间里，摆满了第二帝国时期那种又大又重的家具。镀金物、龟甲制品、黄铜器与青贝被火光照射得发出耀眼的光芒。大厅后部，黑色的嵌板一直连到楼上的走廊。在大厅左侧，弯曲的扶梯通向走廊，天花板上拼缀着幽暗的木雕花。

韩国人悄悄地走过来时，邦德正观看着大厅。韩国人的手又像路标似地指了指饮料盘和椅子。邦德点了点头，仍旧站在那里，韩国人从他面前走过，在门后消失了。邦德猜想那边是仆人居住的房间。这儿一切静悄悄的，只有古老的钟摆缓慢地发出"嘀嗒"声。

邦德走过去，背向着火炉，专注地凝视着这个房间。这是一个多么死寂可怕的地方！一百码之外，有光明、有空气和广阔的地平线。一个人怎么会居住在苍松翠柏中的富丽的陈尸处呢？

邦德取出一根香烟，把它点燃。金手指怎样享受生活的快乐和性的满足呢？也许他根本不需要这些，也许追求黄金使他对这一切的渴望都迟钝了。

远处有一部电话在响，电话铃响了两下就停止了。一两声喃喃的低语后，邦德听见走廊上响起脚步声，扶梯下面的一扇门随之打开了。

金手指走了进来，随手又把门轻轻地关上。

金手指身穿一件深紫色天鹅绒夹克，慢慢地从光滑的地板上走过来。他并没有和邦德握手，只是微笑着说："邦德先生，时间这么仓促，如果不是你，我实在不便邀请。你是单身，我也一样。我想我们可以喝点什么。"

富翁们在一起聊天时总是这么说话。邦德暂时被看成是富翁俱乐部的一员，心中颇为高兴，他说："得到您的邀请，我深感高兴。关于我自己的事，我已厌烦再考虑，兰斯格特这个地方并没什么让我留念的。"

"实在对不起，我现在不能和你聊天。我刚才接到一个电话，我这里的一个人——我雇用了一些韩国人——和兰斯格特警察局发生了一点小小的纠纷，我必须去解决。这帮人一玩起来，很容易高兴过度。我的司机送我去。我想不会超过半小时。恐怕我不得不让你一个人独自待在这儿。请你随便喝点饮料，我保证不会超过半小时。"

"没有关系。"邦德感到情况有点蹊跷，但又不敢肯定。

"那么，再见。"金手指走向前门，"噢，得把电灯打开，房子里面太黑了。"

金手指用手按了一下墙上的开关。突然，大厅里每一个角落的灯光都亮了。房间里亮得像电影摄影棚一样。这是一种异常的变化。邦德感到有点目眩，他看着金手指把前门打开，大踏步走了出去。不久，他听见了汽车发动的声音，但不是那辆"银鬼"牌汽车。汽车轰响，加快了速度，驶上车道，迅速地开走了。邦德立刻走到门口，把门打开。车道上空空荡荡。他只看见远处汽车的灯光。汽车向左转，上了大路，向着兰斯格特方向开去了。

邦德回到房子里，把门关上。他静静地站在大厅中侧耳聆听着。除了古老的时钟外，这儿静寂得连一根针掉在地上都听得见响声。他走过大厅，来到仆役室门口，把门打开。一条长走廊一直通向房子的后面。走廊上漆黑一片，没有灯光。静寂，异常的静寂，一点声音都没有。邦德把门关上了，环视着这灯火辉煌的大厅。

金手指把他独自留在他的住宅里，可以让他接触它的秘密，为什么？

邦德走到饮料盘旁边，倒了一杯浓杜松子酒。刚才的确有电话打来。但是，这很可能是事先安排好从工厂打过来的。仆人和警察局有纠纷是讲得通的，金手指自己带着司机一同去把那个人保释出来，也是合理的。

金手指曾经两次谈到邦德要单独待半小时。这难道是一句没有特殊意义的话吗？也许想给邦德一个机会，一个轻举妄动的机会。有人在监视他吗？这儿有多少韩国人？他们都在做什么？邦德看了一下。五分钟过去了。他主意已定，不管是不是陷阱，这个机会太好了，不能失去。他要到附近迅速地看一看。

不过，要找出个借口来说明他为什么要离开大厅。

他从哪儿开始？看一看工厂。他怎么说呢？就说是他的汽车在路上出了点小毛病，大概是油路闭塞，他出去看一看是否有机修匠可以替他修理一下。

这种理由很牵强，不过还可以应付过去。邦德把饮料喝完，走到仆人门口，把门打开，跨了进去。墙上有个电灯开关，他打开灯，匆匆地沿着长走廊走过去。走廊的尽头是一堵墙。两扇门通向左右两边，他在左边的门上倾听了一会儿，可以听见厨房里模糊的谈话声。于是，他把右边的门打开，那外面是个停车场。奇怪的是，弧光灯把它照射得通明。停车场的另一端是工厂的长墙。机器有旋律的转动声在这里显得特别刺耳。

对面那堵墙上有一扇普通的木门。邦德穿过停车场，向那扇门走去。这扇门没有上锁。他小心地把它打开，走了过去，仍让门开着。

然后他走进一个办公室。屋子里空荡荡的，天花板吊着一只光秃的灯泡，房子里有一张书桌和两个文件柜，桌上有一些纸、一座钟和一架电话。办公室还有一扇门通向工厂大院，门旁边有扇窗户，可以监视工人。这大概是工头的办公室。

邦德走到窗边，向外面观看。邦德并不知道自己期望什么。这儿似乎是一个小型金属工厂。面对他的是两个鼓风炉的炉门。炉门开着，里面的火已经熄灭。鼓风炉边上有一排金属熔模。一些大小和颜色不同的金属片靠在附近的墙旁。这儿还有雪亮的圆锯，大概是用来割切这些金属片的。

左边的阴影里，有一台巨大的柴油机和一台飞转的发动机相连。右边弧光灯下，五个穿了工装的工人——其中四个为韩国人——正在检修金手指那辆"银鬼"牌汽车。

汽车在电灯下散发着亮光，除了左边车门之外，一切全都完好无损。那扇车门已经取下，横架在两条长凳上。两个工人抬起新的门板，把它安在车门的门枢上。地下有两支铆钉枪，邦德心想：工人马上会把门铆好，并把它漆成与其余部分相同的颜色。一切都是正常的、光明正大的。昨天下午，金手指撞凹了车门，现在他让人迅速地修理以准备明天的旅行。

邦德向四周瞥视了一下，觉得没有什么收获，便离开了窗口，从办公室里走出来，又轻轻地把门关上。

没有什么异常的事情。糟糕，他现在的借口又是什么？说他不希望打扰那些正在工作的人，或者想在晚餐之后，他找他们帮忙？邦德沿着原路返回，重新走进了客厅。

邦德看看手表，十分钟已经过去了。

现在，要去窥视楼上。一幢房子的秘密往往是在卧室和浴室里。那些地方的药柜、梳妆台、床头柜等地方，都是隐藏秘密东西的地方。

邦德有什么借口？他头痛得很，想去找一片阿司匹林，他好像在看不见的观众面前演戏。

他摸了摸他的太阳穴，朝走廊瞥视了一下，果断地穿过客厅，走上楼梯。

楼上的走廊是一条灯光通明的通道。邦德走过去，打开一些门，向里面打量。

这都是些没人住的卧室，里面散发着生霉的气味。一只活泼的大猫，不知从哪里钻出来，在他后面"咪咪"地叫着，并用身体摩擦他的裤管。

邦德走进最后一个房间，把门掩上，留了一条缝。

所有的电灯都开着，也许有个仆人在浴室里。邦德大胆地走向通往浴室的门口，把门打开。里面没有一个人，但灯光却很明亮。这是一个巨大的浴室，是由卧室改成的，里面除了浴池和卫生设备之外，还有各种健身的器械——一座划船练习台，一个固定的自行车轮、体操棒和一根拉力健身带。药柜里装了各种各样的泻药——番泻叶果、鼠李，以及许多通便的机械。柜子里没有什么药品，也没有阿司匹林。

邦德走回卧室，什么也没发现。这是个标准的男子卧室，里面颇为舒适，有配备齐全的碗橱，没有什么显著的特色。床边有个小书架，上面陈列着历史和传记方面的书籍，全都是英文的。床头柜的抽屉里放着一本黄皮的《爱情的隐衷》，是巴黎芭拉迪耶出版公司出版的。邦德看了一下表，又过去五分钟了，该回去了。他最后对着这个房间环视了一遍，便走向门口。突然，他停住了。

从他走进这个房间起，他就几乎下意识地注意到了某种感觉。他定了一下神，体味着这种感觉：什么地方有些不对劲？一种颜色？一件东西？一种气味？一种声音？对的，是一种声音！在他所站立的地方，他可以听到一种微弱的、像蚊子叫的"嗡嗡"声。它是从哪儿传来的？是什么东西发出来的？在这个房间里，一定还隐藏着什么东西。直觉告诉邦德，这意味着危险。

邦德紧张地走近门后面那个碗柜，轻轻地把它打开。不错，声音是从这里面传出来的。他拨开了柜中的东西。突然，他目瞪口呆了。碗柜顶处有三个狭长凹口，三卷十六毫米的胶片从这三个凹口中分离出三根长条，向下进入一口深深的箱子中。

这口箱子位于那三个假的抽屉后面。箱子里面，三卷底片都已经差不多照了一半，盘旋在一起。邦德看着这讨厌的证据慢慢地卷成一堆，眼睛紧张得眯了起来。三部电影摄影机，鬼知道镜头安在哪儿——在客厅里、在停车场、在这个房间里——一直在注视着他的每一个动作。从金手指离开这幢房子，打开客厅里耀眼的灯光之时起，摄像机就开始摄影，邦德的一举一动都被摄入镜头了。

邦德为什么没注意到这些耀眼的灯光呢？他为什么一开始就没想到这个陷阱呢？自己还编了种种借口！他差不多花了半个小时到处乱闯，借口又有什么用呢？更糟的是，他没有发现任何东西，没有揭露什么秘密，只是愚蠢地浪费时间，而金手指却已抓住了他的把柄。现在，一切都完了，有什么方式来挽救呢？邦德站在卧室里，聚精会神地注视着这些慢慢转动的胶片。

让我想一想！邦德的大脑快速地运转着，想到一些可能的退路和借口，但最后又把它们全部否定。呢，由于打开碗柜的门，至少部分底片已经曝光了。那么，为什么不把它全部曝光？为什么不？可是，怎样处理呢？碗柜的门被打开了，可是除非他动手，门怎么会开呢？

这时，卧室的门缝里传来一种"咪咪"叫的声音，猫！猫儿为什么不可以把门扒开呢？理由很牵强。不过，它可以当作一个替罪羊，减少他的嫌疑。邦德将门打开，把猫儿捉起来，抱在手上，走回碗柜前面。他用手抚了抚它，猫儿满足地"咪咪"叫了几声。

　　邦德弯腰把底片箱中的底片捧起来，使它们全部漏光。然后，当他认为满意时，他又把它们丢回去，并随即把这只猫儿放在胶片中。这只猫要想跑出来是不容易的。它可能会静静地躺下来，在这儿做个窝睡一觉。

　　邦德把碗柜的门掩上，留下三寸的空隙，以便光线透进去毁坏那还在继续拍摄的底片。他把卧室的门也留了同样宽的缝，然后，沿着走廊跑去。在楼梯口，他减慢了脚步，轻轻地下了楼。

　　客厅里仍然是空荡荡的。他走到火炉旁边，又喝了一些饮料，然后，抓起一本《球场纵横》杂志，翻到伯纳·达尔文所写的那篇评论高尔夫球的文章，浏览着上面的内容。然后坐在一张沙发上，点燃了一支香烟。他发现了什么？唯一的发现是金手指患便秘症和有肮脏的心灵。他布下圈套来引邦德上套。他在这方面的确很在行，绝不是业余的爱好，完全达到了"斯莫希"的标准。

　　现在，将会发生什么事？由猫来做了替死鬼，那么金手指会相信猫拨开了两扇门吗？猫儿跑进了房间，对摄像机"咔咔"的声音感到迷惑，于是拨开了柜门。这几乎不可能，令人难以相信。金手指将会断定，这件事百分之九十是邦德干的——不过，只有百分之九十，仍旧还有百分之十是不能确定的。

　　那么他会比以前更了解邦德：一个狡猾、有策略的、好追根究底的贼。他可能猜想邦德走进他的卧室，可是，邦德其他的行动，不论它们有什么价值，由于摄影机底片已经曝光，都永远变成了一个谜。

　　邦德站起来，取出几本其他的杂志，把它丢在所坐的椅子旁边。现在，他唯一所要做的事，是厚着脸皮待下去，为将来做一个打算。他最好保持警觉，不要再犯任何错误。世界上再没有一只猫来帮助他化险为夷了。汽车的马达声并没从车道上传过来，门也没有发出一点声音，可是，邦德感觉到晚风吹在他脖子上，他知道金手指已经回到房间里来了。

听到金手指的动静，邦德放下手中的杂志，站了起来。这时，前门忽然"咔嗒"一声关上了，邦德转过身来。

"你好！"邦德装出一副有些吃惊的样子，"事办好了吗？刚才没听见你走路的声音。"

金手指笑容可掬地答道："啊，已办妥。我手下一个工人在一家酒店里和几个美国空军军官吵了起来，打了一架。事情起因是那几个美国人称呼他为'杀人恶魔'、'日本鬼子'。我跟警察局解释说，对于韩国人来说，被人称为'日本鬼子'可是莫大的羞辱。然后呢，警察们训了我那个工人一顿后，就把他放了。我出去了这么久，实在是非常抱歉，希望您没有感到不耐烦。您再喝点什么吧？"

"谢谢。没多久，我等的时间似乎还没有5分钟。另外，在这儿我看到一篇达尔文先生写的关于高尔夫球规则的文章，观点非常有意思……"邦德开始不厌其烦地详述起这篇文章的要点，还附加上他自己的相关意见。金手指捺着性子听他说完，然后评价说："是的，的确很复杂。当然，您的打法也许跟我有点不同，不过很有水平啦。按我的打法，是需要用上所有的球杆的。哦，现在我上楼去，洗洗手，然后我们再去吃饭。请等一会儿。"

金手指走后，邦德也没客气，端起杯子，倒了杯饮料。然后，他便坐下来拿起一本《乡村生活》杂志。他偷眼观察着金手指，只见他登上楼梯，随后便消失在走廊上。在自己的脑海中，邦德甚至可以想象金手指此时所跨出的每一步。猛然，他发现自己手上的杂志拿倒了，于是赶忙把它掉转过来，然后心不在焉地瞧着一张白金汉宫的照片，看上去美轮美奂的。

楼上很安静。不一会儿，传来了一阵抽水马桶冲水和关门的声音。

邦德端起杯子喝了一口，然后又把杯子放在身旁的椅子上。这时，金手指走下楼梯来。邦德装作专心的样子把《乡村生活》杂志一页页地翻过去，同时，把香烟上的烟灰轻轻弹到面前的炉子里。

金手指穿过客厅，向着他走过来。邦德放下手中的杂志，抬起头看，只见金手指手中抓着那只黄猫，略为粗鲁地将它夹在手臂下。他走到火炉旁边，低下头，按了一下唤人铃。

接着，他转身问邦德："您喜欢猫吗？"说话的时候他凝视着邦德，目光变得很冷淡。

"非常喜欢。"

仆人的门打开了，那个司机出现在门口，头上戴着邦德见过的那顶高顶圆帽，手上也还戴着那双散发着黯淡光芒的黑手套。他目光冷峻，径直盯着金手指。金手指打了个响指，那人走了过来，如一座黑塔般矗立在火炉边。

看了眼这个司机，金手指转身对邦德说："他是个很了不起的人。"他略微笑了笑，"怪郎，把你的手伸出来，给邦德先生看看。"

说完他又皮笑肉不笑地对邦德说："我称他为'怪郎'，这表明他在这里的地位和他所干的活计。"

韩国人慢慢地把手套脱下来，走到离邦德一尺远的地方，把手伸到邦德前面，手掌向上翻。邦德眼前的这双手十分巨大，肌肉也非常结实。令人感到奇怪的是，他十个手指几乎一样长，每个手指的指尖则非常粗钝，好像它们是用黄色的骨头做成的，散发着暗淡的光芒。金手指得意地下令："再把手转过来，让邦德先生瞧瞧你手掌的侧面。"

骇人的是，司机的手竟然没有指甲，只有些黄色的硬茧！他把手转过来，两只手掌的边缘各有一道硬脊，如同坚硬的黄色骨头。

邦德抬起头来，脸上带着微笑，看着金手指。

"现在我们让他来表演一下。"金手指说。

金手指了指楼梯上厚厚的橡木栏杆——可以想象，四英寸厚、六英寸宽的栏杆横木非常结实，锃亮的栏杆闪出油漆的光泽。

韩国人遵照主人的吩咐，走到楼梯口，爬上几节楼梯。他双手下垂，直立在那儿，好像一只优良的猎狗把头横过来，看着金手指。金手指对他点点头。这个韩国人高高地举起右手，一直举到头部上方，然后像斧头一样砍向这根光亮、结实的栏杆横木。随即，邦德听到了木材折裂的声音，然后呈现在他眼前的是向下凹陷的横木。那个叫"怪郎"的人竟然从中间劈折了栏杆！这时，只见他又举起右手，随后迅疾地落下。这一次，他的手完全砍断了这根横木，留下了一个参差不齐的裂口。横木上的碎片四处迸射，甚至有的还弹到客厅里来了。

韩国人表演完以后，伸直腰站着，等待金手指下一道指令。他的脸上并没有因用力而发红，也没有为如此出色的表现而感到骄傲。

金手指招招手，韩国人走下楼梯，回到客厅里。金手指说："他的两只脚的功夫也毫不逊色。他脚板的外缘和手掌的边缘相同。怪郎，上壁炉台。"

金手指指着火炉上方沉重的雕炉架，离地大约有7英尺高，比他戴高顶圆帽的顶端还要高出大约6英寸。"脱衣服吗？"韩国人用一种含糊不清的语调问道。

"是的，脱下帽子和上装。"金手指转身对着邦德说，"这个可怜的家伙早年是兔唇。所以，他所说的话，除我之外，恐怕没有人听得懂。"听了金手指这番介绍，邦德心想：这是个多么中用的奴才啊！

是的，一个奴才只有经他这个主人进行"传译"才能够和世界上其他的人打交道，这种效用甚至比哑巴还灵呢。可以想象，他会对主人更忠心，因此也显得更加安全可靠。怪郎摘下帽子，脱掉上装，将它们平整地铺在地上。接着，他把裤脚管卷起来，一直卷到膝盖上，然后退后两步，像一个柔道高手一样，稳稳地站在客厅里。看他的样子，即使有一头大象来攻击他，他似乎也不会失去平衡。

"邦德先生，您最好往后面站站。"金手指咧开嘴，牙齿闪闪发光，"凭他这一击，要踢断一个人的脖子就如折断一根水仙花一样容易。"金手指说着，把椅子连同饮料盘拖到一旁。

那个韩国人离高高的壁炉面台足有三大步远，他怎么能够得着呢？邦德看得出了神。

突然，怪郎那双倾斜的眼睛闪现出了凶恶的目光。见到此情此景，邦德心想：对于一般人来说，谁要是碰上了他，那只有跪下来等死了。金手指举起手来。

虽然脚上穿着雪亮柔软的皮鞋，这个韩国人却好像用脚趾牢牢抓住了地面——只见他屈起膝盖，向下深深地蹲了一下，然后一跃而起，旋转着离开了地面。在空中，他像一名出色的芭蕾舞蹈演员一样合拢双脚。当然，他跳得可比任何跳芭蕾舞的人都高。接着，他的身体向旁边和向下弯曲，右脚如箭一样地射了出去，发出的剧烈碰击声顿时传遍大厅。

接着，他一个倒立，两脚倒挂，然后肘子一弯，随即突然伸直，把身体向上一抛，又稳稳地站在地上。

怪郎立正站稳后，只见壁炉的台面被打出了一条约 3 英寸长的锯齿形缺口。他冷冷地盯着这个缺口，眼睛里流露出一种得意的神色。

邦德不禁满怀敬畏地瞧着这个韩国人——就在两天以前，他还在致力于编写一本徒手格斗教材。而在他所读过的读物中，在他的经验中，对于他刚才所目击到的武功，没有物理定律能给出合理的解释。

眼前此人的身体似乎已不是一具血肉之躯，而是一根活的木棒。也许，他才是地球上最危险的动物。

想到这里，邦德不得不敷衍一下，向这个非常可怕的人表示敬意——他伸出手来。

"怪郎，轻一点。"金手指的声调忽然高扬起来，像一根鞭子在空中发出的"噼啪"声。韩国人鞠了一躬，将邦德的手握在手上。他伸直手指，只把大拇指弯过来轻轻地抓了一下，好像握着一片木板。然后，他松开邦德的手，去拿他那堆叠得很整齐的衣服。

"邦德先生，请原谅。他也许把你的手握痛了。"金手指得意扬扬地说，"不过，怪郎并不知道自己的力气。尤其当他受到鼓舞时，更是如此。他的两只手好像是机床，可以把你的手捏成肉酱，而没有什么感觉。那么，现在……"

这时，怪郎已经穿好了衣服，恭敬地站着。金手指对他说："怪郎，你干得不错，我很高兴欣赏你练功。"金手指顺手把那只猫从腋下抓出来，抛给韩国人。韩国人急忙将它接住。金手指继续说："我已讨厌看见这东西在身边跑来跑去，你可以用它去做晚餐。"韩国人的眼睛里忽然迸出了光芒，"同时，告诉厨房里的人，我们马上开饭。"金手指吩咐着。

韩国人迅速地鞠了一躬，转身走开了。

邦德对此感到十分厌恶。他知道这场表演不过是场杀鸡儆猴的把戏，通过这个，金手指要向他传递一个信息，或者说直接给他一个警告与一个粗鲁的奚落——总之，所有这一切好像在告诉邦德："邦德先生，你看见我的力量了吧？我可以轻易地做掉你，或者废掉你。只要你妨碍了我和我的生意，怪郎完全会给你点颜色瞧瞧，而我呢，却完全不用去做犯法的事。现在，猫儿成了替罪羊，代你受罚，可怜的猫呀！"

邦德漫不经心地问道："这个人为什么总把那顶高顶圆帽戴在

头上？"

"怪郎！"

这时，韩国人已经走到了仆人室门口——"你的帽子。"金手指指了指火炉边的木柴中的一块嵌板。

只见怪郎左腋夹着猫，转过身来，傻乎乎地向他们走来。刚走到一半时，他既没有停脚，也没有刻意瞄准，伸手把帽子摘下来，握着帽檐，用力向旁边一掷，随即发出了巨大的碰击声。让人吃惊的是，那顶帽子的帽檐居然砍进金手指刚才指的嵌板，足有一英寸深！接着，帽子掉了下来，"当"的一声掉在地板上。

金手指做出一副漫不经心的样子，微笑着对邦德说："邦德先生，帽檐里面是轻而坚固的合金。这一下，恐怕弄坏了外面的毛毡。不过，怪郎可以修理一下，他的针线活很不错。你可以想象，这一击会打碎一个人的头颅，或者将他的脖子切断。我说这是一种最巧妙的秘密武器，相信您没有意见。"

"一点不错。"邦德同样也做出一副微笑的样子说，"有这样的人在身边，的确十分有用。"怪郎拾起帽子，离开了客厅。邦德听见一声锣响。

"啊，开晚饭了，我们进去吧！"金手指在前面领路，走到火炉右边的嵌板前面。金手指在一个按钮上按了一下，一扇隐藏的门打开了。他们一同走了进去。

即便是小小的餐厅，也布置得富丽堂皇，甚至可以和客厅相媲美。餐厅中间有一架巨型吊灯，桌上放着银器、玻璃器皿和蜡烛，屋里十分明亮。

他们两人面对面坐下来。两个穿白上装的黄面孔仆人从一张桌子上把菜端了过来。

第一道菜是咖喱味的糊状物。邦德迟疑了一下。金手指见状便干笑了一声说："邦德先生，请放心，这是虾籽，不是猫肉。"

"哦，好的。"

"请你尝一下这种德国白葡萄酒，1953 年产的。我希望你会喜欢。请你自己斟酒，要不，那些人会把酒倒到你的盘子里。"邦德面前的冰桶里有个细长的瓶子。邦德倒了一些酒，尝了一下，甘美而冰凉。邦德赞美着酒，金手指微微地点点头。

"我从不抽烟，也不爱喝酒，邦德先生。我觉得，抽烟在所有人类行为中是最可笑的，而且它也是违背自然的行为。你能够想象，一头牛或其他什么动物口中含着烟，然后再从鼻孔里喷出来吗？哈！"金手指说着说着，忽然显得有点激动，"这是一种恶习。至于喝酒，我是个初级的化学师，直到现在还没有发现哪种酒中完全没有一点毒素。酒里所含的毒，有些是厉害的，例如杂醇油、乙醛、醋酸乙烷或木脂精，等等。这些有毒物质，喝上一定量，就会把你杀死。一瓶酒中也许毒素不多，但也会产生各种不良的结果，然而这些都被称为'酒醉反应'而被人们忽略了。"

金手指停了一下，挑了一叉虾往嘴里送去："邦德先生，你是个喝酒的人，我要给你几句忠告，千万不要喝拿破仑白兰地，尤其是那种所谓的木桶中贮藏的陈年老酒。那种酒所含有的毒质，比我所曾经分析过的任何一种酒都要多。其次，则是陈年的波旁威士忌。"金手指又把一叉子虾塞到口中，结束了他对烟酒的评论。

"谢谢你，我会记住的。也许正是这些原因，最近我改喝伏特加了。人们告诉我，这种酒用活性炭过滤过，比较好些。"邦德模糊地记得他阅读过的一些这方面的书籍，于是搬出了这几句内行话。他对自己能够就金手指的意见加以评议而感到骄傲。

金手指用他那锐利的目光看了他一眼："你好像懂一点这方面的事情。你曾经研究过化学吗？"

"仅仅是涉猎过一些。"邦德说。他意识到，该改变一下话题了，同时换换气氛，"你那个司机先生给我留下了非常深刻的印象。他那种神奇的格斗术是在什么地方学的？这种动作又是从哪儿来的？是韩国人特有的格斗法吗？"

金手指用餐巾轻拭着嘴唇。他把手挥了挥，两个仆人拿起盘子，端上烤鸭和一瓶1947年的陈年红葡萄酒。当仆人退到服务桌的两端静静地站着时，金手指说："你曾经听说过日本的空手道吗？没有？到目前为止，世界上只有三个人曾经获得过空手道黑带，怪郎就是其中之一。空手道是柔道的一个分支，不过它和柔道有很大的区别。"

"这一点我看出来了。"

"刚才他表演的只是最基本的手法。邦德先生……"金手指举起他正在咬着的鸭掌，"我告诉你，如果怪郎打中您身体上七个部位中的任何一处，就可以置您于死地。"说罢，金手指又津津有味地咬起鸭掌。

邦德并没有一如既往地发挥他幽默的才华，而是严肃地说："听起来很有意思，但是我也知道一拳打死怪郎的五种方法。"

金手指似乎并没有听邦德在说什么，他把鸭掌放下，喝了一大口水。

邦德则继续品尝着美味可口的食物，金手指靠着椅背说："邦德先生，空手道的基础理论是这样的：人的身体有五个打击面和三十七个易伤的穴道。通过练功，空手道拳手的手掌边缘和脚的外侧都已经变厚，形成层层的硬茧。这种硬茧可比骨头还要硬，并且很有韧性。怪郎每天都要练功——要么去打击装了谷糠的口袋，要么去打击一些坚固的柱子。这些柱子的顶端用粗绳子绕了很多层。他每天花一小时锻炼体格，您知道，这种锻炼很像芭蕾舞学校的训练，不可荒废。"

邦德已经习惯了他搞的这种讨厌的心理战，于是又转移了话题："他从什么时候开始练习掷帽子的？"

金手指对邦德的插嘴表现出了不悦："这一点，我没有问过他。"接着他严肃地说，"不过，他非常注意练习各种功夫。对了，你刚才问到空手道起源于什么地方。这种武功起源于中国。在古代中国，游方僧们经常会受到强盗和土匪的攻击，成为他们的牺牲品。而他们的宗教又不容许他们随身携带武器，于是，通过日积月累的努力，他们就发明了这种不用武装便可以御敌的自卫方式。到后来，近代日本政府禁止冲绳岛的人携带武器，以免他们组织起来反抗日本政府。这样，这种武功就传到了冲绳。再后来，日本人对此进行了改进，发展为现在这种形式，就是伟大的空手道。您也许不知道，这种武术能锻炼人身体的五个部位——拳头、掌缘、指尖、脚掌和肘子，并使它们日渐强韧，直到被层层厚茧包住。空手道拳手在击打敌人时，全身肌肉会变得僵硬，尤其是臀部，而打击之后，肌肉又立即放松。这一点很奇妙，所以，他们永远不会失去平衡。无论如何，怪郎的武功确实令人吃惊。我曾经看见他用手劈开一堵砖墙，而手并没有受伤。将三块半英寸厚的木材叠在一起，他只需举起手来砍一下，它们就全都断开了。至于他脚上的功夫，你刚才已经看到了。"

邦德喝了一大口美味的陈年红葡萄酒："这么说来，您的家具岂不是倒霉了？"

金手指耸耸肩："这幢房子对我没有什么用处。我只想让他的表演使您感到高兴。我希望您能同意，怪郎应该得到那只猫。"

这时，金手指的目光扫过桌面。

"他用猫练功吗？"邦德诧异不已。

"他认为猫肉是一种珍馐美味。他年轻时，他的家乡发生了一次饥荒。那时候，他尝到了猫肉的味道。"

邦德心想这是进一步挖掘情报的机会，便又问道："你为什么要用他这样的人呢？他可能不是很好的伙伴。"

"邦德先生……"金手指向那两个仆人用力拐响着手指，"或许因为我是富翁，一个大富翁。一个人的财富越多，就越需要保护。至于一般的保镖或侦探,他们通常是些退休的警察,而这类人是没有用的。他们反应迟钝,格斗套路陈旧,还贪财,他们只要接受了我的敌人的贿赂,我就完了。另外,他们还很怕死。总之,如果我希望继续活下去,雇那样的人将会是徒劳的。

"这些韩国人可没有这么丰富的感情,所以,在第二次世界大战时期,日本人雇用他们到集中营去充任卫兵。他们是最残忍的、最无情的人。我手下的人大都是按照这种标准挑选来的。我对他们没有什么不满的地方,他们对我也是一样。他们待遇优厚,饮食丰盛,居处舒适。当他们需要女人的时候,我就从伦敦接些妓女来。我给这些妓女的报酬很高,事后再把她们送回去。这些女人长得并不怎么漂亮,但是她们都是白种人。这一点,就是这些韩国人唯一的要求。"金手指似乎越说越得意。

"然而,有时候他也会惹出点事来,不过……"金手指那双黯淡的眼睛茫然地凝视着桌上,"金钱是最有用的裹尸布。"听到这句话,邦德笑了。

"您喜欢这句格言吗?这是我创造的。"

仆人端上蛋奶酥和咖啡,他们两人静静地享用着,刚才那番谈话使他们感到舒适和轻松。至少邦德觉得是这样。金手指完全是一步步按照自己的计划往前走。

邦德靠向椅背,点燃了一支香烟,说:"您所坐的那辆汽车非常漂亮,想必是那种型号汽车的最后一辆?大概是 1925 年的产品吧?有三个汽缸、两种刹车装置。每一个汽缸均有两个火花塞,一个由蓄电池点火,另一个则由感应从线圈点火,对不对?"

"你说得不错。不过,我对它进行了一些改造。我在弹簧上加了五片钢板,在后轮上又装了圆盘刹车。光靠前轮刹车,是不够的。"

"啊,怎么不够?它最高时速不会超过 50 英里,车体没有那么重吧？"邦德问道。

金手指扬起了他的眉毛："原来是不重。可现在我又给它加上了一吨重的铁甲和一吨重的玻璃，我要保护好自己嘛。这样一来，你想，它该有多重？"

邦德微笑着应道："哦！那么，您得加倍小心才好。可是，这么重的车怎么才能飞过英吉利海峡？"

"很简单，我包了一架飞机。银城公司知道我这辆汽车的事。这是我的一点小癖好，这已经成为家常便饭了。我一年要过海峡两次。"

"您只是在欧洲各地旅行吗？"

"差不多吧，我去度假，顺便打打高尔夫。"

"非常有趣，我总是希望有朝一日能享受这样的旅行。"

金手指仔细听着邦德的话中话，并轻易上钩："现在您有这种经济能力啊。"

邦德笑了："啊，你是指那1万美元？不过，如果我决定移居加拿大，我可能需要它。"

"您以为可以在那儿赚钱吗？您希望在那儿赚很多钱吗？"

"那当然。谁不想挣大钱啊？"邦德故作急切地说。

"遗憾的是，想赚大钱的话，往往要经过一个漫长的等待期。然后呢，等到赚了大钱，人也老了。"

"问题就是在这里，我总是在寻求赚钱的捷径。在这儿，我是找不到了，因为税太重了。"

"一点不错，而且法律太严了。"

"是的，不过我已想到一些办法了。"

"真的？"

"去搞海洛因生意，只是别栽进去就没事。当然，这种生意不可能不冒险。"

金手指耸了耸肩膀："邦德先生，有人说，'法律是社会偏见的综合'，我同意这种定义。它恰好非常适用于毒品贸易。不过，放心好了，我不会热心去帮助警察局的。"

"呃，是这样的……"

邦德开始叙述墨西哥人的毒品贸易以及在布莱克威尔做生意的经历。最后，他说："我幸运地逃出了那件海洛因的案子，不过，我在通用出口公司不可能受到重用了。"

"您的经历很有趣，您似乎也很有才智啊！那么，这种生意，你还打不打算继续干下去？"

邦德失望地耸了耸肩："那可不容易，你看那个墨西哥大佬，一到关键时刻，他就没踪迹了。出现问题时，他这种人并不会想办法，只会耍嘴皮子。"

"呃，邦德先生，"金手指站起来，邦德也跟着站了起来，"今晚很有趣。我告诉你，我不会注意海洛因生意，因为我手里还会有比它更赚钱而更安全的生意——您知道，一个人的金钱不是那么容易就能翻倍的，这种机会难得时常有。你愿意再听我一句格言吗？"

"是的，洗耳恭听。"

"那么，邦德先生，"金手指脸上露出富翁们特有的那种淡淡的微笑，"如果要让您的钱翻倍，最安全的方法是把钞票折两次，然后放在您的口袋里。"

为了表示尊敬，邦德笑起来，同时也对此不置可否。是的，以他现在所挣的钱，确实也没有资格就这一问题发表什么评论。不过，直觉告诉他：千万不要操之过急。

他们回到客厅后，邦德伸出手来："呃，这顿晚餐太好了，非常感谢。时间不早了，我想我该告辞，回旅馆去睡觉了。也许，我们改天会再碰头的。"金手指迅速地握了一下邦德的手，便把它推开了。

害怕和他人直接"接触"，这是大富翁的另一做派。他仔细地瞧着邦德，然后莫名其妙地说："邦德先生，我一点也不会感到惊奇的。"

在皎洁的月光中，邦德驱车穿过塞尼特岛，心中反复琢磨着金手指说的那句话。回到房间，他脱下衣服，爬上床准备睡觉，但心里仍放不下它，猜不出它的真正含义。这句话的意思可能是金手指有和邦德继续保持联系的打算，或者是表示，邦德必须设法才能和金手指保持联系？

邦德躺在床上，想来想去，无法确定哪一种看法是对的。实在睡不着，他便起身，决定以掷硬币来确定——出现正面是前一种，出现反面就是后一种。他从床上爬起来，在衣橱中找出一个硬币，往地下一掷，结果是反面。这么说，这是要他主动和金手指联系？上帝的安排如此，看来只有这样了。不过，下一次他们会面时，他编造的故事必须天衣无缝，可不能让金手指识破了。

然后，邦德倒在床上，不久便睡着了。

第十二章
神 秘 女 郎

第二天上午9点，邦德准时与情报局长官取得联系，在汇报情况时说："我是詹姆斯。货我已看过。昨天晚上我和主人共进晚餐。我可以非常肯定地说，总经理的意见是对的。货的确有些问题，不过凭这些事实还不足以向您递交一份调查报告。主人明天要出国，从费里菲尔德机场起飞。我希望知道他的起飞时间，并且能够再看看那辆劳斯莱斯，送它一个小礼物——便携式无限追踪器。我希望能同时去国外，不过要稍微晚一些。请波恩松贝小姐帮我订张飞机票，目前还不清楚目的地是哪里，不过我会与你保持联络，有什么吩咐吗？"

"高尔夫球比赛怎么样？"

"我赢了。"

这时电话那边传来了笑声："我想你会赢的，赌注非常大，是不是？"

"您怎么知道的？"

"昨天晚上，伦敦警察厅一个人告诉我，他说他接到了一个告密电话，说一个叫詹姆斯·邦德的人得到了一大笔来路不明的钱。他问我们有没有这么一个人？是不是有这么一回事？这个家伙职位不高，不了解咱们通用出口公司的事，我建议他去和头儿谈谈。另外，今天早晨我非常遗憾地获悉，差不多在同一时间，你的秘书在一个给你的信封中发现了 1 万美元。你的对手非常狡猾，不是吗？"

邦德会心地笑了。显然，这是金手指干的，他希望这笔钱能够使邦德陷入麻烦——很可能他在比赛后就直接向伦敦警察厅告了密。他想让邦德明白，如果你惹了我金手指，至少会在自己手上留根刺。邦德说："这家伙真难缠！完全是个浑蛋！你可以告诉总经理这笔钱可以直接送给白十字基金会。你可以安排其他事情了吗？"

"当然可以，过一会儿我给你回电话。不过，出国一定要小心，如果你感到厌倦和需要公司帮忙，马上给我们打电话。再见。"

"再见。"邦德放下电话，随后起身开始收拾行李。此时他的脑海中浮现出主任先生在办公室忙碌的景象——主任一边回放刚才的对话录音，一边向上级秘书莫尼彭尼小姐汇报情况，"他认为，金手指正在做一宗大'买卖'，具体是什么还不清楚，金手指今天上午要从费里菲尔德飞往国外，并且带着他那辆劳斯莱斯，007 希望跟踪他。他希望我们跟海关打个招呼，以便可以好好检查一下那辆车，并在车的后备厢中安放一个追踪器。如果需要帮助，他会通过沿途的工作站与我们取得联系……"

事情的一切进展都如同机器一般高效而精确，邦德刚刚收拾好行李，伦敦方面就打来电话，告知一切都安排妥当。邦德迅速地下了楼，付了房费，离开了拉姆斯盖特，上了坎特伯雷公路。伦敦方面告知，金手指订了一架 12 点起飞的包机，邦德 11 点便到达费里菲尔德机场，立刻与正在等待他的护照官员和海关人员取得了联系，随即把车驶进一个空的机库。然后，他就坐下来，一边抽烟一边与办理护照的人员闲聊着。他们认为他是伦敦警察厅派来的，邦德索性将错就错。他说金手指没什么问题，很可能是他的仆人试图向国外走私一些物品。这件事是机密的，邦德希望留给他 10 分钟单独和那辆车在一起，他要检查检查后备厢。至于车的其他部分，他希望海关能够派优秀技术人员仔细检查，他们欣然接受了这一要求。

11 点 45 分，一个海关人员把头探出门外，对邦德使了个眼色说道：“他们来了，司机在车上。我们要求他们俩先于汽车上飞机，因为要考虑飞机的重量分布问题，这听起来合情合理。要知道，这辆外面罩了铁板的‘老爷车’足有三吨重。我们准备好会通知您。”

“谢谢。”邦德看到房间里没有其他人，便从口袋中拿出一个精致的小包，里面装的是一节连着小真空管的干电池。他检查一下线路，又把装置放回口袋中，等待着。

11 点 55 分，海关人员推门进来招呼道：“没问题，他们已经上了飞机。”

那辆巨大而闪闪发光的“银鬼”此时正停在海关的货舱里，并且完全在飞机的视线之外。这里还有一辆浅灰色的凯旋Ⅲ型敞篷车。邦德走到了劳斯莱斯的后面，海关人员已经把后备厢盖打开了。邦德取出工具箱，仔细检查了一下箱子。接着他又跪下去，假装搜查后备厢的侧面，迅速地把跟踪装置放到隐蔽之处。然后，他把工具箱放回了原位，如同原封未动一般。他旋即起身，两手轻轻地擦了擦，对海关说：“没问题。”

　　海关随即把后备厢关上，并用一把方形钥匙将其锁好，起身说道："地盘和车体并没有什么奇特之处，但是车的内部和内饰空间，如果不做彻底的检查，很难发现问题。可以放行了吗？"

　　"可以了，谢谢。"邦德走回到办公室，很快就听到了汽车老式发动机在嗡嗡作响。一分钟后，汽车离开了仓库，平稳地驶向了飞机货舱的坡道。邦德站在办公室的后面，注视它缓缓地上了坡道。随后，巨大地货舱舱门"咣当"一下关上。飞机轮胎下的枕木被迅速移开，信号员竖起了拇指。两只引擎轰鸣作响，并喷出热浪，将这只巨大的银蜻蜓推向了跑道。

　　当飞机上了跑道时，邦德走向了自己的汽车，爬进了驾驶位。他按了仪表盘下的一个开关。起初，没有什么动静，随后突然从隐藏的扬声器中传出刺耳的嗡鸣声。邦德调整了一下旋钮，鸣声逐渐减弱，变成了低沉的嗡嗡声。邦德等待着，直到他听到飞机已经起飞。随着飞机不断爬升，向海岸线的方向飞去，嗡嗡声逐渐减弱，5分钟后消失了。邦德立刻调整接收机，并再次捕捉到信号。当飞机飞跃海峡时，他又监听了5分钟，然后关掉了接收设备。紧接着，他返回飞机库找到了海关官员，告诉他们他将在一点半回来乘坐两点的飞机。离开机场，他独自驾车缓缓地驶向一所他熟悉的酒店。从现在起，只要他和那辆劳斯莱斯保持在100英里以内的距离，被邦德放置在后备厢中的"信鸽"就会与接收器保持联系。他需要做的只是留意声音的大小，避免它消失就是了。总之，允许一个车对另一个车进行长间距跟踪，并且与它保持联系而不被发现，这是最简单有效的方位探测方法了。到了海峡的另一边，邦德必须要弄清金手指下飞机后所走的路线，与他保持一定的距离。而在大城镇或者主要的岔路口，距离要更近一些。如果判断失误，那么邦德必须加快车速，以便再次发现踪迹。他那辆阿斯顿·马丁DB Ⅲ将承担这一重任——这种横跨欧洲大陆的"猎犬追兔"的游戏想必会十分有趣。

阳光明媚，万里无云。邦德从上到下处于一种强烈的兴奋状态。他微笑着，那是一种僵硬、冷酷、残忍的微笑。邦德心想，金手指，你终于遇到麻烦了——准确地说，应该是大祸临头了。

"银鬼"在勒杜克的38号公路和1号公路的交叉口引起了一点小麻烦，一个交通警察正在那儿，他当然看到了这辆劳斯莱斯——谁也不会不注意这种汽车，一辆真正的贵族汽车。他指挥道："先生，请靠右，去阿贝维尔，大约需要一个小时的车程。不过，您这部晃眼的'流星'可真够……"

邦德刚驶出机场，他的接收器就收到了"银鬼"嗡嗡的信号。不过，现在还判断不出金手指会去哪里。如果向北，那有可能是低地国家（即荷兰、比利时与卢森堡）、奥地利或者德国；如果向南，要想确定他的方位，则需要两辆配置接收器的汽车。想到这里，邦德加大了油门，他必须要紧紧盯住对手。金手指也许会穿过阿贝维尔，并且通过交叉口经1号公路前往巴黎，或者经28号公路开往鲁昂。如果邦德判断失误，那将意味着浪费宝贵的时间，跑许多冤枉路。

邦德驾车在极度弯曲的公路上疾驰，他并没有冒险，但仅用了15分钟，就跑了43公里，赶到了阿贝维尔。接收器的声音非常大，金手指在前面不会超过20英里。可是该选择哪个岔路口呢？邦德考虑了一下，选择了前往巴黎的路，继续紧追。一段时间内，接收器的声音没有多大的变化，邦德可能是对的，也可能是错的。突然那声音开始减弱。糟糕！调头还是加速抄另一条路赶往鲁昂去追他？邦德极不情愿地调转车头，在离博韦10公里处，他向右转。开始时道路并不好走，但在接收器的引导下，他驶上了30号高速公路，不知不觉到了鲁昂。

他把车停在鲁昂市郊外，一边参考地图，一边监听着接收器里的声音。声音逐渐变大，邦德知道他已经跑到金手指前面了。但眼前还有另一个关键的岔路口，如果邦德再次猜错，那就没这么容易挽救了。金手指也许会选择阿朗松－勒芒的线路去南方，或者他想绕过巴黎，经埃夫勒、夏尔特和奥尔良去东南方向。邦德不能把车开到市中心以便可以看看那辆车的行驶方向，现在做的只能是待在这里，等到信号变弱，然后再做出猜测。

15分钟后，邦德确信那辆劳斯莱斯已经跑到前面去了，这次他再一次选择了左边的岔路，他将油门踩到最大，车子急速向前奔驰。没错，这次嗡嗡声逐渐变大，直至鸣叫。邦德咬住了尾巴，他将车速放慢到四十英里，使接收器的声音降的很低，慢慢地尾随，心里猜测着金手指的目的地。

5点，6点，7点。邦德可以从后视镜看到太阳逐渐升起。劳斯莱斯仍在向前疾驰。他们穿过德勒和夏尔特尔，正走向那段通往奥尔良的长达50英里的笔直大道。如果在奥尔良过夜，那这辆劳斯莱斯干得可一点不赖，大约六个小时足足跑了二百五十多英里。金手指在赶路的时候可不偷懒，他一定会把车停在郊区的最远处。邦德开始加速了。

前方有辆车的尾灯，不过不太清楚。邦德打开了雾灯，又切换到了大灯。那是一辆小型跑车。邦德贴近了一些，MG牌？凯旋牌？奥斯汀牌？这是一辆暗灰色两座敞篷凯旋车，邦德闪了下车灯，飞快地驶了过去。这时，前面又出现了一辆汽车的灯光。邦德把前灯关掉，用雾灯照着前进。那辆汽车距他约一英里之处。邦德追了上去。相距四分之一英里，他再把前灯打开，向前面望了一下，又随即熄灭了。是的，是"银鬼"。邦德减慢了速度，把距离拉长到一英里，并且保持着这种距离，同时，在后视镜中隐约地看见了那辆凯旋轿车模糊的灯光。

在奥尔良郊外，邦德把车子驶到路边，那辆凯旋跑车咆哮着飞驰而过。邦德从来就不喜欢奥尔良，因为他认为这是充斥着僧侣和神话的市镇，没有女色和娱乐。令人满意的是它是法国民族女英雄贞德的故乡，在赚取游客金钱的同时，还给他们一种神圣光辉之感。邦德查看了一下地图，金手指估计会在五星级饭店下榻，吃些板鱼块和烤鸡。这对他来说可能是世外桃源，也许是符合潮流。邦德却喜欢住在市郊，在著名的蒙德斯本的罗亚河边睡一觉并且饱餐一顿黑鱼圆子。可是他不得不紧紧盯住那只老狐狸。于是他决定在一家车站旅馆住下，吃了些那里的便饭。

每犹豫不决时，邦德总是选择火车站附近的旅馆。这样的旅馆很多，一般都有很大的停车场，餐厅的美食也非常不错。此外，一个人在车站可以感到整个城镇跳动的脉搏。火车在夜晚的鸣叫充满了悲剧和浪漫的气息。

接收器的嗡嗡声一直叫了有十分钟。邦德记下了通往三个旅馆的道路，随后小心翼翼地驶进市区。他沿路灯的照明走到了河边。他的猜测没错，那辆劳斯莱斯正停在 Arcades 宾馆的外面。邦德又返回市区，向火车站走去。

车站旅馆的一切和他所想象的一样——便宜、古朴、非常舒适。邦德洗了个热水澡，又返回到汽车里面，确认金手指的汽车还停在原处。于是他走进车站餐厅，吃了一顿他钟爱的佳肴——两份奶油鸡蛋、一大块枫板鱼、一份有名的卡满伯特乳酪和一品脱玫瑰酒。最后他喝过咖啡，十点半他离开了餐厅，又去查了查那辆车的情况，然后在宁静的街道上散步一小时后，再次检查了那辆车，便去睡觉了。

第二天清早六点，劳斯莱斯还停在原地。邦德付过房钱，在车站要了一杯浓咖啡然后把车子开到码头，倒入一条偏僻的街道。这一次不能再犯错误了。金手指要么过河，直接向南途经七号公路，到风光艳丽的里维埃拉去，要么沿罗亚河北岸前进。也许会去里维埃拉，也许会直接前往瑞士和意大利。邦德下了汽车，沿着护河墙的栏杆来回走动，注视着树下的情况。八点三十分，两个人影从阿卡狄旅社走出来，劳斯莱斯随即发动引擎。邦德看着它沿码头前行，直到消失在视线之外。

然后他钻入自己那辆阿斯顿·马丁中，继续追踪这只狐狸。

在初夏的阳光里，邦德沿着罗亚河舒适地驾车前行。这儿是他最喜爱的地方之一。五月间，到处是开满白花的果树，由于冬天的降雨，河面上的水流依然很宽阔。山谷绿草芬芳，充满了生机。正当他被这美丽风景所吸引时，一阵汽车尖叫的喇叭声突然从后面传来。接着，凯旋轿车飞快地超到前面，车篷已经放下。隐约可以看见车里一副戴着白框大眼镜的美丽面孔，映衬着一双深蓝色的眼睛。

虽然邦德看到的只是侧影——红红的嘴唇，飘动的黑色头发，和一个夹杂着白色斑点的粉红色头巾。从她的仰头姿势，他知道她一定是个美丽女子。但她单独驾车超过一个在时髦汽车里的男子的行为，使邦德觉得自己的尊严受到了挑战。

邦德心想，今天也许会发生什么。在美丽的罗亚河风光映衬下，他将去追赶那个女孩，直到午餐的时候，他们将来到河边空旷的饭店里，在花园的葡萄架子下，一同品尝油煎美食，喝着清爽的沃莱白葡萄酒，然后两辆车子相伴向南而行，直到黄昏。然后来到他们午餐约定的地点——橄榄林，蟋蟀在靛青色的暮色中自由歌唱，他们发现彼此都一见钟情，以至于忘却了各自来时的目的地。然后第二天（不，不是今夜，我们显然还不十分了解，而且我也很疲惫了）他们将她的汽车留在旅馆的车房里，然后一同出行。此时已没有任何事情可以打扰他们，两个人避开大道，驾车缓慢向西而去。他一直想到底去哪儿？对了，可以去恩特都萨因，那是雷伯附近的一个村庄，可那儿也许没有客栈。那他们就直接去雷伯。在卡马尔格河口的普罗旺斯蓝色海岸。他们可以要两间毗邻的房间（不是双人房间，那还太早了点）。在神话般的波玛尼尔酒店，他们一同品尝蒸烤大龙虾，喝着香槟酒，然后……

邦德对自己的想入非非感到好笑。今天不行，今天还要工作。今天是为金手指而来，而不是为了爱情。今天，唯一应该敏感的味道应该是金手指使用的那种昂贵的剃须膏的香味，而不是……她用的什么香水？英国女子总是用错香水的香型。他希望她用的是清新而淡雅的香型，也许是帕门绿风香水，或者卡朗铃兰香水。

邦德打开接收器查看了一下，随即把它关掉，继续驱车前进。他头脑中不时玩味着关于那个女人的遐想，而且充满了各种细节。显然这使他的心情格外轻松。当然，也许他们还会再见面。他们似乎是关系密切的朋友。她昨晚肯定在奥尔良过了夜。什么地方？鬼知道。突然，邦德从白日梦中惊醒。那个掀开的车篷提醒了他。他曾经在费里菲尔德机场见过那辆凯旋轿车。她肯定是乘金手指之后的那趟班机来的。虽然他没有见过那个女孩，也没有注意车牌号码，但显然车子是一样的。如果是这样的话，在三百英里后，她仍然在跟踪金手指，这绝不是巧合。难道昨天晚上开着小灯行驶的人是她！这到底是怎么回事？

邦德提高了车速。他已经快到纳韦尔了。在下一个大转弯处之前，他一定要紧紧咬住。这也许会是一箭双雕，他要看看这个女孩到底要做什么。如果她始终保持在我和金手指之间，事情就变得复杂了。本来跟踪金手指就不容易，现在又有一个尾巴夹在中间，那就更麻烦了。

她仍在他们中间，大概距离劳斯莱斯两英里，稳稳地跟在后面。邦德一看到她车尾部微弱的灯光，不由得减慢了速度。她是谁？这到底是怎么回事？邦德苦苦地思索着，继续驾车尾随。

宽广的、黝黑发亮的七号公路，宛如一条粗大而危险的神经，贯穿法国的心脏地带。邦德沿路一直紧紧跟随，但是在莫林，他失去了跟踪目标，他不得不迅速地调转方向，驶上七十三号公路。金手指显然向右转向，正在驶向里昂或意大利，也有可能驶向马孔或日内瓦。邦德只得加速，这是唯一能够尽快摆脱困境的方法，信号随即又增强了。他看见了那辆凯旋轿车，只得把速度降下来。突然，接收器的声音刺耳地号叫起来。邦德意识到如果不迅速把时速从九十英里降下来的话，他有可能冲到金手指前面去。不出所料，当他小心翼翼地翻过小坡时，马上就看见那辆巨大的黄色汽车停在前方大约一英里的路边。幸好这有另外一条马路，邦德赶忙把汽车拐到里面，停在一片低矮的树丛下面。他从汽车仪表板上的小柜中取出一个精巧的双目望远镜，下了汽车回头走了一段路，用望远镜一看，金手指正坐在有一条小溪边的小桥下。他身穿一件白色的上装，头戴白色亚麻驾驶头盔，一副德国旅行者的装扮。他正在那儿吃野餐。看到这里邦德也难以抵制饥饿的诱惑，他自己的午餐在哪里呢？他看了一眼那辆汽车，从后窗他可以看见前排座位上的那个韩国人的部分黑影。那辆凯旋轿车此时已没有踪迹。如果那个女孩还在跟踪金手指，她用不着别人什么警告。她会把头低下来，脚踩着油门。现在，她可能正隐蔽在前方某个地方等待着金手指的车从她旁边驶过。也许，邦德的想象力又调动起来，她可能向意大利湖驶去，拜会她的姑妈、朋友或者爱人。

　　金手指站了起来。爱整洁的家伙！他捡起用过的纸屑，攥成一团并小心地藏在桥下。为什么不把它们扔到小溪里？邦德突然紧张起来了。金手指的这些动作使他想起了什么？难道邦德又在胡乱猜想？或者这座小桥是个信息中转站？难道金手指想把什么东西留在这座特别的小桥下，也许是一个金条？法国、瑞士、意大利这些国家的特务组织很擅长采用这种联络方式，况且这确实是个不错的地点。从公路上方往下看，这里的一切一目了然。

　　金手指爬回了小溪岸边，邦德连忙躲到隐蔽处。他听见远处老式汽车引擎发动的声音，然后仔细地注视着它，直到它消失在视线之外。

　　这座横跨在美丽小溪之上的小桥十分别致。桥拱上设置了勘查数据——79/6，这表示在第七十九号公路上某个市镇到这里的第六座桥。这很容易确认。邦德迅速从汽车出来，溜到了小溪岸边。桥拱下面黑暗而且阴冷。可以看到一些鱼儿在缓慢、清澈、布满鹅卵石的溪水里穿梭游动。邦德搜索着位于草丛边的桥基的边缘。正好在拱洞中心，公路下面，有一片密集的草丛。邦德拨开草丛，看到一些刚翻动过的泥土，他用手指向下挖去。

这有一块东西，摸起来很光滑，形状像砖块，需要费点力气才能把它拉出来。邦德将这块暗黄色金属上的泥土擦掉，用手帕把它包了起来，然后将它揣在怀中，爬回岸边，上了空荡荡的公路。

第十三章
不　速　之　客

邦德为自己刚才的发现感到欣喜。他知道许多人会为丢失这根金条而指责金手指。要知道，用这根价值两万英镑的金条他们可以干出很多罪恶的勾当。可是，计划不得不改变，一些阴谋不得不推迟，也许这还意味着许多生命得到了挽救。并且，一般的人丢了一根金条，一定会好好寻找，但他们只能假设某个流浪汉侥幸发现了这根金条。

邦德拉开了位于后排座位下面的隐秘隔层，将金条放到里面。这可是个危险的东西。他必须和情报局的下个工作站取得联系，把这根金条交给他们。他们将通过大使馆把它送回伦敦。

邦德必须尽快报告这件事，这会提供很多线索。头儿甚至会要求当地的情报机构派人去监控那座小桥，看看到底什么人会去取黄金。不过，邦德并不希望那种事情发生。因为他不想在刚刚接近金手指时打草惊蛇，引起恐慌。他希望在金手指的脑海中一切都是正常的、安全的。

邦德驾车继续前行。他必须要在到达马孔之前赶上金手指，这样才可以在下一个岔路口确定金手指到底去日内瓦还是里昂。他也必须解决那个女孩的问题，并且如果有可能，要让她离开这里。不管她是否漂亮，她都会把问题搞砸。邦德决定停一下，买些吃的、喝的东西。现在已经是下午一点钟了，金手指刚才的吃相早已让他饥饿不堪。同时，他还需要给车加水加油，并且好好把它检查一番。

接收器的嗡嗡声逐渐变大。邦德已经到了马孔市郊，他必须跟近一些，哪怕被对方发现。还好，拥挤的交通使他低矮的车身不容易被发现。现在对于邦德最为重要的是弄清楚金手指是要穿过索恩，前往布尔格；还是在过桥时向右转，经过六号公路前往里昂。在前方能够隐约看到黄色的影子。它越过铁路桥，穿过一个小广场，沿着河边继续前进。邦德将他的视线从前方的劳斯莱斯移了一下，看了看路旁的行人。那是一条河，金手指会向右拐还是继续向前穿过桥梁？这辆劳斯莱斯继续向前开，看来他是要去瑞士了。

邦德紧随其后，来到了圣劳伦特镇的郊外。现在他需要找一家饭馆、一家面包店，以及一家酒馆。穿过人行道前方一百码左右就有一家。邦德通过后视镜向后看了一下。唔，唔！那辆小小的凯旋轿车仅仅距他几步之远。她到这儿多久了？邦德刚才过于关注地盯着那辆劳斯莱斯，以至于自从进入城镇后他没有留意后面是否有人跟踪他。她一定是将车藏到偏僻的街道中。这么看来，巧合的可能性可以排除了。必须采取些措施，抱歉，亲爱的，我不得不扰乱你的计划，不过我会尽可能温和些。邦德突然在一家饭店前面停下来，他换了倒车挡，然后猛然向后，伴随着一阵嘎吱和丁零的声音。邦德熄了火，走下车来。

他走到车的后面，看到女孩的面部表情非常生气，一条纤细修长的美腿刚刚踏到地面。

她摘下护目镜，站在马路上，两手叉在腰上。她那美丽的嘴巴因愤怒而绷得更紧。这辆阿斯顿·马丁汽车尾部缓冲杠卡在她那辆已经撞坏的凯旋轿车的前灯和散热器中。邦德微笑着说："如果你再这样碰我，你一定会嫁给我。"

邦德话音未落，他的脸上就挨了一记狠狠的耳光，邦德举起一只手摸了摸自己的腮帮。这时周围聚集了很多看热闹的人，喃喃的赞美声和下流的言辞混杂在一起。

女孩的愤怒并没有因这一记耳光而消散："你这个笨蛋！你到底在做什么？"

邦德心想：漂亮的女孩发脾气时，总是美丽的。他说："你的刹车出问题了吧。"

"我的刹车？你这是什么意思？是你倒车撞的我。"

"齿轮打滑。我又不知道你离我这么近。"该是平息她怒气的时候了，"真的很抱歉，我会承担一切维修费用。这实在太糟糕了，让我看看什么地方坏了。试试能不能倒一下车子。好像不是保险杠绞在一起。"邦德接着把一只脚踩在凯旋车的保险杠上摇晃着。

"你竟敢碰我的车子！别碰它！"女孩愤怒地坐回到驾驶位上。她按了一下启动器，引擎发动了，车盖下传来了金属的碰击声。她熄了火，把身体探出车外，"都是你干的好事，你这个白痴！你弄坏了我的风扇。"

他的目的达到了。他爬进自己的汽车，往前一开便脱离了那辆凯旋汽车。凯旋车上的一些碎片，被邦德汽车的保险杠带了出来，掉了一地。

他再次走下车来。看热闹的人少了一些。其中有一个穿着机械工作服的人，自告奋勇地去找一辆拖车，而且马上就去找了。邦德走到凯旋车边，女孩已经下了车，正在等他。她的表情发生了变化，显然比刚才冷静了许多。邦德注意到她深蓝色的眼睛，仔细地注视着她的脸。

邦德说："还不算太糟糕，也许是风扇被撞得脱离了位置。他们会给你装一个临时的前头车灯，并会把撞弯的地方弄直。明天早上你就可以继续开了。嗯？"邦德从他的口袋中拿出钱包，"这件事给你添了麻烦，我当然要承担全部的责任。这是十万法郎，用于赔偿你的损失和今晚在此逗留以及打电话通知你的朋友的费用，等等。请收下，算是个了结。我非常希望能够留下来，并且能够看到你明天早上安全上路。但我今晚有个约会，我必须赴约。"

"不行。"女孩冷静而明确地说道，她把手背到背后，等待着。

"可是……"她要干什么？找警察吗？要他受危险驾车的处罚吗？

"今天晚上我也有一个约会，我要赶到日内瓦去。你愿意带我到那里吗？离这儿不远，大概只有一百英里，两小时以内就可以到那里。"她指了指邦德的 DB Ⅲ，"你愿意吗？求你了。"

从她的口气可以听出她的意愿非常强烈，没有欺骗，没有威胁，只有强烈的要求。

邦德开始感到她不仅仅是一个美丽的女子。这也许验证了邦德最初的推断——她希望赶上金手指，或者想勒索他。可是从她的外表来看，她不是那种人。一切都写在她的脸上，她显得很单纯。此外，她并没有穿勾引人的服装，而是一件白色的男式丝质厚衬衫。领口是敞开的，但如果扣上，就成了狭窄的军服领子。衬衫的袖子又长又宽，卷在手腕上。她没有染指甲，唯一的首饰是戴在无名指上的金戒指（真的还是假的？）。她系了一条宽宽的黑色线缝皮带，上面有两排铜扣。它卡在后面，可能是在快速开车时能够提供一些支撑。她的短裙子是炭黑色的，打了褶，鞋子看起来是双华贵的黑凉鞋，驾车时穿着应该比较舒适又凉爽。唯一耀眼的颜色是一条粉红色的围巾。这条围巾已经从头上解下来，正和那副白色眼镜一起拿在手里。一切看来都很引人注目。不过，这副打扮并不使邦德觉得她很有女人味。她的整个行为和外表都露出一股男性气质和野外生活做派。邦德心想：她可能是一名英国女子滑雪队的队员，或者经常花时间打猎或参加障碍马术比赛。

虽然她是一个非常漂亮的姑娘，但是她是对自己的美丽毫不在意的那种女孩。她并不介意她那些散乱的头发，对女孩来说这的确有些不整洁，中间还有一条比较歪歪扭扭的分缝。

她苍白匀称的面貌与其外在特征形成了鲜明的对比。面部的主要特征是浓密的眉毛下有一双蓝色的眼睛，讨人喜欢的嘴唇，以及高高的颧骨和优美的下颚线条所展示的果敢和独立的气质。她自豪地站着，那丰满的乳房在丝质衬衫中高高地突出。两只脚稍微分开，两只手背在后面。她的姿态分明是一种挑衅和挑战。

看这情形，她似乎在说："好了，你这讨厌的浑蛋，别认为我只是个'小女人'。你已经使我陷入麻烦。现在你必须帮我解决问题。你也许很有魅力，不过，我有我的生活，我知道我该去哪儿。"

邦德考虑着她的要求。她会带来多大的麻烦？他要花多久才能摆脱她而去忙自己的事呢？这里是否有危险？虽然这里有些不利的方面，但邦德已对这位女子充满了好奇心，他想知道她到底要去干什么。途中关于她的种种猜想现在已朝现实迈出了第一步。不管怎样，美女相求，岂能不管。

邦德简洁地说："我很高兴把你带到日内瓦。"随后他把自己汽车尾部的行李箱打开，"好吧，我帮你把东西放进去。然后我去修车。这儿有一些钱。帮咱们俩买些午餐，你喜欢吃什么就买什么。至于我，请帮我买根六英寸里昂香肠、一条面包、一点奶油、半公升马孔酒，别忘了把酒瓶塞拔出来。"

他们的目光相遇，迅速交换了男人与女人、主人与奴隶的眼神。女孩接过钞票："谢谢，我和你买一样的东西。"她走到凯旋车的行李箱边，打开锁，说道："不用麻烦你，我可以自己搬这些东西。"她随即从里面取出一个封紧拉链的高尔夫球杆袋和一只精致而昂贵的手提箱。她把它们提到阿斯顿·马丁车旁，并拒绝了邦德提出的帮助，将它们放在邦德的行李旁边。她看着邦德把行李箱锁好，然后回到凯旋车内，取出一个黑色宽皮袋肩包。

邦德说："我可以知道你的姓名和地址吗？"

"什么？"

邦德再一次提出他的问题，想知道她是否会对她的名字或地址说谎，或者都是假的。

她说："我还没有最终决定，可以说是日内瓦的伯格斯旅馆吧。我的名字叫索梅斯，蒂莉·索梅斯。"回答没有任何迟疑，随即走进了食品店。

一刻钟之后，他们一同上路了。

女孩直挺挺地坐着，目光始终盯着路的前方。接收器的嗡嗡声很微弱，估计那辆劳斯莱斯已经超过他们五十英里了。邦德加快了速度。他们飞快地穿过了波尔格，在朋特安过了河。现在他们来到汝拉山脚，84 号公路弯弯曲曲。邦德行使在上面，好像在参加阿尔卑斯山的汽车拉力赛。女孩在转弯时曾两次倒向邦德身上，于是她也抓住汽车方向盘，帮助驾驶，如同是他的副手一般。一次一个紧急刹车，几乎使他们翻在路旁。邦德扫了一眼她的侧影，她的嘴唇张开，鼻孔略微发红，眼睛发亮，看起来她很喜欢这种刺激。

他们过了山顶，接下来将直接驶向瑞士的边境。接收器的信号很稳定。邦德心想，应该把速度降下来，否则，我们会在海关遇见他们。他把手伸到仪器板下面，将声音调低，然后他把车子停到公路旁边。他们坐在汽车里面吃了一顿文雅而静寂的野餐。谁都没有试图与对方交谈，似乎心里都在考虑各自的事情。十分钟之后，邦德又开始驾车前行。他轻松地坐着，沿着盘山路自如驶下来。公路两旁的松树沙沙作响。

女孩说："什么声音在响？"

"发动机的问题。车开得快些，声音会更大。在奥尔良就开始了。今天晚上一定要修理一下。"

她似乎对这种可笑的谎话感到满意，随后猜疑地问："你要到哪儿去？我不想因为送我而使你绕了路。"

邦德友好地说："没有绕路。事实上，我也要到日内瓦去。不过，今天晚上我也许不会停在那儿，可能要继续前行，这要看我的约会而定。你要在那儿停留多久？"

"我不知道，我是来打高尔夫球的，在迪沃尼有瑞士女子高尔夫球比赛。我的球技不好，不过我想去试一试，对我总是有好处的。然后，我想再到其他地方再打儿场。"

似乎合乎情理。没有理由认为她说的不是真的。不过，邦德确信：这绝不是全部事实。他说："你经常打高尔夫球吗？你常去你的那个球场？"

"经常打，我常去坦普尔球场。"

这话明显有问题，这个回答是真的？还是她信口开河在乱讲？"你住在这个球场附近吗？"

"我有个姑妈住在亨莱。你到瑞士做什么？度假吗？"

"做生意，进出口贸易。"

"哦。"

邦德暗自笑道，简直是舞台上的对白，谈话的声音像是文雅的舞台表演。他好像看到了英国戏院可爱的场景——客厅，阳光照在落地窗外的蜀葵上，一对夫妇坐在沙发上。她一边倒茶，一边问道："你要加糖吗？"

他们已经驶到了山脚下，前面是一段漫长而笔直的公路，远处可以看到法国海关的一小群房屋。

这个女孩没有给邦德机会看她的护照。车子一停，她说她有一些东西要整理，然后马上就跑到女士盥洗室去了。当她再次出现时，邦德已经通过了海关检查，正在领取汽车临时入境证，而她的护照也已盖了印，同样在瑞士海关，她的借口是要去从行李箱中取什么东西。

邦德没有时间和她在这儿胡扯，也不想戳穿她的谎言。

邦德将车快速驶进了日内瓦，随后将车停在伯格斯旅馆门口。侍者主动帮她拿起了行李箱和高尔夫球杆，两个人一同站在台阶上，她伸出手向邦德道别："再见。"她那直率的蓝眼睛没流露出丝毫感动之意，"不过还是要谢谢你，你的驾驶技术实在是太棒了。"她的嘴边露出一丝微笑，"我真的很奇怪，你竟然会在马孔把挡换错。"

邦德耸了耸肩："这种情况并不经常发生，不过我很高兴当时换错了挡。如果我忙完了我的事情，也许我们会再见面。"

"那很好。"不过从语调判断这显然是反话。言罢，女士转过身去，穿过转门，走进旅馆。

邦德立刻返回到车里。他心想：见她的鬼去吧！现在要尽快找到金手指，然后赶到威尔逊码头的那个小办公室。他打开接收器，等了几分钟。金手指离他很近，不过正在向远处驶去。可能是沿着湖的右岸，也可能是沿其左岸行驶。从接收器的声音来判断，他至少在城外一英里左右。他会选哪条路呢？向左驶向洛桑，还是向右去依云？这时邦德的DB Ⅲ型已经驶上了左手边的公路，邦德决定相信他的职业嗅觉，加速向前追去。

还没到库柏，邦德就看到了前方有个高高的黄色轮廓。这个地方以德·斯塔尔夫人而闻名。邦德把车开到了一辆卡车后面。可他再次观察时，那辆劳斯莱斯竟然不见了。邦德将车向前驶去，同时向左边观察着。在村头入口处，邦德看到了一个坚固的大铁门，铁门的周围环绕着高墙。在墙上方有一个大小适中的布告牌，在蓝色的底面上有几个淡黄色的字"奥里克·金（手指）公司"。这只老狐狸原来跑到这里了！

邦德向前行驶，然后向左转了方向，穿过葡萄园后面的一条小巷，来到库柏村后面的树林中，这里是德·斯塔尔夫人的住所旧址。邦德把车停在了树林里。现在他正好在奥里克公司上方，他拿出望远镜，下汽车，沿着一条小路走向了那个村庄。不一会儿，在他的右手边，他发现了一道尖顶的铁栅栏，上面缠绕了些带刺的铁丝网。铁栅栏沿山而下，大约一百码远，与一堵高石墙连在一起。邦德沿着路反向认真地寻找着隐蔽的入口，也许这个村的小孩子们偷栗子会弄出一个入口。果然不出所料，他发现铁栅栏上有两根铁条已经弯曲，不过这个宽度只能使一个小孩过去。他用尽全身力量，尽量将这个小口加宽，一英寸一英寸的往里移，最后竟然硬生生地挤了进去。

邦德小心翼翼地在树林中穿行，他尽量避开那些枯死的树枝，以免弄出声响。树木越来越稀疏，他可以隐约看见前方有一排低矮的建筑物。他选了一棵树干粗大的冷杉树，躲在它的后面。现在他可以居高临下地观察那些建筑物了。最近的大概有一百码远，带有一个宽敞的院子。那辆落满灰尘的"银鬼"此时正停在院子中间。

邦德拿出望远镜，仔细地观察着每一样东西。

房子是一个红砖材质、斜顶、方形对称结构的建筑物。一共两层，上面带个阁楼。

楼内可能有四个卧室和两个主要的房间。一部分墙壁爬满了开着花的紫藤。真是个不错的房子，邦德的感慨好像眼里看到了刷了白漆的天花板。他闻到了一股因为阳光照射而发霉的味道。后门的路连着停着"银鬼"的院子。

楼的后门通到停着"银鬼"的院子。院子很宽大，地面是铺砌过的。院子靠近邦德的这侧是敞开的，但是另外两侧被两幢平房围住，看起来很像铁工厂。一个很高的锌制烟囱从铁工厂中拔地而起，烟囱顶端的通风帽是个不断旋转的方形物体。在邦德看来很像舰艇的舰桥上安装的台卡雷达扫描天线。这个小设备一直在静静地运转着，邦德实在想不出在这树林里，小工厂顶上装这种东西到底有什么目的。

突然，眼前的沉寂景象被打破了，就好像邦德在英国布赖顿码头的游乐场，往西洋镜中投了一枚硬币。小钟敲了五下，随即房子的后门打开了，金手指走了出来。他仍穿着那件开车时穿的亚麻白色上装。不过没戴头盔。金手指后面跟着一个相貌平平、举止猥琐的人。那人蓄着牙刷式的小胡子，戴了一副角质架的眼镜。金手指看上去很高兴。他走到那辆劳斯莱斯旁边，轻轻地拍着车顶盖。那个人恭敬地笑了笑，他从马甲口袋里掏出一个哨子吹了两下。

右边工场的门打开了，四个穿着蓝色工装服的工人走了出来，来到汽车旁边。

这时，从打开的门里传来"呼呼"的噪音，紧接着好像一台重型的设备启动了，而且发出了有节奏的喘气声。邦德想起了在雷库维尔听过这种声音。这四个工人在汽车的周围选好了位置，那个小个子的人说了句什么，他好像是个领头的。紧接着他们就开始动手拆车了。不一会儿他们就把四个车门从车体上卸了下来，然后取下了发动机上的舱盖，紧接着拆除了一个汽车挡泥板上的铆钉。很明显：他们是在有条不紊地卸下这辆汽车上所装的甲板。

邦德刚刚下了这一结论，那个穿黑衣服戴圆顶高帽的影子在房子的后门出现了。他向着金手指发出了一个难听的声音。金手指对领头叮嘱了些什么，随即留下拆车的工人，走进屋子。

邦德该行动了。他仔细地看了看周围的环境，以求把地形方位牢牢地记在心里，然后沿着树林慢慢地退回去。

"我是从通用出口公司来的。"

"啊，是吗？"桌子后面的墙上悬挂了一张由意大利画家皮尔特罗·安尼戈尼画的英国女王肖像的复制品，墙上还贴了很多关于拖拉机或其他农业机械的广告。宽大的窗户外面不时传来了威尔逊码头旁来来往往车辆的嘈杂声。一声汽笛鸣响，邦德向窗外看了一下，一艘汽船正从湖中驶过，在夜晚如镜面般平静的湖面上留下了一条悦目的尾迹。邦德随即回过头来，发现对方正充满疑惑地注视着他，邦德仔细地观察了一下这个态度和蔼、中等身材商人的脸。

"我们希望和你做生意。"

"什么类型的生意？"

"是桩大买卖。"

那人的脸上露出了微笑，高兴地说："是007吧？我想我认识你。好吧，我现在能为你做什么？"他的声音突然变得很谨慎，"只有一件事，我想您最好快点了解。自从您在迈阿密耍了金手指先生后，他的高度紧张就让我这里显得度日如年了。他们可能会偷录我谈话的内容，不管是跟外地人还是本地人谈话。也许这样不会有什么事，但是整天这样总不舒服。"

邦德解开衬衫，取出那块沉重的金砖："请你把它送到英国去，好不好？另外请你拍一封密电给情报局。"

那个人取出一本便笺簿，把邦德的口授写在上面。写完之后，他把便笺簿放进口袋。"啊！啊！非常重要的资料。依照计划，我会在午夜把它办妥。至于这件东西，"他指着金砖说，"我会通过包裹把它送到伯尔尼，还有其他事情吗？"

"你听说过库柏的'奥里克公司'吗？他们是做什么的？"

"可以说，我对这个地区的每一个企业都了如指掌。当然也包括它。去年，我曾卖给他们一些打铆机。他们生产金属家具，质量非常好。瑞士铁路局采购过他们的东西，还有一些航空公司也买过。"

"知道是哪家航空公司吗？"

那个人耸了耸肩："听说他们承包了麦加航空公司的订单。这家航空公司有去印度最大的包机航线，终点站在日内瓦，它可是印度航空公司最大的竞争对手。麦加航空是私人公司，事实上，我听说奥里克公司在这家航空公司投资了一些钱。那么向它采购航空座椅就不足为怪了。"

邦德的脸上流出了诡异的微笑，随即起身与那个人握手告别："你并不了解这里的细节，但你只用了几分钟就把它拼成了完整的图画。真是感谢。祝你的拖拉机生意兴隆，后会有期。"

回到街道，邦德迅速地钻进汽车，沿着码头向伯格斯旅馆开去。现在他终于完全弄明白了！两天来，他尾随着"银鬼"横穿欧洲大陆——这是一辆装有装甲的"银鬼"。

他曾在肯特郡看见最后一块甲板用铆钉固定上去，而现在这些东西又在库柏村被一一拆卸下来。这些甲板估计早已进了熔炉，然后为麦加航空公司制成七十把飞机座椅，几天之后，飞机上的这些椅子将在印度被拆除，然后换上铅质座椅。金手指会从中赚多少？五十万英镑？一百万英镑？

至于那辆"银鬼"，则根本不是银的，而是一辆"金鬼"！两吨重的车体全都是金的——18K白金。

第十四章
夜 半 惊 魂

邦德在伯格斯旅馆开了房间，洗澡后，换了一套衣服。他把沃尔特手枪在手中掂了掂，犹豫着应该带去还是留下，最后决定还是不带了。因为当他返回奥里克公司时，他不想被他们发现带了枪。如果时运不佳，他被发现了，这东西必然会引发枪战。他默念了一通理由，尽管不太有说服力，但他认为至少不会暴露他的身份。所以只能这么办了。不过，邦德选择了一双特别的鞋子。这双鞋子比普通的鞋子重得多，尽管外形上没有太大的区别。

在旅馆前台，邦德问是否有个苏美斯小姐住在这里？但当前台接待告诉他没有什么苏美斯小姐住在这个旅馆时，他并不感到惊讶。唯一的疑问是，当他离开时，她是否已离开了那家旅馆，还是用另外的名字做了登记。

邦德驱车穿过美丽的蒙布朗峰，沿着光亮的码头驶向"巴伐利亚"——那是一家中产阿尔萨斯人的啤酒店，在国际联盟的时代，那里经常是聚会的场所。

他坐在窗边，先喝了一大杯酒。他首先想到了金手指，这家伙在做什么已毫无疑问了。他资助了一个间谍网络，而这个间谍组织可能就是斯莫希，同时他还向印度走私黄金，这使他发了大财。在损失了那艘布里克汉姆号拖船后，他想到了这种新的走私办法。金手指最初以他的防弹汽车闻名，不过大家只是认为他比较古怪。因为许多英国汽车制造商出口这种产品，过去通常卖给印度的王公贵族，现在的买主主要是中东产油国的酋长以及南美一些国家的总统。金手指选择了一辆银色的车，因为方便对其进行改装。这种车底盘非常结实，车身用铆钉固定也是其一大特色，并且这种结构为金属板的安装提供了最大的空间。金手指可能先原样运送一两次，这使得费里菲尔德机场对此习以为常。然后，在下一次，金手指会在雷库维尔拆掉防弹板，换上18K的白金。这种银镍合金非常坚固，当受到碰撞或车体受到摩擦时，金属的颜色不会露出任何作假的迹象。然后下飞机后将车子开往瑞士，送入他的小工厂。工厂里的工人和在雷库维尔工作的人一样都是精挑细选的。他们会把金属板拆卸下来，然后将他们铸成飞机的座椅，经过包装处理后，安装在麦加航空公司的客机上。估计这家公司也是由金手指的某个助手管理，每次走私都会得到一笔好处。按照这个程序，一年大概会走私几次？一次、二次，还是三次？这种飞机只能承重较轻的货物和少数乘客。在孟买或者加尔各答，飞机可能会在麦加航空公司的机库中进行检修，并换上新的座位。而那些原有的黄金座位将会运到黄金经纪人手中，金手指会在拿骚或任何他选择的地方得到他的利润。通过这种方式他可能会获取百分之百乃至百分之二百的利润，最后形成一条从英国雷库维尔—日内瓦—孟买的走私循环通道。

邦德凝视着窗外那波光潋滟的湖面，心想，没错就是这样，这的确是一种风险小、高利润的空中走私通道，金手指一定很得意，他按着那辆老式汽车的喇叭，竟然在英、法、瑞士三国警察面前畅通无阻！

邦德似乎找到了答案：金手指真是名副其实的高手！如果他不是这么一个令人讨厌的家伙，如果他和那个可恶的斯莫希组织没有瓜葛，邦德肯定会对他高超的骗术感到钦佩。整个运作实在太复杂，恐怕连英格兰银行也不容易应付。可是不管怎样，邦德现在唯一要做的就是摧毁金手指，夺取他的黄金，把他送进大牢。金手指的黄金欲太强烈、太残忍、太危险，以至于干扰了世界的正常运行。

已经晚上八点钟了，刚刚喝过的用龙胆蒸馏而成的酒起了反应，邦德感到自己的胃暖洋洋的，而且刚才的紧张也缓解了一些。好烈性的酒，怪不得造成这么多瑞士人慢性酒精中毒呢。他又叫了一杯，同时点了一份泡菜和一份糖果。

那个女孩，那个漂亮、倔强的说谎者怎么样了？她突然出现在你的面前。她到底是干什么的？她为什么编出打高尔夫球的故事呢？邦德站了起来，走到房间后面的电话间。他给日内瓦报社打了电话，并要求转到体育编辑。这个编辑很愿意帮助邦德，不过对他的问题感到奇怪。当然，当其他国家间的比赛结束时，这里夏季会举办各种比赛，这有可能会吸引一些好的外国选手到瑞士来。

这和其他欧洲国家一样，他们喜欢尽量多地邀请一些英国和美国的球手，这会增加门票的收入。"这没什么大不了的，是吧，先生？"

邦德回到餐桌继续用餐。这已经足够了，不管她是做什么的，她只是一个业余爱好者罢了。只需要一个电话就可以戳穿这种非专业的谎言。尽管邦德这样想，但他不想这样做。因为他喜欢那个女孩，并且显然已经对她着迷了。她可能是斯莫希组织派来专门监视金手指的特务，或者专门来监视我的，也许会同时监视我们两个。她具有一些特工人员的素质，比如说性格独立、个性坚强、独立执行任务的能力。不过邦德马上打消了这种想法，他看出她显然没有经过训练。

邦德点了一份格吕耶尔干酪、裸麦粉粗面包和咖啡。这个女孩对他来说简直是个谜。他祈祷这个女孩不会有什么秘密的计划卷入他和金手指之间的事情，那会打乱他的全盘计划。

这份任务马上就要大功告成了，对于邦德来说现在需要的只是证据，他要用自己的眼睛去证实他关于金手指和那辆劳斯莱斯车的设想都是事实。只需要去库柏村再查看一下，想办法弄一点白金粉末，当夜就可以赶往伯尔尼，让英国大使馆的值夜人员向国内拍封电报。然后，英格兰银行就会神不知鬼不觉地冻结金手指在世界各地的账户。也许明天一早，瑞士警察局的特工人员就会去敲奥里克公司的大门。紧接着，就是引渡程序，金手指将会被遣送到布里克斯顿，在那儿将会有一个类似梅德斯通和刘易斯一样的缉私法庭来审理这桩秘密而复杂的走私案件。金手指将会被判几年监禁，他的移民资格将会被撤销，那些非法走私出国的黄金，将会被追回到英格兰银行的国库里。至于那个斯莫希间谍组织，可能要气得咬牙切齿，这是邦德再次给他们的致命一击。

不一会儿，邦德把点的东西一扫而光，他起身付了账单，走出旅店，钻进了他的汽车。他穿过罗纳河，慢慢地沿着光亮的码头行驶，加入到往来车流之中。相对于他的任务来说，这样的夜晚再普通不过了。月亮虽然不是很圆，但发出的光亮足以看清前方的道路，但没有一丝风儿来掩护他驾车穿过森林接近工厂。

邦德必须要保持冷静，而且要小心谨慎。邦德的眼睛如同一部电影放映器。这个地方的地形和道路已经深深地刻在他的脑海中了。在一片寂静的日内瓦湖畔，车子如同自动驾驶一般，在那宽广洁白的大道向前行驶着。

邦德走的是下午走过的路线，当离开大陆转弯的时候，他打开了转向灯。他把车开进了一片树林中的小巷，然后熄了火。他坐在车里静静地听着。周围太静了，邦德只听到车盖下面发热的金属传来微弱的滴嗒声和仪器板的指针快速跳动的声音。邦德下了车，轻轻地关上车门。沿着一条穿过树林的小路小心翼翼地走了下去。

不一会儿，他听到了机器那沉重的喘气声：砰——砰——砰——，如同一个钟表发出的声音，不过这动静可不讨人喜欢。邦德来到了铁栅栏的缺口处，一点点地挤了进去，然后提了提精神，穿过了月光照耀下的小树林。

砰——砰——砰——

巨大的机器喷气声好像就在他的头顶，震得人头昏脑涨。邦德感到浑身不自在，就好像一个人第一次在阴暗处玩捉迷藏游戏的感觉一样。这种基于危险动物展现的生理本能反应使得邦德不由得暗暗发笑。这鬼动静是从那个锌制的大烟囱里传来的吗？这不会是传说中的恐龙洞吧？邦德提了提精神，小心地移开途中的枯树枝，一步一步地向前爬去。他每一步都要极其小心，好像正在穿越一个雷区。

树木渐渐变得稀疏了。邦德寻找着上次那根用于藏身的粗大树干，他看到了，但是他马上僵在那里，他的脉搏在急速地跳动着。原来他发现在这棵树下，有一个人正手脚伸开地趴在那里。

邦德张大了嘴巴，缓缓地呼气，以缓解他的紧张。他把出汗的手掌在裤子上轻轻地擦了擦。接着弯下腰，两手垂到膝盖，盯着前方。他的眼睛瞪得好大，如同照相机的镜头一般。

那个人在树下移动着，小心地变换着姿势。一阵风吹偏了头上的树梢，月光迅速地照了一下这个人的身体，随后又看不清了。不过刚才的一刹那，邦德看见这个人有着一头浓密的黑发，黑色的毛线衫，黑色的小松紧裤。另外在地上还有一条直直的金属亮光，它的一端在黑发下面，另一端经过树干进入草丛中。邦德慢慢地把疲乏的头低下，看着伸展的两手之间的地面。原来是那个女孩——蒂莉·苏美斯。她正在注视着下面的那个建筑物，她带了一把来复枪——这支枪一定是藏在那个高尔夫球杆袋里。她正在准备向他们射击。该死的，这个蠢蛋！

邦德慢慢地松了口气，她是谁以及她到底要做什么都已经无关紧要了。他估测着他俩之间的距离，计划着下面的每一步——纵身一跃扑过去，左手卡住她的脖子，右手按住她的枪。好，就这么办！

邦德一跃，前胸滑过她微微翘起的臀部，砰的一下压在了女孩娇小的后背上。突如其来的冲击使她微微"呼噜"一声，呼出了口中憋着的一口气。邦德左手手指迅速地移到她喉咙边，卡住她的颈动脉，右手同时抓住了在她腰部的来复枪。把她抓在步枪上的手指移开，为了保险起见，他把那支枪远远地推在一边。

邦德小心地把身体从女孩的背上移开，同时手指也从她的脖子处移开。他把手轻轻地捂在她嘴上。他感觉身下的人在费劲地呼吸，身体仍不能动弹。邦德把她双手反剪在背后，用右手把它们抓住。她的臀部可以动了，两脚紧绷着。邦德用腹部和大腿把她的脚压在地面上。现在他的手指可以感觉到她的呼吸。突然她咬住他的手。邦德小心地贴上前来，把嘴凑到她的耳边，赶忙低声道："蒂莉，看在上帝的面上，别出声！是我，邦德，我是朋友，现在情况紧急。有些事情你不清楚。请你安静点，听我说。"她的牙齿松开了他的手指，身体也放松了，软软地躺在他的身下。过了一会儿，她点了一下头。

邦德把她放开，躺在她旁边，但仍把她的双手反剪在后背，轻轻说道："喘口气吧。不过，你要告诉我，你是不是一直在跟踪金手指？"

她脸色苍白，看了邦德一眼后旋即转到另一侧，然后对着地面狠狠地说道："我要杀了他！"

也许是金手指污辱了她？邦德放松了右手，让她把双手举起来，这样使她的头舒服一点。由于精疲力竭，她全身颤抖，肩膀也略微有些颤动。邦德伸出一只手，静静地有节奏地抚摸着她的头发，眼睛仔细地注意着下面这种平静而毫无变化的情景。

没有变化吗？一定是有什么情况。烟囱罩上的那个雷达现在不转了。它那椭圆形的长嘴停了下来，并且指向他们这个方向。

邦德不清楚是怎么回事。现在，那个女孩已经不哭了。邦德把嘴移近她的耳朵，她的头发有股茉莉花的香气。他轻轻地说："别担心，我也在一直跟踪他，我要给他造成的伤害要比你给他的严重得多。我是伦敦派来的，他们希望抓到他。他对你做了什么事？"

她几乎是自言自语："他杀死了我姐姐。你应该认识她，她的名字叫吉尔·麦特生。"

邦德愤怒地问："发生了什么事？"

"他一个月要换一个女人。吉尔第一次做这份工作时，就把这些告诉了我。他对她们施用催眠术，然后，用黄金来涂刷她们。"

"上帝啊，这是为什么？"

"我不知道，吉尔告诉我他爱黄金爱得发狂。我想这可能是他的某种思维方式——一种占有黄金的方式，这好比是嫁给黄金。他叫一个韩国的仆人来涂刷她们。但他不能涂刷她们的背脊，那一部分必须要留下来。吉尔没有告诉我为什么。不过我后来终于明白了那样她们就不会马上死去。如果她们的身体被全部涂上黄金，那么皮肤的毛孔就不能呼吸，就会因窒息而死。然后，那个韩国人用树脂或其他东西把她们身上的金漆洗掉。金手指给她们每人一千元美金，把她们打发走。"

邦德好像看见那个怪郎拿着金漆盘子的可怕样子，看见金手指心满意足地盯着这些金光灿烂的塑像，真是邪恶的占有欲。

"吉尔发生了什么事？"

"她拍电报要我去找她，当时她正躺在迈阿密一家医院的急诊室中。金手指把她抛弃了。她马上就要死了，医生们不知道这是怎么回事。她告诉我到底发生了什么——她把金手指对她干的事告诉了我。当天晚上她就死了。"女孩的声音很是冷漠，但道出了事实，"当我返回英国，我去请教了一个皮肤专家，他告诉了我关于皮肤毛孔呼吸的机理。他告诉我有些酒店的艳舞女郎曾经被迫全身刷满银粉，他给我展示了一些病例和验尸报告。我这才真正明白吉尔到底发生了什么。金手指把她浑身涂满了金粉，他谋杀了她。这一定是出于报复，因为她和你曾经在一起过。"这时她停了一下，然后迟疑地说道，"她和我提到了你，她——她爱你。她告诉我，如果能够遇到你，就把这个戒指给你。"

邦德紧紧地闭上了双眼，抑制心中一股难以言表的悲痛——又一个人死了，又是因为我的缘故！每一次，都是一个无心手势的过错。一次不经意的举动竟然导致了那个美丽女孩24个小时的意乱情迷，那个女郎竟然爱上了他。结果，这种爱远远超出了邦德的想象。这种对金手指微不足道的挑战，竟受到金手指一千倍、一百万倍的报复。两天前在桑维奇，金手指曾在光天化日之下平静地说："她已经辞职不干了。"他对自己这么说，当时一定很得意！邦德紧紧地握住了双拳：我的上帝！只要还有最后一口气，一定要向金手指讨还这笔血债！至于他自己……邦德知道会有什么样的结果，工作肯定不能成为推脱致使那个可怜的女孩死亡责任的借口，这笔情债他注定要背负终身了。

女孩伸手去取那枚克拉达戒指，她两只手缠绕在这个心形的金戒指周围，然后把手指放到她口中，戒指被取下来了。她把它送到邦德面前。这个小巧精致的金戒指，与粗大的树干形成了鲜明的对比，在月色下闪闪发光。

突然，邦德的耳边听到"砰"的一声，紧接着又是"嗖"的一声，邦德看到一支铝质羽毛铜头箭，像一只蜂鸟一样向这边直飞过来，它穿过金戒指，射在树干上。

邦德慢慢地，几乎是漠然地把头转过去。

十码以外，一个黑影，一半在月光中，一半在树影中，他的头圆得像个西瓜，两只脚蹲跨着，摆出一种柔道的架势。他的左臂向前伸出，反衬出一张发光的半弧形的弓。他的右手正抓着第二支箭的羽毛，箭尾紧紧地靠在右脸上。在头的旁边，绷紧的右肘向后拉着。银色的箭头正指向这两个苍白的抬起头的身影间。

邦德对女孩轻轻地说："千万不要动。"然后高声地说，"喂，怪郎，你的箭法很准啊！"

怪郎拉紧了弓箭。邦德站起来挡在女孩前面，他用他的嘴角轻声地对她说，"他还没有看见这支来复枪。"然后，他又平静地对怪郎说，"金手指先生这块宝地真的不错。我希望有机会能和他谈谈。不过今天晚上太晚了，你可以告诉他，我明天会来拜访的。"

邦德接着对女孩说道："亲爱的，咱们走吧，我们已经在林中散步有一段时间了，现在该回旅馆了。"他离开了怪郎，向铁栅栏的方向走去。

怪郎跺了一下前脚，将第二支箭瞄准着邦德腹部的中间位置。

"嗨。"怪郎把头向旁边一歪，指了指下面的房子。

"哦，你认为他现在想和我们见面吗？那么。你不认为我们会打搅他吗？走吧，亲爱的。"邦德选择了树干左边的那条路，这样可以保证藏在草丛里的那支枪不被看见。

他们慢慢地走下山去，邦德轻声地与女孩交谈着，主要是提醒她一些注意要点。他说："你是我的女朋友，我把你从英国带来。对我们这个小小的冒险是不是感到惊奇而有趣。我们现在非常危险，千万不要耍小把戏。"邦德向后看了一下说道，"那个家伙是个杀手。"

女孩愤怒地叫道："没有你捣乱……"

"你也一样，"邦德生硬地把话顶了回去，但又连忙说，"蒂莉，我非常抱歉，我不是那个意思。不过，我认为你开枪后也很难逃出这里。"

"我有我的计划。到午夜时，我就可以越过瑞士的边界了。"女孩辩解道。

邦德没有回应。他突然发现了什么。那高高的烟囱顶上，那个雷达似的椭圆的长嘴，又开始旋转了。

原来是那个东西发现了他们，听到了他们的说话！这一定是某种声音探测器。金手指实在是太狡猾了！邦德并没有小看金手指的意思。他当时怎么做出这么个决定呢？也许，如果他带了枪……不行，邦德知道，纵使他拔枪的速度很快，也不能打倒那个韩国人——眼下更不行了。这个人现在完全能掌握他们的生杀大权。无论邦德手中是否有武器，都无异于一个人同一辆坦克去决斗。

他们来到了院子。正想走进去，这时房子的后门打开了。两个韩国人借着灯光向他们走过来，邦德估计他们可能是来自雷库维尔的雇工。这两个人手中拿着难看而光亮的棒子。"站住！"两个人面露狰狞、龇牙咧嘴地说道。这情景和一个曾在日本监狱待过的朋友描述给邦德听的一样。"我们要检查一下，不要找麻烦，否则……"说话的那个韩国人一边说着，一边用棒子在空中挥舞了一下，"把手举起来。"

邦德把手慢慢地抬起来，并对女孩说："无论他们做什么，不要反抗。"

怪郎凶狠地走上前来，注视着整个搜查。这些家伙搜查很内行，而且面露狞笑，邦德冷冷地看着他们在女孩身上搜查的手。

"好了，进来！"

他们被驱赶着穿过一扇打开的门，沿着一条铺了石板的通道，来到了房子前面的一个有个狭窄入口的走廊。房子的气味如邦德所想的一样，霉味中夹杂着芳香气味。这里的门都是白板式的，怪郎敲了其中的一个门。

"进来。"

怪郎打开门，他们俩被推了进去。

金手指坐在一张大桌子旁边。桌上整齐地堆满了很多看起来很重要的文件。桌子的侧面连着一些灰色的金属档案柜。除了大桌子，在金手指可以够得着的地方还有一张小桌子。上面放着一台短波无线电接收机，一个操控台和一台机器。这台机器正在嘀嗒作响，看起来很像一个自动气压计。邦德猜想，这东西一定和发现他们的探测器有关。

金手指穿了一件紫色的天鹅绒的便装，里面有一件开领的丝质白衬衫，敞开的领口中露出了一丛黄色的胸毛。他直挺挺地坐在一张高背椅子上。他几乎没有看那个女孩，他那双大蓝眼睛的目光全部集中在邦德身上。

这并不令他们感到惊讶，只是感到了一丝寒意。

邦德咆哮道："金手指先生，瞧瞧这一切，到底是怎么一回事？你到警察局告发我收了一万元美金，我和我的朋友苏美斯小姐一路追踪你，就是想看看你究竟是什么意思？我知道我们爬了栏杆——这属于非法侵入，不过，我想在你去其他地方之前，把你抓住。接着你的这只猿猴跑过来，用他的弓和箭差点把我们当中的某个人射死。然后两个杀气腾腾的韩国人又把我们拦住并强行搜查。这到底是怎么回事？如果你不能给我一个合理的解释和道歉的话，我会到警察局控告你。"

金手指那种平淡、冷酷的凝视没有丝毫变化，他可能根本没有听邦德暴躁般的言语发泄。最后，他终于开口了："邦德先生，芝加哥人有一句名言：'第一次是偶然，第二次是巧合，第三次就是敌人。'

迈阿密、桑维奇，现在是日内瓦。我一定要你吐出真相来。"金手指的眼睛慢慢地扫过邦德的头，说道，"怪郎，压力屋。"

第十五章
身 陷 重 围

邦德马上做出反应，这不需要任何借口。他迅速地向前跨了一步，绕开桌子直接向金手指冲去。他的身体向前俯冲时，碰到了桌面，弄得文件到处都是。邦德的头重重地撞上了金手指的肋骨，这一撞把金手指撞倒在椅子里。邦德又把脚向后一抵，再次向前撞过去。这一次把椅子撞翻了，两个人一同跌下已经折裂的椅子。邦德的手抓着金手指的喉咙，两只大拇指紧紧扣住它，用尽全身力量，拼命地向下掐去。

整个屋内的人都扑向邦德，一根横梁击中他的颈椎。他慢慢地从金手指身上滑落下来，躺在地板上，一动不动了。

在光的旋涡中邦德在慢慢地旋转。这一旋涡慢慢地变平，最后变成了一个圆盘，一个黄色的月亮，随后变成了一个愤怒的独眼巨人的眼睛。在这个赤红的眼球周围写了一些东西，好像是信息，一条对他来说非常重要的信息，他必须看清楚。

邦德仔细地看着，一个接一个，他辨认出了这些文字。上面写着：苏格拉底匿名创世主。这是什么意思？一股水泼到邦德的脸上，弄痛了他的眼睛，而且灌了他满嘴都是水。他感到很恶心，想移动一下，可却动不了。他的眼睛却渐渐能看清楚了，头脑也逐渐清醒了，不过脖子后部仍然感到一阵阵疼痛。

头上挂着一个装在搪瓷灯罩中的巨大灯泡，他正躺在一张桌子上，手腕和脚踝都被缚在桌子的四边。他用手指摸了一下，感觉是光滑的铁板。

这时传来金手指一声平淡、无趣的声音："可以开始了。"

邦德把头冲向声音传来的方向。由于强烈的灯光照射，他的眼睛只能眯成一条缝，看着他们。金手指正坐在一张帆布椅上。他已经脱下了他的外衣，挽起了衬衣袖子。在他的喉咙周围有一些红色的痕迹，在他旁边一个可折叠的桌子上，摆放着各种工具、金属仪器和一块控制板。在这张折叠桌的另一边，蒂莉·麦特生坐在另外一把椅子上，她的手腕和脚踝都被绑着。她直挺挺地坐在那里，好像学校里的学生。她看起来异常的美丽，但令人不解的是，她看邦德的眼神有些茫然。她也许是被灌了药物或施了催眠术。

邦德将他的头转向右侧，离他几步远的地方站着那个韩国人。他仍戴着那圆顶高高的帽子，上身光着膀子，汗珠在他那硕大的黄色皮肤的躯干上闪闪发光。他身上的汗毛不多，胸部的肌肉非常发达，好像宴会上的大盘子。胃部凹陷，与隆起的肋骨形成鲜明对比。手臂上面也没有毛。但强壮得和大腿一样粗，他那贼溜溜的眼睛表现出高兴、贪婪的样子。他张开椭圆嘴巴一笑，露出了满嘴的黑色牙齿。

邦德抬起头来，快速地扫视了一下四周，这使他感到一阵疼痛。他正在一个工厂的车间里。雪亮的电灯照耀着两个电炉的铁门。有些浅蓝色的金属片堆放在木架子上。附近某个地方传来了呼呼的发动机声，远处传来了闷闷的锤打声，更远处是发电机的轰鸣声。

邦德看了看自己躺着的桌子。他像一只张开翅膀的鹰平平地被缚在桌面上。他叹了一口气，把头放了回去。

在这张光亮的钢板桌中间有一道狭长的裂缝。裂缝的另一端，是一台圆盘锯。它那闪闪发光的锯齿，正好架在他分开的两脚之间。

邦德躺在桌子上，向上凝视着灯泡上的字母。金手指以一种轻松的对话方式开始说话了，邦德毫无表情地躺在那里，用余光注视着他，静静地听着。

"邦德先生，'疼痛'一词来自拉丁文的'惩罚'一词——那就是必须要付出代价。

"你必须要为你对我的好奇而付出代价。正如我认为，你的这种行为是充满敌意的。常言道，猫为好奇心而死。这一次，不得不要杀死两只猫了。我恐怕不得不把这个女孩也当作敌人。她告诉我她住在伯格斯。可是一个电话证明她说的是假的。我派怪郎到你们躲藏的地方查了一下，他发现了她那支来复枪，还有一个我认识的金戒指。在催眠术的作用下她说出了真话，她到这儿的目的是杀我的。也许你的目的也是同样的，可是你们都失败了。现在你们必须要接受惩罚。邦德先生（金手指的声音中有一丝疲惫和不耐烦），在我的一生中，我遇到了许多敌人，但我却成功了，变成了富翁，如果让我再送你一句话的话，那就是财富不能使你结交朋友，却可以使你增加各种各样的敌人。"

"这可真是个巧妙的狡辩！"

金手指没有理会他的插嘴："如果你是一个自由人，凭借你这点儿刨根问底的才能，你可以在全世界找到一些人，这些人希望我倒霉，或者想尽力阻止我。不过，邦德先生，你发现的这些人和夏天被汽车压扁的刺猬一样没有什么作用。"

"非常有诗意的比喻。"

"顺便说一下，邦德先生，我的确是一个诗人——不过这不是在语言表达方面，我正在以一种非常合理有效的方式来安排我的行动。不过，这只不过是轻而易举的事。我想告诉你，邦德先生，今天你要大祸临头了。第一次你挡了我的道，并且以非常别致的花样扰乱了我设计的小计划。另外一个人替你接受了你本应该受到的惩罚。以眼还眼，以牙还牙，这是合理的。不过，你很有运气。如果当时你找个人算一卦，

他一定会跟你说：邦德先生，你很走运，最好离奥里克·金手指先生
远点儿，他可是个有权有势的人。如果他想要压扁你，只要在睡熟的
时候翻个身就可以办到。"

"你把自己刻画得栩栩如生。"邦德转过头，看见一个足球一样
的橘黄色的大头稍微向前倾着，那张圆月般的面孔上没有任何表情。
然后，他一只手伸到控制板上，按了一个开关。这时从邦德所躺的那
张桌子的末端传来了轻微金属的转动声。很快这声音就变为一种刺耳
的鸣叫，最后变成一种异常尖锐的咆哮声，以至于几乎听不出来了。
邦德把头疲惫地移开了，还要过多久他才会死？有什么方法可以加速
死亡呢？邦德一个在纳粹德国"盖世太保"折磨下死里逃生的朋友曾
对他讲当时他是如何设法以憋住呼吸来自杀的。由于超人的意志力，
在停止呼吸几分钟之后，他就不省人事了。不过，知觉的失去只是意
志和精神离开了躯壳，理性没有了，但身体求生的本能仍然存在，它
仍然控制着气管，使得身体能够恢复呼吸。但邦德还是想尝试一下。
眼前看来没有任何办法可以帮助他在死亡来临之前缓解痛苦。死亡是
唯一出路了。他知道即使向金手指说出真情，他也难活下去了。任何
情况也不能让金手指知道真相。他希望接替他跟踪金手指的人会有好
运气。头儿会选择谁呢？有可能是008，在第三小组他可是个二号杀手，
非常优秀的特工，比邦德更谨慎。如果头儿知道金手指杀了邦德，那
么他会同意派008来报复，以牙还牙。日内瓦的258号特工将会帮助他
了解奥里克公司的情况。没错，只要邦德守口如瓶，金手指总会大难
临头。如果把信息透露出去，金手指一定会逃跑，那后果就不堪设想了。

"那么，邦德先生。"金手指得意地说，"我对你已经够客气了。"

"正如我在芝加哥朋友所说：自首，你将会迅速而毫无痛苦地死
去，那个女孩也是一样。要是不自首，那你可要受尽皮肉之苦了。那
个女孩我会像处置那只猫一样，把她送给怪郎当晚餐，你选择哪个？"

邦德说："金手指，我可不是傻瓜。我已告诉了通用公司的朋友我到哪儿去和为什么去那儿。这个女孩的父母也知道她跟我在一起。我们来这儿之前，曾经向许多人打听过你的工厂，很快就有人能找到我们。通用公司的势力非常大，如果我们失踪了，几天之内警察就会找到这儿来。我可以和你做个交易：只要你让我们走，我们绝不会对任何人谈起这件事。我保证那个女孩和我一样。你犯了一个愚蠢的错误，我们纯粹是两个无辜的人。"

金手指不耐烦地说："邦德先生，恐怕你并不知道，无论你怎么设法调查有关我的情况，你真正知道的只不过是一些细枝末节。我从事的是一项巨大的事业。冒险让你们两个人活着离开这儿简直是可笑的。这绝不可能。至于说警察会来找我的麻烦，如果他们来的话，我会非常高兴地接待他们。如果让你们活下去，这些韩国人不会同意，我的这两座能用两千摄氏度的高温将你和你的同伴烤成蒸汽的电炉也不会答应的。好吧，邦德先生，快做出选择吧，也许我可以帮助你做出选择，"这时从邦德身下传来了电锯移动的声音，"现在，钢锯正以每分钟约一英寸的速度向你接近，同时，"这时他对怪郎使了个眼色，竖起了一个指头，"给他来点按摩，开始只是一级，二级和三级会更有说服力。"

邦德闭上了眼睛。怪郎身上那难闻的动物气味罩住了他，巨大、粗糙的手指开始仔细地、巧妙地在他身上这儿按一下，那儿压一下，突然一停，然后便猛烈抽打起来。怪郎的手法如异常准确的外科手术。邦德疼痛得紧紧咬住牙齿，几乎都要咬碎了。疼痛的汗水聚在紧闭的眼窝中，形成了泪池。电锯的号叫声越来越大了。这使邦德想起了多年以前的夏夜里在英国家乡锯木头时的情景。家乡？这难道是他的家乡？一个让他深陷困境的是非之地。现在，他有可能葬身在异国他乡温度高达摄氏两千度的鼓风炉中了。愿上帝保佑这些搞情报工作的人吧！他要为自己准备什么样的碑文呢？会是哪两句著名的话语呢？"你无权选择你的出生，但你可以选择死亡的方式！"这个还不错，这个墓志铭看起来还不错。

"邦德先生，有这个必要吗？"金手指在旁边催促他，"你只需要告诉我真相，你是谁？谁派你到这儿来的？你都知道些什么？然后一切都会变得很简单，你们会各自得到一个药丸，那将不会有任何痛苦，就好像是吃了安眠药。否则，你将吃尽苦头，这对那个女士公平吗？这是一个英国绅士的所作所为吗？"

怪郎的折磨停止了，邦德慢慢地向声音的方向转过头，睁开了双眼，他说："金手指先生，我没有什么可说的了，因为我根本就没有什么事情可说。如果你不接受我的第一个交易，那么我可以给你第二个交易。我和这个女孩可以为你工作，你看这怎么样？我们可都是有才能的人，我们可以帮你做很多事。"

"什么？你不认为这等于在我身后插上两把刀子吗？谢谢你的好意，邦德先生，不过这绝对不可能。"

邦德决定无须再多谈什么了。现在该是清理一下意志力的时候了，在死之前，他要保证它们不会被耗尽。邦德于是平静地说："那么，悉听尊便吧。"他排出了肺中所有的空气，随即闭上了眼睛。

"邦德先生，我可不想那么做。"金手指用嘲讽的口吻说道，"但是由于你执意选择崎岖不平的道路而放弃了平坦的路途，我很有兴趣看看你到底能承受多大痛苦。怪郎，二级。"

桌子上的杠杆移过铁齿。邦德已经能够感到两个膝盖之间随着电锯转动而产生的风。怪郎的手又移回到他的身上。

邦德默默地数着跳动缓慢但振动全身的脉搏，它好像是工厂的另一个巨大的发电厂，不过它的速度逐渐降了下来。如果它能降得慢点就好了，这种求生的欲望是多么可笑，难道它可以拒绝听从大脑的指挥？如果一辆坦克没有了油料，谁又能使引擎重新运转起来呢？但是，此刻他必须清空他头脑中的这些想法，如同清除体内的氧气一样。他必须要变成一个真空、一个完全没有意识的黑洞。

炽热的灯光仍能穿过他的眼皮，他可以感觉到自己的太阳穴好像要爆裂一般，生命之鼓仍然在他的耳边慢慢回响。

一声尖叫从他咬紧的牙关冲了出来。

他妈的，死亡，他妈的，赶快来吧！

第十六章
惊 世 恶 魔

白鸽的翅膀，神圣的唱诗班，天使的吟唱——难道这就是传说中的天堂吗？这和在幼儿园里听到的一模一样：这是一种在黑暗中飞翔的感觉，周围不时想起竖琴的声音。他想尽量地回忆起这个地方一切，现在他感觉自己正在走向天堂之门。

突然一个慈祥的声音在他耳边响起，"我是这个航班的机长（哦，谁的航班？难道是圣彼得的？）我们马上就要着陆了。请各位旅客系好安全带，熄灭您的香烟，谢谢合作。"

这里一定有很多人。大家都聚在了一起。蒂莉也在其中吗？邦德艰难地蠕动着。他该怎么向这里的其他人介绍她呢？

他该怎样把她介绍给其他人呢？遇到熟人时，该怎样称呼她呢？也许这地方也很大，包括许多国家和市镇，但很难说会不会碰到以前在人间的女朋友。对于一些人在他没有安顿下来之前，他最好还是避开他们。一旦坠入情网，其他事情都显得没有那么重要。男人为什么会见到一个女孩子，就爱上一个呢？咳，爱情真是搞不懂！

伴随着头脑中这些乱七八糟的事情，邦德再一次昏迷过去。接下来他意识到有人在轻轻地摇动他。他睁开眼睛，但是阳光很强烈，随即又闭上了。这时他头顶上有人说道："瞧，看这儿，这斜坡比我们想象得陡得多。"紧接着一阵剧烈的抖动，前面一个粗暴的声音说道："该死的，你说他们怎么不在这儿铺个胶皮什么的。"

邦德愤怒地思索着，这是这儿的谈话方式吗？难道因为我是一个新人，不需要懂得他们所说的话。

门"砰"的一声打开了，什么东西猛烈地撞着邦德突出的肘部，他大叫："嗨！"本想去够他的肘部，给它揉揉。可是，他的双手都不能够动了。

"嗨，山姆，最好去找医生，这个人醒过来了。"

"真的吗！好吧，先把他放在那个人旁边。"邦德觉得自己被放低。现在比较清醒了，他睁开眼睛，一张布鲁克林人的大圆脸正低头看着他。而且微笑着。此时担架的金属支撑架已放到了地面，这个人问："先生，你觉得怎么样？"

"我在什么地方？"邦德的声音里有一丝恐慌。他试图爬起来，可是他做不到。他感觉全身都在出汗。我的上帝，难道还在那个鬼地方受罪吗？想到这里，心中不免一阵酸楚，眼泪夺眶而出，流淌到他的脸颊上。

"嗨，嗨，先生，放松些，你没有什么问题的。这儿是纽约艾德威尔德机场。你现在是在美国，没什么麻烦了，不是吗？"这个人伸直了腰，他想邦德是从某个地方避难来的，"山姆，走吧。这个家伙吓坏了。"

"好的，好的。"这两个人的声音渐渐远去，只听见焦虑的咕哝声。

邦德发现他可以移动他的头，他四下看了一下，发现自己正躺在一个白色的病房里。也许是机场的医疗机构吧。这里有一排整齐的床，阳光从上面的窗户照射下来，但是室内比较凉快，估计是安了空调。他躺在一张放在地上的担架上，旁边还有一个担架。他尽量把头向那侧探了过去，那是蒂莉，不过她看起来好像没有知觉，在黑发的映衬下，她的脸色非常苍白，面朝着天花板躺着。

病房一边的门突然被打开，邦德看见一个穿白衣服的医生站在那里，把持着门。金手指快步地走了进来，来到两个担架中间，他看起来很轻松愉快。怪郎跟在他的后面，邦德疲惫地闭上了眼睛，心想，我的上帝啊，难道又要开始了。

他们来到邦德的担架旁边，金手指轻松地说："哦，他们看上去好多了，是吧，医生？这就是一个人有钱的好处，当他的朋友或者员工生病了，他可以使他们享受最好的医疗照顾。他们两个都精神失常了，而且都是在一周以内，你相信这是真的吗？不过我要责备自己要他们工作的太辛苦。现在我的任务就是把他们治好，重新站起来。福奇医生在日内瓦是最好的医生，他的诊断非常准确，他来之前和我说：'金手指先生他们需要休息、休息、再休息。'他给他们注射了一些镇定剂，现在，我要把他们送到长老会的哈克尼斯医院去。"这时，金手指咯咯地笑了起来，"医生，种瓜得瓜，种豆得豆，对不对？当我把价值一百万元美金的 X 光设备赠送给哈克尼斯医院的时候，我当然从未想过要得到什么回报。不过，现在我必须要给他们打一个电话，他们会安排两个很好的房间。那么，现在……"传来一阵沙沙的数钞票的声音，"谢谢你在入境方面帮我的大忙。幸好他们都持有有效签证。我想，移民局一定会满意以奥里克·金手指先生的信誉做出的保证，不会认为他们两个有用武力推翻美国政府的意图。"

"没错，谢谢你，金手指先生，如果有什么事我可以帮忙的话，尽管吩咐……我想，您的私人救护车正在外面等候吧。"

邦德睁开了眼睛，向医生声音传来的方向看去。他看见一个表情高兴而严肃的年轻人，他戴着一副无框眼睛，留着一个平头。邦德从容而虔诚地说："医生，我和那个女孩根本就没什么病，我们被他们用了迷幻药，被强行带到了这里。我们根本也从来没有为金手指工作过。我告诉你，我们被绑架了，我现在强烈要求去见移民局的官员。我在纽约和华盛顿有很多朋友，他们将会为我做证。求求你相信我。"邦德虔诚地盯着那个医生，希望他相信刚才说的那些话。

医生看起来有些不安，他转身向金手指看去。金手指冲着邦德摇了摇头，示意他不要再这样无理取闹了。他把双手往上一摊，将头扭向了医生一侧，耸起了他那无助的眉毛："医生，正像我刚才所说的，他像这样已经有好几天了。完全是神志失常，同时还有点精神狂躁症。福奇医生说过，这两种病症往往同时出现。他们可能需要在哈克尼斯医院待上几个星期。但不管怎么样，我一定要把他们治好。要知道在这种陌生的环境中总会有一些意料之外的事情发生。也许他们还需要点镇静剂……"

医生低下头在他的黑皮包中找着什么："金手指先生，我想你是对的。哈克尼斯医院会很好地照顾他们。"接着，传来了医疗器具的叮当声。

金手指说："没有什么比看到一个人的精神崩溃到这种程度更令我不安了，而且这个人曾经是我最好的助手之一。"他低下头，对邦德甜蜜、慈爱地笑了笑。紧接着马上说道，"詹姆斯，你会恢复的，尽量放松，好好睡一觉。恐怕这次飞行对你来说太累了，好好休息，一切都交给我来办。"

邦德感觉他的手臂上有药棉在擦拭，他反抗着，一连串咒骂破口而出。医生跪在他身边，从容而耐心地替他擦去额头上的汗水。突然，他感觉手臂上被扎了一针，他张开嘴，大声地喊叫着……

现在是在一个灰色的如盒子一般的房间中，这里没有窗户，天花

板的中间有一个吊灯。在灯的四周的灰泥中间有些小的裂缝。房间里
有一股怪怪的味道，而且不时传来空调微弱的嗡嗡声。

邦德发现自己可以坐起来，于是他坐了起来。他感到昏昏沉沉的，
但一切还好。突然，他感到自己非常饿、非常渴。他最后一顿饭是在
什么时候吃的？两三天以前？他把脚放到地板上，发现自己没有穿衣
服，他仔细地检查了一下全身，就像怪郎当初搜身一样细致。除了右
手的前臂有一些针眼外，他没有发现什么受伤的痕迹。他站起身，尽
量控制着眩晕，在房间里走了几步。他躺的床实际上是一种类似轮船
中的床铺，下面还有些抽屉，除此之外，房间里只有一张再简单不过
的小桌子和一把直直的木椅子。这里的东西看起来都很干净、实用、
结实。邦德在床铺的抽屉处跪下来，打开抽屉一看，除了他的手表和
枪外，他行李箱的所有东西都在这里。甚至他到奥里克公司去侦察时
穿的那双厚重的皮鞋也原封未动地放在那里。他转动了一下鞋的后跟，
用力地拉了一下，一柄宽大的双刃短刀从鞋底的刀鞘内滑了出来。他
随即把鞋跟转回原位，这可真是一把精巧的匕首。邦德换了另外一只鞋，
同样将刀子从鞋中拉出来，又把两只鞋跟恢复原来的样子。他取出一
些衣服穿在身上。他找到了香烟和打火机，随后点了一支烟。屋子里
面有两个门，其中一个是有把手的。他打开了这个带把手的门，原来
这里是一间小巧而且设备不错的浴室和卫生间。邦德发现他的洗漱用
具都整齐地摆放在这里。不过这里面有一些女孩的用品。邦德轻轻地
打开了浴室的另一扇门，这一间和他住的房间一模一样。蒂莉·麦特
生的黑发披在床铺的枕头上。邦德踮着脚轻轻地走过去。她睡得很安详，
美丽的嘴角上露出了微笑。邦德走回到浴室，轻轻地关上了门，来到
了面盆上方的镜子前。他仔细地看着自己，从黑黑的胡子可以判断至
少三天而不是两天没有剃须了。他现在要把自己好好清理一下了。

半小时后，邦德坐在床铺的一角思考着。突然，那扇没有把手的

门被打开了。怪郎站在门口冷冷地看着邦德，同时快速地把房间扫视了一遍。邦德大声说道："怪郎，我需要一些食物，快点。还要一瓶酒、苏打水和冰块。一盒切斯特菲尔德香烟，大包的，还有我的手表或者只要是我的东西都给我拿来。快去！快点！对了告诉金手指，我要见他，但要等我用餐之后。快点！还不去办！别站在这发呆，我饿坏了。"

怪郎满脸通红地望着邦德，好像在想怎么打人。他张开大口，发出了火山喷发一般的咆哮声，然后狠狠地向脚下的地板吐了一口痰，退了出去。随即把门猛地一关。可当门马上要撞上时，他突然故意地减慢了速度，伴随着咔嗒声轻轻地把门关上了。

这次短暂的交锋之后使得邦德的心情不错。他估计由于某种原因，金手指已经决定先不杀死他们。他想让他们先活着。邦德很快将知道他为什么需要他们活着。但是只要他还有一线生机，邦德会按照自己的条件继续活下去。这些条件包括好好地教训一下怪郎和其他韩国人，使他们受苦难，邦德恨不得让他们变得连动物都不如。

不一会儿，一个韩国仆人送来一份丰盛的美食，还有邦德刚才要求的其他东西，当然也包括手表。邦德对周围的环境还一无所知，除了这个房子可能靠近河边，而且附近可能还有座铁路桥。假设他现在位于纽约，那么他所在的房子可能处在哈德森河和东河之间。铁路是电器化的，有点像地铁。但邦德显然并不熟悉纽约的地理环境。他的手表已经停了，他想向他人问时间，没人搭理他。

当门再次打开的时候，邦德已经把盘子里的所有食物吃光了，他正抽着烟，喝着酒和苏打水。金手指一个人走了进来，他穿了一套商务西装，看起来很轻松而且很高兴。他把门关上，随后背对着门站在前面。他用眼光上下打量着邦德，邦德一边吸着烟，一边故作礼貌地看着他。

金手指说："早上好，邦德先生。看起来你已经恢复了。我想你应该喜欢待在这里而不是选择去死。为了避免你提出各种各样的麻烦问题，我先告诉你在哪儿和到底发生了什么事情。然后我要求你必须明确地回答我的问题。你比绝大多数人聪明，所以我会给你一个简单的警告。不要再耍小把戏了。不要试图用刀子或者餐叉或者酒瓶来攻击我。如果你真想这样，我会用这个了结你的性命。"邦德看到一只小口径手枪在金手指手中，好像一个黑色的拇指从他的右手拳头中探出来。随后金手指把枪收到口袋中："我很少使用这些东西，不过当我觉得有必要用它时，我会毫不犹豫。邦德先生，2.5毫米口径的子弹，我用右眼瞄准，从没错过目标。"邦德说："别担心，我用酒瓶的话绝对没有这么准。"随后他把膝盖处的裤子向上提了一下，然后把一条腿架到另一条腿上，轻松地坐着，"继续说吧。"

金手指和蔼地说："邦德先生，除了金属之外，我在其他许多物质方面也是专家。对于每一件别致的东西，我都有十分锐利的鉴赏力，比如说最纯的黄金。不过相对于那个纯度和价值，人类实在是一种非常低级的物质。不过，有时这种低级的材料可以用在较低级的用途上。怪郎就是这样的例子：简单、粗糙、结实，但用途有限。由于您的坚韧，我在最后的时刻犹豫了，没有把你毁了。我可能因为手下留情而犯了一个错误。不过，我会采取充分的措施，以防护我一时冲动带来的后果。是你说的话挽救了你的性命。你提议你和麦特生小姐为我工作，本来你们两人对我来说没什么利用价值，不过很巧，我们公司有一些边缘业务，你们一定可以帮些小忙。所以，我做了这个赌博。我给你们两个人都注射了镇静剂。你在旅店的账单已被付过，在伯格斯的东西也被取了过来，同时我们核实了麦特生小姐在伯格斯是用真名登记的。我用你的名字给通用出口公司拍了一封电报，说你在加拿大找到了一份工作，你要乘飞机去那里工作，麦特生小姐将会做你的秘书，你会随时报告进展。虽然是一个拙劣的电报，但它至少会保证这段时间你们会为我工作。"（这根本没有用，邦德心中暗想，这些虚假的借口，头儿不会以为是真的。

现在机构已知道他处于敌人控制之下，那么追查工作将会进展得更快。）

金手指继续说："邦德先生，如果你认为我的预防措施还不够稳妥，你还会被跟踪的话，那么我可以告诉你，我对你的真实身份以及对你的老板势力和资源大小一概不感兴趣。你和麦特生小姐已经彻底失踪了，这也包括我，还有我所有的员工。机场将会查询到长老会哈克尼斯医院。但这个医院从未听说过金手指先生和他的两个病人。美国联邦调查局和中央情报局根本没有我的记录，我在美国没有犯罪的历史。没错，美国移民局会有我这几年来去的记录，不过，这些记录是没有用的。至于我们现在在哪儿，邦德先生，我们现在正在高速汽车货运公司的仓库里。这家公司有很好的声誉，我通过合法的手段得到了它，经过彻底的改装，它将成为我刚才提到的企业的秘密总部。你和麦特生小姐将会被关在这里，你可以在这生活、工作，谈恋爱当然也可以……尽管我个人对麦特生小姐在这方面的偏好有怀疑，但你可以调情。"

"那么我们的工作都包括什么呢？"

"邦德先生……"自从邦德看到金手指那张肥大、冷漠以及毫无表情的脸以来，他的面部表情第一次表现得生动起来。他的眼睛差不多可以用兴高采烈来形容，嘴唇紧缩起来微笑着，好像发生了什么幸福的事，"邦德先生，我毕生都在恋爱，和黄金恋爱。我爱它的颜色，它的光泽，它的超凡重量，我爱它的质地，我现在能做到只要摸一下，就可以估计出一根金条的纯度，误差在一克拉以内。当我把它熔化成金色果浆时，我爱它渗透出的温和的特殊气味。不过，邦德先生，对于黄金，我最爱的是它本身能给予主人的力量。这是一种神奇的能量。它能强取劳动果实，实现一个人的所有欲望和奇想。而且，在需要时，可以帮你获得肉体、智慧，甚至灵魂。是这样的，邦德先生，我毕生都在为黄金而奔波，而黄金也回报了我，回报了我拥有的企业。我问你，"这时，金手指急切地盯着邦德，"世上还有什么其他的物质能这么回报它的主人吗？"

"很多人没有一盎司黄金，但他们也拥有权势而且十分富有。不过我明白你的意思。你现在已经搜集了多少黄金？你用这些黄金来做什么？"邦德问。

"我现在大概有价值两千万英镑的黄金，富有程度和一个小国差不多。它们现在全部在纽约。我把它们保存在我需要的地方。我的黄金如同满满的一堆财富。我在地球表面上把它们移来移去，无论我选择用在哪里，那个角落就会发达、兴旺。我会获取收成，再运到别处去。现在，我正在计划在美国用我充足的黄金来成就一番大事。所以，所有的金条都在纽约。"

"你怎样来选择这些事业呢？它们对你有什么吸引力？"邦德问道。

"只要能增加我的黄金储量的事业，我都会选择，投资、走私、盗窃。"金手指把双手展开，做着有说服力的手势，"我们可以做个形象的比喻，可以把历史比喻为一列穿越时间的飞奔火车。当这列火车通过时，飞禽与走兽都被它通过的声音和骚动所惊扰，它们四处飞散，恐惧的逃跑或者退缩，拼命地想着可以藏身的处所。而我愿做一只跟着这列火车飞翔的老鹰，（你一定不会怀疑它们的表现，这如同希腊神话描述的情景一样）随时准备突袭火车经过时被惊起的任何东西。

"举一个简单的例子：历史的进步促使一个人发明了青霉素，同时，历史也造就了一次世界大战。许多人正在死去或者害怕死去。青霉素将会挽救他们的生命。通过贿赂大陆上的一定的军事机构，我获得了大量的青霉素储备。我会加上一些无害的粉末或液体，以高价出售给那些渴求这种东西的人，从而获取暴利。邦德先生，你懂我这话的意思吗？你必须等待猎物，仔细地注视着它，然后，扑向它。不过，正如我所说过的，我没有去寻求那些事业，我只是让历史的火车把它们朝着我的方向惊起来。"

"最近的一个是什么？麦特生小姐和我要做些什么事？"邦德

问道。

"最近的一个，邦德先生，最近的这个也是最大的一个。"金手指的目光茫然，看着前方，他的声音变得低沉，而且好像对他所看到的东西非常崇敬，"人类已经登上了最高的山峰，也探索了最深的海洋，可以向外太空发射火箭，还可以进行原子裂变。人类在每一个领域都取得了发明、创造。而且在每一个地方，他们都取得了成功，打破了纪录，创造了奇迹。我说是每个领域，但只有一个领域他们忽略了。邦德先生，这个被人类活动忽略的领域就是犯罪。这个领域可以被称为由个人进行的犯罪探索活动——我这里当然不是指的那种白痴的战争行为，相互之间的愚蠢破坏——用这样的维度来审视犯罪，实在太可怜了：小规模的银行抢劫，微不足道的敲诈勒索，小打小闹的造假行为。然而，就在眼前，在离这里只有几百英里的地方，一个历史上最大的犯罪机会正在等待着我。舞台已搭建好了，还有巨大的奖金供我享用，只是演员还没有到。不过，导演在这儿呢，邦德先生。"金手指伸出一个指头指了指他的胸膛，"我已经选好演员阵容。今天下午剧中的主要演员就可以看到剧本。彩排将在一周之内开始。这场唯一的也是独一无二的大戏戏幕马上就要拉开了。接下来会有喝彩，是一种对有史以来最伟大的违法壮举的喝彩，整个世界会在这种喝彩声中震荡好几百年。"

此时，在金手指灰色的大眼睛中，好像有团团火苗在跳跃，那赤褐色的脸颊上有了一丝异样的色彩。不过，他仍显得平静、轻松、非常自信，在邦德看来，他好像丝毫没有疯子或幻想者的迹象。金手指心中一定有个疯狂的计划，他已经盘算了成败的可能性，而且深信他一定能获得成功。邦德说："好吧，请继续讲下去，它是什么？我们将要做些什么？"

"是一次抢劫，邦德先生，一次完全没有抵抗的抢劫。当然这需要详细执行计划，还有很多文字工作要做，很多行政细节要监管。我就将自己做下去直到你参与进来。现在你就要加入进来了，麦特生小姐将成为你的秘书。你已经从这份工作中得到了部分的回报，就是你的生命。一旦计划完全成功，你将获得价值一百万英镑的黄金，而麦特生小姐会得到五十万英镑。"

邦德急切地问道："那么，现在就说吧，我们到底要做些什么？抢劫彩虹之尾吗？"

"是的。"金手指点点头，"那正是你们所要做的。我们要去抢劫价值一百五十亿美元的金条。差不多整个世界黄金储备的一半。邦德先生，我们要做的是抢劫诺克斯堡金库。"

第十七章
精 英 大 会

"诺克斯堡金库？"邦德严肃地摇了摇头，"这个任务对于两个人，并且其中还有一个是女人的团队来说，是不是有点不太现实？"

金手指不耐烦地耸了耸肩："在这一周的时间里把你的幽默感收起来吧，邦德先生，等事情完成后，你愿意怎么笑就怎么笑吧。现在，我手下差不多有一百个男的和女的。这些从美国最有势力的六个黑帮组织之中挑选出来的人将会被组织起来。现在，这股力量应算是最坚强、最有战斗力的组织。"

"就算是吧，有多少士兵守卫诺克斯堡金库？"

金手指慢慢地摇摇头。他突然敲了一下他身后的门。门被打开了，怪郎出现在门口，他弯腰蹲伏着，保持着警惕。当他看见会谈的气氛很平和，便把身体站直了，等待着。金手指说："邦德先生，你有很多问题要问。不过这些问题在今天下午都会得到答案。一个会议将在两点半开始，现在的时间是中午十二点。"邦德看了一下他的手表，然后调整了时间，"你和麦特生小姐将参加会议，在会上我将向六个组织的头目介绍我刚才提到的计划。可以肯定他们会问和你相同的问题。一切都会被解释清楚的。会后你和麦特生小姐将会马上处理具体的工作。有什么要求可以提出来。怪郎将会照看你们的事务，同时他也是你们长期的守卫。不要胡来，否则你们会很容易被处死。还有，不要浪费时间尝试逃跑或者与外部取得联系。我既然雇用了你们，你们就要尽全力为我服务。这个交易可以吗？"邦德冷冷地说道："我一直希望成为一位百万富翁。"

金手指并没有看他，而是看着自己的手指。然后，他狠狠地瞪了邦德一眼，随即走出了房间，把门关上了。

邦德坐在床上，盯着被关上的门。他狠狠地用双手从头到脸抹了一下，然后对着空荡荡的屋子大声说："好吧，好吧。"随后站起身，穿过浴室，来到女孩的卧室。他敲了下门。

"是谁？"

"是我，可以进来看看吗？"

"可以，"声音听起来不是很热情，"进来吧。"

她正坐在床的一角，穿着鞋子，身上穿着邦德第一次见到她时穿的衣服。她看起来很冷静、很镇定，并没有因为周围的环境而惊奇。她抬起头看着邦德，目光冷淡而高傲，随后冷冷地说："是你把我们弄到这般境地的，你应该想办法让我们出去。"

邦德和蔼地说："我应该可以办到，我不是把咱们从坟墓里救出来了吗？"

"是你把我们推进坟墓的。"

邦德上下打量着这个女孩，心想，总不能让她空着肚子说话吧，这是极不礼貌的啊！于是他说："他并没有把我们怎么样，我们现在不是在一起吗，不管我们是不是真的喜欢这样。你想吃些早饭还是吃午饭呢？现在已经十二点一刻了。我刚才吃过了，我帮你叫一份，然后回来告诉你详细情况。这里只有一条路可以出去，不过那个韩国猿猴正在门口看守着。你看你是要早餐还是午餐？"

她直起了身子："谢谢，那就要份煎蛋和咖啡吧，还有吐司和果酱。"

"要香烟吗？"

"不，谢谢，我不吸烟。"

邦德返回自己的房间，敲了一下门，门开了一道缝。

邦德说："好了，怪郎，我现在还不想出去杀了你。"

门打开了一些，怪郎脸上毫无表情，邦德向他说了麦特生小姐要吃的东西，门就关上了。邦德为自己倒了一点酒，并掺了点苏打水。他坐在床沿边，想着怎样能使这个女孩来帮助他。从一开始她就恨他，难道仅仅是因为她姐姐的缘故吗？为什么金手指含糊其辞地评论她没有"情欲"呢？他感觉她总是对他有点儿敌意和抵制，尽管她很漂亮，但总是那么冷淡、无情，这一点邦德很难理解，也弄不清楚。不管怎样，现在主要的事情是要和她相处好，那不然这种牢狱生活可不好受。

邦德又回到她的房间，他把之间的两道门都敞开，这样他就可以听到她房间的动静。她仍然坐在床上，一动也没动，仔细地看着邦德。邦德斜靠在门框上，喝了一大口威士忌。他瞧着她的眼睛说："我想告诉你，我是从伦敦警察厅来的。委婉的说法是在那儿工作。我们正在追查金手指这个家伙，他并不在乎。他认为没有人会在一星期之内发现我们。他可能是对的。他没有杀我们是因为他要我们为他做一件坏事。这是一件大买卖，很难想象得到。这件事包括很多计划和文书工作。我们就是帮他干这些工作。你会速记和打字吗？"

"会的。"她的眼睛突然有神了,"什么犯罪勾当?"

邦德说:"当然,这种事情听起来很可笑。我以为,要这些匪徒一下子理解这些问题是不太可能的。不过,金手指是个非常特别的人。据我对他的了解,除非已经有十足的胜券把握,否则他不会轻易采取行动。我认为他并没有发疯,至少不会比某些天才和科学家们更为疯狂。而且不可否认,在他这个特殊的领域中,他是一个天才。"

"那么,你打算怎么办?"

邦德降低了声音说:"你的意思是不是我们应该怎么办?我认为我们应该和他合作,而且要彻底合作。不要退缩,不要耍小伎俩。我们要表现的爱慕金钱,要给他绝对最好的服务。事实上这是我们唯一的希望,这样做除了可以挽救我们的生命,还有机会查清金手指的老底。"

"你打算怎么去做?"

"我现在还没有主意,也许不久后就会想出来。"

"你想让我和你一起去做吗?"

"为什么不,还有其他好的办法吗?"

她固执地抿了一下嘴唇:"我为什么要按照你说的话去做?"

邦德很无奈:"现在不是争论女权主义的时候。要么照我刚才说的做,要么吃饭之后等着送命,你自己决定吧。"

她的嘴角厌恶地松弛下来,耸了一下肩膀,很不高兴地说:"嗯,那好吧。"突然,她的眼睛瞪了起来,"不许再碰我,否则,我会杀死你。"

这时传来邦德卧室开门的声音,邦德低下头来温和地瞧着蒂莉·麦特生:"这种挑战很有吸引力。不过别担心,我不会胡来的。"说完转过身慢慢地走出房间。

一个韩国仆人送来了女孩的早餐。另一个韩国人已经把一张打字桌和椅子,还有一台雷明顿便携式打字机搬进屋来。他把这些东西安置在远离床的一个角落里。怪郎站在门口,手上拿着一张纸。邦德走了过去，把纸取了过来。

这是一张大页的备忘录，圆珠笔书写的内容十分工整、细致、清楚，上面写着：

请把这份文件复印十份

会议将由主席金手指先生主持

秘书：

詹姆斯·邦德

蒂莉·麦特生小姐

出席人员：

海尔穆特·斯平吉尔——底特律紫帮

杰德·米奈特——迈阿密和哈瓦那集团

比利·林格（笑面虎）——芝加哥把帮会

杰德·史太普——拉斯维加斯暴力团伙

索洛先生——西西里帮会组织

普西·贾洛依小姐——纽约市哈林区帮会

议程：

行动代号为"致命一击"

（休息）

这张备忘录的下方写着：下午两点二十分，你和麦特生小姐将会被带入会场。你们两人将要做会议记录，要穿正装。

邦德笑了笑。韩国人离开了房间。他坐在打字桌边，把白纸和复写纸塞进打字机，一切准备就绪。他向女孩示意，他现在准备开始工作了。哼，来的真够全的！甚至黑手党也参加了，金手指怎样说服他们加入的？普西·贾洛依到底是谁？

两点钟，邦德已经完成了所有的复印件。他走到蒂莉·麦特生的房间，把这些材料交给她，另外又给她一个笔记本和几支铅笔。然后，他让她把金手指备忘录的内容念了一遍。他说："你最好把这些姓名记在头脑中，那样他们就不难辨认出了。如果认不出我们可以问。好了，我要去换一套西装。"他对她笑了一下，"二十分钟后我们出发。"

她点了点头。

他们跟在怪郎的后面沿着走廊前行，邦德能够听到河水的声音——河水拍击仓库下面桩子的声音。又听到了一艘渡船汽笛的长鸣声，远处还有柴油机的砰砰声。在他脚下的某个地方，一辆货车启动了，然后加速咆哮着向西面的公路驶去。邦德想他们一定是位于一个很长的两层建筑的上层。走廊里灰色的油漆味道应该是刚刚粉刷不久。周围没有门，灯光从天花板上照射下来。这时他们走到了走廊的尽头，怪郎敲了敲门。可以听到锁芯的转动声，门闩也被拉开，他们走了进去，来到了一个宽敞明亮的大房间。这个房间在仓库的尽头，还有一个宽大的观景窗户，看起来十分漂亮。穿过窗户可以看见河水的轮廓以及远处模糊的泽西城。房间已经为会议做好了布置，金手指正背对窗户坐在一张大圆桌旁，桌子上面铺了绿色的呢子布，摆放着一些玻璃水瓶、黄色的便笺簿和铅笔。屋内一共有九张舒适的靠背椅，其中六张椅子前面摆着便笺簿，还有一个用红蜡密封的长方形白色小包。

在右边靠着墙，摆有一张长餐桌，上面放着闪闪发光的银器和刻花玻璃器皿。香槟酒瓶被放在银器当中，同时还有一排其他的酒瓶。在丰盛的食品当中，邦德注意到了两听五磅装的鱼子酱罐头和装着鹅肝酱的几个陶器罐子。餐桌对面的墙上挂着一块黑板，下面是一张方桌。桌面上有一些纸和一个长方形的大纸板盒。

金手指看着他们穿过酒红色的厚地毯。他做了个手势，招呼蒂莉·麦特生坐在他左边的椅子上，又招呼邦德坐在他右边的椅子上。两个人先后入座。

"议程表呢？"金手指接过打印件，读着最上面的一张，然后把它交还蒂莉·麦特生。他用手画了一个圈，示意把文件发下去。她站起来，沿着桌子把这些议程表分发下去。金手指把一只手伸到桌子下面，按了一个隐藏的电铃。一个韩国仆人走进来，站在那里等待着。"都准备好了吗？"那个人点了一下头。"要记住，除了这张名单上的人外，任何人都不能进这个房间。也许他们中的一些人，或者全部都带了随从，那么把这些随从领到接待室，让他们在那儿随便玩玩，那有一些纸牌和骰子吧？怪郎。"金手指看了一眼一直站在邦德身后的怪郎，"该去做你的事了，信号是什么？"怪郎伸出了两个指头，"很好，两声铃响，你可以走了，要确保所有人都不要出差错。"

邦德突然插话说："你雇了多少人？"

"一共二十个，十个韩国人，十个德国人。他们都很能干，是我精挑细选出来的。这个房子下面有很多事情要做，这情景就好比是在战争状态中，所有的人都在军舰的甲板下忙碌。"金手指把双手平放到身前的桌面上，"现在，蒂莉·麦特生小姐，你的职责就是把会谈时提出的任何要点，以及任何我将来可能需要采取行动的事情记录下来。不需要记录那些争论和闲谈，明白吗？"

邦德很高兴看到蒂莉·麦特生现在表现出的那种干练和职业性，她兴致勃勃地点了一下头："好的。"

"还有，邦德先生，你对到会者的任何反应，我都很有兴趣。我很了解这些人，在他们的地盘上，他们都是至高无上的领袖。他们之所以能够到这儿来，是因为我花了钱。他们对我一无所知，但我要说服他们，要让他们明白我说的话，我要把他们领向成功。贪婪将会帮我们的大忙，这里也许会有一个或几个人想要退出，他们有可能会透露秘密。不过在这方面我已经做了特别安排。也许还有一到两个犹豫不定，在发言时，你要用铅笔在这张议程表上快速地涂写。同时你也需要在一些名字的对面用加号和减号做个标注。用于判断哪些人是支持我的计划，而哪些人是反对我的计划。要确保我能清楚你做的记号，你的观点对我非常有帮助。还有，邦德先生不要忘了，如果他们当中有一个背叛者、一个逃兵，那么等待我们的结果不是死亡就是终身坐牢。"

"来自哈林区的普西·贾洛依是什么人？"

"她是管理美国帮会组织的唯一的一个女头目，确切说这是一个女子帮会组织。在这个任务中我需要一些女人。她绝对可靠，是一个马戏团荡秋千的艺人，她手下有一批人，被称为'普西·贾洛依和她的杂技团'。"金手指并没有发笑，"这伙人并不成功。于是她训练她们偷盗，是一伙飞贼。后来她们变成了一个非常残忍的帮会。这是一个同性恋组织，自称为'混凝土搅拌机'，甚至连美国的大帮会也怕她们三分。她是一个不简单的女子。"

突然桌子下传来了轻柔的嗡嗡声。金手指挺直了腰板。门轻轻地打开了。五个男子走了进来。金手指连忙站起身来，冲向前去，表示欢迎。他说："我就是金先生，各位请坐。"

一阵谨慎的喃喃声后，这五个人贴着圆桌，拉出椅子，各自坐下。五双眼睛冷酷地、仔细地打量着金手指。金手指随后坐下，镇定地说："先生们，在你们每个人的面前有一个包裹，里面包着的是 24 克拉的金砖，价值一万五千美元。非常感谢，各位能够出席这一会议。会议的内容日程表上很清楚。也许，我们还要等待一下普西·贾洛依小姐。现在我让我的私人秘书快速地核对一下信息，这是邦德先生和蒂莉·麦特生小姐。本次会议将不会做任何记录，除非你们希望做记录。我可以保证，这里没有麦克风。好吧，接下来，邦德先生，在你右边的是在迈阿密和哈瓦那集团的负责人杰德·米奈特先生。"

米奈特先生身材高大，看上去很高兴，但目光迟钝而谨慎。他穿了一套浅蓝色的热带西装，里面是一件印着绿色小棕叶树的丝质白衬衫，手上戴了一只结构复杂的手表，看上去足有半磅重，他向邦德不自然地笑了一下说："你好。"

"这位是比利·林格先生，他领导着著名的芝加哥帮会。"

邦德从未见过这么丑陋的人，就好比是一张从噩梦中惊醒的面孔。当他把脸转向邦德的时候，好像意识到了什么，看着邦德的反应。他脸色苍白，一头柔软的头发像稻草一样蓬松着，眼睛是深褐色的，但又有一丝浅蓝。当他盯着你看的时候，瞳孔周围的白色给人一种催眠的感觉。右眼皮由于肌肉痉挛使得他的右眼像心脏一样跳个不停。林格先生早年被人砍掉了下唇，也许是他说话太多的缘故。不过这使他总是挂着一丝假的微笑，好像一个咧着嘴笑的万圣节南瓜。他大约四十来岁，邦德一看就知道他是一个凶残的杀手。邦德愉快地对着林格先生凝视的左眼笑了笑，然后转向金手指接着要介绍的下一个人——海尔穆特·斯平吉尔先生——底特律紫帮的头目。

斯平吉尔先生眨了眨眼睛，目光平淡。他的眼睛好似浅蓝色的玻璃。他看了邦德一眼，马上又转过头去，又回到那种完全自我陶醉的状态中。斯平吉尔先生十分注重体面，一身名牌货，他给人的印象就好像一个买了头等车厢的票，却坐在三等车厢里，或一个该坐在戏院正厅前排座的人却被错误地带到了后排座位上。

米奈特先生用手捂住嘴小声地对邦德说："不要被这位公爵的派头欺骗。我的朋友斯平吉尔先生是那种善于伪装的人。他女儿去了瓦萨大学，但他是用勒索的保护费去支付她的昂贵费用的。"邦德点点头，表示感谢。

"这位是西西里帮会的索洛先生。"

索洛先生的脸又黑又厚，戴了一副角边的厚眼镜。阴沉的样子给人的感觉就像是作恶多端。他向邦德的方向简单地点了一下头，然后又低下身子继续用一把小刀子清理他的指甲。他看起来又粗又壮，个儿却很矮，像个拳击手，又像是个领班。没人能知道他头脑中在想什么，也不知道他的力量在哪儿。不过，黑手党在美国只有一个首领。邦德心想，索洛得到了这个位置说明他的确不简单，估计是一个既头脑阴险，又凶狠残暴的家伙。

"你好。"杰德·史太普主动说道，他有一副拉斯维加斯娱乐场所时髦老板的派头。他看起来性格外向，穿着十分华丽，大约五十岁。此时他的一支雪茄快要抽完了。不过看起来他想把这支烟吃进去，而且要狠狠地嚼它。他时不时地把头转向一边，小心地把烟灰弹在身后的地毯上。从他抽烟的样子来看，他有一些紧张。史太普先生有一双魔术师般的锐利眼睛，他好像知道自己的眼睛会使人感到害怕。因此，此时他尽量皱起眼，强装笑容。

屋子后面的门被打开了，一个身穿黑色男式服装、扎着咖啡色披肩的女子站在门口，她慢慢地走了过来，站在那张空椅子后面。金手指站起身来。她仔细地观察着他，然后把目光向桌子周围扫了一遍，笼统地打了声招呼，"嗨！"然后坐下。史太普先生马上回应说："嗨，普西。"

除了斯平吉尔先生只是略微地欠了一下身外，其他的人都对她的到来表示欢迎。

金手指说："下午好，贾洛依小姐，我们刚刚作了身份介绍。会议议程表就在你前面。另外还有那块价值一万五千美元的金砖，请你笑纳。就算是对你来出席本次会议造成的不便所做的补偿。贾洛依小姐拿起她的包裹，把它打开。她掂了掂闪闪发光的金砖，然后面露怀疑之色地看着金手指，说："无条件奉送？"

"无条件奉送。"贾洛依小姐继续看着金手指，"请原谅我多问一句。"她的口气像一位苛刻的女顾客在购物。

邦德喜欢她的表情。他感到，美丽的女同性恋也能给男性一种性感的挑逗。她那种对金手指和对整个房间的不妥协的态度使得邦德更加着迷，她说："男人都是浑蛋和骗子，但别在我身上耍花招，我不吃那一套。"邦德心想：她大概三十出头，肤色白皙，颧骨高耸，美丽的下颌曲线，一切都是那么好看。邦德第一次看到紫罗兰般颜色的眼睛，这应该是一种深的蓝紫色。在乌黑的眉毛下面她的目光很直率。她的头发和蒂莉·麦特生的头发一样黑，头发剪得并不是很整齐，但显得很顽皮，深红色的嘴唇轮廓十分醒目。邦德心想，她的气质真是高贵典雅，突然他也注意到，蒂莉·麦特生也在以一种崇拜的目光和羡慕的神气注视着贾洛依小姐。邦德突然明白了，原来蒂莉·麦特生也是个同性恋。

金手指说："现在，我必须要介绍一下我自己。我其实不姓金，接下来我来谈谈我的资历。差不多在二十年的时间内，我运用各种手段，其中绝大多数是非法手段，聚敛了大量金钱。估计目前的数目有六千万美元。"

他说完这些，周围发出一阵崇拜的声音。"我过去的主要经营领域很大一部分在欧洲，你们也许会对下面的事感兴趣，那就是我在香港创立和经营了'金罂粟代理公司'（杰德·史太普先生轻轻地吹了一声口哨）和'平安货运公司'，你们当中的某些人可能在危机时刻和这些公司打过交道，这些公司都是我经营并拥有的，不过我最终把它们解散了。（海尔穆特·斯平吉尔先生调整了一下他的无边单眼镜，眨了眨眼睛，以便他可以更清楚地看着金手指。）我提到这些小事是想说，尽管你们可能不认识我，但在过去我已为各位的利益出过不少力。（'哦，终于见识了。'杰德·史太普先生怀着敬畏的表情小声嘟囔着。）先生们——哦——还有女士，我凭自己多年积累的经验把各位请到这儿来，是因为各位都是美国社会犯罪的精英。"

邦德震惊了，仅仅不到三分钟，金手指就完全掌控了这次会议。现在，每个人都在聚精会神地看着金手指，甚至普西·贾洛伊小姐的眼睛也在全神贯注地看着。邦德对"金罂粟代理公司"和"平安货运公司"的情况一点儿不了解，不过，从这些以前的客户脸上的表情来看，他们肯定从中得到好处。现在每个人都渴望金手指继续说下去，俨然把他当成了另一个爱因斯坦。

金手指的表情很平静，他把右手一挥，平淡地说："我已经提到了我的两个成功计划了，但这些都是微不足道的，因为还有比这规模大得多的计划，而且他们都没有失败。据我所知，任何国家的警察局的档案里都没有我的名字。我讲这些是要告诉大家，我在咱们这个行当里面是非常专业的。现在，先生们和女士们，我建议各位合伙完成一项大事。这件大事能在一星期之内把十亿美元放到各位的腰包中。"金手指举起一只手，"我知道在欧洲和美国对于十亿的发音含义会有不同的理解，但是我刚才用的词是表示一千个一百万，我说得够清楚吗？"

第十八章
罪 恶 之 花

　　湖面上传来一阵拖船的汽笛声，紧接着是一阵由近而远的马达轰鸣声。坐在邦德右边的杰德·史太普先生清了清嗓子，加重语气说："金手指先生，或者不管你的名字是什么，不要纠缠于具体的说法，不管怎么算十亿美元都是一笔大数目。请继续讲下去。"

　　索洛先生慢慢抬起了他那黑色的眼睛，看着桌子对面的金手指说道："真的有这么多钱，好吧，你会分到多少，先生？"

　　"五十亿美元。"

　　从拉斯维加斯来的杰德·史太普发出一声短促的狂笑："听着，伙计们，这点差额在朋友之间不算什么，如果金先生能使我获得十亿美元，我会很高兴拿出五元甚至一百万张五元钞票替他解决麻烦。我们不要这么眼光短浅，对不对？"

　　海尔穆特·斯平吉尔用他的单片眼镜在身前的金砖上敲了一下，所有人都向他望去："嗯……哦，金先生。"这声音听起来好像一名庄重的私人律师发出的，"你所谈到的是一笔大数目。我算了一下，总数估计有一百一十亿美元。"

　　金手指认真地说："确切的数字应该接近一百五十亿美元。为了方便起见，我提及的数目仅仅是我认为我们可能拿得走的数目。"

　　这时，从比利·林格先生那里传来一阵尖锐、兴奋的傻笑。

　　"安静，安静，金先生，"斯平吉尔先生一边把他的单片眼镜重新戴上，一边观察金手指的反应，说道，"这个数目的黄金或者货币，在美国只有三个地方可以储藏。它们是华盛顿联邦造币厂、纽约市的储备银行和在肯塔基州的诺克斯堡。你是不是想让我们抢劫其中一处？那是哪一处？"

"诺克斯堡。"

在一片议论声中，米奈特不可思议地说："先生，除了好莱坞之外，我从来没见过任何人有你这种计划。这就是幻想，先生。幻想是一种看到异想天开的计划前的错误幻觉。你应该去和你的心理医生谈谈，或者吃点安定片什么的。"米奈特无奈地摇了摇头，"太遗憾了，我要是能拿到那十亿美元有多好。"

普西·贾洛依小姐有点不厌其烦地说："先生，很抱歉，我手下的人没有一个会去抢劫那种银行。"言罢她站了起来。

金手指和蔼地说："先生们和女士，听我把话说完。你们的反应并不出乎我的意料。这么说吧，诺克斯堡银行和其他银行没什么两样，只不过是大了一点，而且它的安全防护措施会更加牢固和巧妙一些。那么如果想要进去，也同样需要相应的力量和智谋。这就是我计划中的创新之处，也是最大的创新之处，其他和平时没什么两样。诺克斯堡并不比其他堡垒坚固到哪里去。无疑的，我们大家都曾认为布里克组织是不可战胜的，直到1950年六个人下决心抢劫了它价值100万美元一辆的装甲车，我们才知道这种不可战胜是神话。同样，纽约州新监狱也一度被认为是无法逃脱的，可是还是有不少人想出了逃跑的办法。先生们，诺克斯堡和它们一样都是一个神话。我可以继续谈谈这个计划了吗？"

比利·林格像一个处于兴奋状态的日本怪郎一样，牙咬得咯咯作响，他粗鲁地说："听着，私人侦探，可能你不知道那儿的情况。不过，在诺克斯堡有美国第三装甲师驻扎。如果那是神话的话，那么，俄国人为什么不打过来而且占领美国呢？他们还可以组个队在那儿打冰球！"

金手指微笑着说："林格先生，让我来补充一下你的陈述。下面我来说一下驻扎在诺克斯堡的军事力量的部署情况。第三装甲师只是先头部队，那儿还有第六装甲骑兵团、第十五装甲大队、第一六〇工兵大队，以及差不多半个师的美国士兵正在装甲兵培训中心和第一军事力量研究中心。还包括大陆第二装甲部队指挥部、陆军供应处以及装甲中心为数不少的战斗人员。此外，还有包括二十名警官和四百人警员的警察局。总之，在那儿总共的人口有六万多，差不多有两万是各种战斗部队。"

杰克·史太普先生口衔雪茄说道："谁敢对他们嗤之以鼻呢？"他没有等待回答，就厌恶地把残留的烟蒂从口中拔下，在烟灰缸里捻了个粉碎。

坐在他旁边的普西·贾洛依小姐用力地吸着牙齿，说道："杰克，要抽雪茄就买一些好的。这种东西闻起来好像在烧枯树。"

"滚一边去，普西。"史太普粗野地说。

贾洛依小姐决心要给他点颜色看，她温和地说："杰克，知道吗？我喜欢像你一样有男子气的男人。事实上，前几天我为你写了一首歌，你想听听歌的名字吗？这首歌就叫'如果你再做一次，我就修理你'。"

米奈特先生哈哈大笑起来，林格先生也咯咯地笑起来。金手指为了恢复秩序轻轻地敲了下桌子，耐心地说："各位先生，现在，让我继续把话说完。"他站起来，走到黑板旁，一张卷上的地图从上面拉下来。这是一张诺克斯堡的详细地图，上面包括格德曼军用机场和通往城镇的公路和铁路。坐在桌子右边的人扭转了一下他们的椅子以便看得更加清楚。金手指指向了位于地图左下角的金库位置。它刚好在迪克谢高速公路、金砖大道和葡萄林公路形成的三角形之中。金手指说："过一会儿我将向你们展示一下关于金库的详细计划，"他停顿了一下，"现在，先生们，请允许我客观地谈一下市镇结构的主要特色。看这里，"他将他的手指从地图上方的中间位置向下滑过，穿过市镇，到达金库所在的地方。"这是伊利诺伊中央铁路的运行线路，它从北面三十五公里处的路易斯维尔开始，一直穿过市镇，到达南面距金库十八英里处的伊丽莎白镇。我们先不要考虑位于市镇中心的勃兰登堡车站，但是要留意与金库相连的一些复杂的支线。这一条是从华盛顿造币厂到这里装卸金砖的铁路，其他运送金砖的办法有很多种，为了安全起见，运输方式常常变化。比如通过卡车沿着迪克斯公路进行运送，还可以通过格德曼机场的货机进行运送。正如各位所看到的，金库与这些道路是完全隔离开的，它被一个差不多有五十英亩的草地包围着。这里只有一条路连着金库，那就是一条五十码的穿过金库厚重装甲门的专用车道。一旦我们进入了装甲护栏，运送金砖的卡车就会驶上围绕这座金库的环形通道，来到装卸金砖的后门。先生们，这个环形通道是由钢板铸造的，这些钢板彼此相连，一旦有紧急情况，这条通道的所有钢板会被液压升起，形成第二道内部的钢铁栅栏。可能一般人看不出来，但这瞒不过我的眼睛，我敢肯定在钢板的下面一定有一条地下运送隧道。这个隧道位于金库和葡萄树路之间，这可以作为接近金库的附加方法，它由隧道壁上的铁门进入到金库的地下一层。

金手指停了下来，离开了地图。他扫视了一遍圆桌周围的听众，说道："好了，先生们，这就是这座金库和与它相连的主要通道，前门除外，因为只不过是一个与接待大厅和办公室相连的入口。还有其他问题吗？"没有人提出问题，大家的目光都集中在金手指身上，等待着。他言语的可信性再一次紧紧地抓住了他们：这个人看起来对诺克斯堡金库秘密的了解要比外界散布的多得多。

金手指转过身去，来到黑板前拉出了第二张地图，把它盖在了第一张上面。这是一张金库的详细规划图。金手指说："好了，先生们，你们应该看到这是一个巨大而坚固的两层建筑，有点像方形的双层蛋糕。你们将注意到，屋顶被设计成阶梯状是为了防止炸弹。同时你也将观察到建筑物的四个角落上面各有一个柱形岗亭。它们都是用钢筋铸造的，而且与建筑物内部相连。建筑物的外部尺寸是一百零五英尺乘一百二十一英尺，高度有四十二米。质地构造是田纳西州的花岗岩和钢筋组成。更具体的成分是：六千立方英尺的花岗石，四千立方米的混凝土，七百五十吨加固性钢材和七百六十吨建筑用钢材。对吗？现在，在建筑物内，有一个两层的钢筋混凝土库房，它被分割成许多小隔间。这个库房门的重量超过二十吨，由钢板、钢梁和钢柱环环相扣并嵌在水泥中构成。库房的屋顶是类似的建筑，但相对于建筑物的屋顶是独立的。但不与库房相通。库房的四周被一条环形走廊包围着。它既可通往库房内部，也可以进入办公室的储藏室，不过后者都被建在建筑物的外墙一侧。没有一个人被安排负责掌管库房内所有的隔间门。金库保管处的每一个高级职员只能负责自己管理的那部分隔间。显然，这栋建筑被安装了最新、最完善的安保设备。在建筑内，又有一批强悍的守卫，而且随时都可以得到位于一英里以内的装甲中心的强有力的增援。各位跟上我的思路了吗？好吧，现在至于金库的实际内容——也就是黄金的数目，正像我早些时候所说，是大约价值一百五十亿美元的金条。每一块金条都会比各位面前的这块大一倍，重量达四百金衡制盎司，常衡重差不多二十七磅半。这些金砖毫无包裹地被放在金库的各个隔间里。"金手指对桌子的人扫视了一遍，继续说，"各位先生和女士，这就是我所能告诉大家的。也是我认为大家应该了解的，那就是关于诺克斯堡金库的特点和内容，如果在这阶段我们没有其他问题的话，我将继续讲解一下我们怎样进入这个金库并夺取其中的黄金。"

屋子里一片沉默，全桌的人都在全神贯注地听着。杰德·史太普先生从衣服口袋里掏出一支中等大小的雪茄，把它塞入了嘴角。

西普·贾洛依严厉地说："如果你把那个东西点着的话，我发誓会用我的金砖把你击倒。"说罢，她拿起金砖，威胁着要打。

"轻松一点，孩子。"史太普从他的嘴角上说。

杰德·米奈特断然评论道："先生，如果你可以抢劫到那个地方的东西，那你就尽善尽美了。继续说下去，这不是一次失败就是犯罪史上的杰作。"

金手指冷淡地说："好吧，先生们，你们将会听到这个计划的。"他停了一下，向四周扫视了一圈，并且仔细地看了每个人的目光，继续说道，"但是我希望你们要明白保守秘密非常重要，到目前为止我所说的话可以被当作一个精神错乱的人的胡言乱语。不过我即将要说的将把我们卷到美国历史上和平时期最大的阴谋中去。我是否可以要求我们在座的所有人发誓绝对保守这个秘密。

差不多是出于本能，邦德看了一下来自底特律的海尔穆特·斯平吉尔先生的目光。当其他人用各种声音表示保守秘密时，斯平吉尔闭上眼睛，他的发誓看起来十分空洞，虚假得就像一个二手车的销售员，邦德在议程表中斯平吉尔先生的名字旁边标记了一个减号。

"很好，"金手指回到桌子的座位旁，坐了下来。他拿起他的铅笔，用一种深思熟虑的和他惯常的说话方式说："首先，从某种程度来说，最大的困难就是如何搬运这批货。要知道价值十亿美元的金条差不多有一千吨重，要想搬运这么重的黄金得需要一百辆十吨的卡车，或者二十辆六轮的重型公路货车。我推荐后一种运输方式。我手中现在有一份汽车租赁公司的名单，他们可以出租这种类型的运输工具，如果我们可以成为同伙的话，我建议会后，你们应该立刻去与你们负责的区域与类似的汽车公司签订租赁合同。很明显，你们都希望用你们自己的司机，所以我同意你们自己负责这件事。"金手指诡异地一笑，"卡车司机工会可以提供一些可靠的司机，同时，也许各位可以考虑从黑人红球快运公司雇用退役的司机。那些人在战争期间曾为美军服役过。但是，所有这些都需要周密的计划和协调。这里还存在交通管控问题。很明显我们要自己做出合适安排，合理地分配可用道路。飞机运送可以作为一种辅助性的方式，但也要有所安排，那就是要确保格德曼机场从南到北的跑道随时都可使用。接下来如何处理你们的金条，是你们自己的事了。至于我那份，"金手指冷冷地扫视了一圈，然后说，"我最初将会使用铁路，因为我要运送更多的黄金，我相信你们会允许我优先使用铁路的。"金手指并没有等待大家的评论，继续说道，"与这些交通运输问题相比，其他的问题相对比较简单。在行动开始的第一天，我计划使诺克斯堡地区的所有人，军队和普通市民，暂时失去行动能力。具体的安排已经准备好了，只需要等待我的信号。简单地说，这个地区的一切饮水和用水，都是由两口水井和两个饮用水过滤厂供给的，日供水量不到七百万加仑。所有这些都由一个岗位工程师控制。"

"这位工程师最近非常高兴，因为他接到了一份来自东京市自来水厂正副主管的访问申请，他们希望学习一下这种类型工厂的管理经验，并打算在东京郊外建立一个新的类似的自来水工程。这个工程师已经被这种申请请求弄得飘飘然了，他将给两个日本人提供一切便利。当然，这两个日本人是我的雇员，他们将随身携带少量高浓度的安眠剂，这种物质是"二战"期间德国的化学专家专门针对此种目的而设计的。这种物质在大量的水中将会迅速散布，并且浓度也会相应地被稀释，最后能够达到这样一种效果——任何人如果喝了半杯被污染的水，就会立即进入暂时的麻醉状态。症状表现为深度而且持续的睡眠状态，受害者差不多需要三天才能苏醒过来。"金手指把手掌向上一抬，"先生们，我认为在六月份肯塔基州，一个人不喝半杯水就能熬过二十四小时是不可能的。也许，有少部分人那天喝醉了。不过，我预计，当我们进入这个市区时，全市区的人肯定都会进入熟睡状态。而且可能是睡在哪里的都有。"

"这是童话吧？"贾洛依小姐的眼睛充满了幻想。

"就你会打岔，"杰克·史太普粗暴地打断了她，"先生，继续说下去。这个主意不错。可是我们怎样进入那个市区呢？"

金手指说："我们将会乘一列专列前往，这列车将于行动当天的第一个夜晚从纽约出发。届时我们差不多会有一百个人，这些人将会乔装打扮成红十字会的工人。我希望贾洛依小姐能够提供一些分遣队的护士。她被邀请来参加这次会议就是要担任这种重要的角色。"

贾洛依小姐热情地说："好的，没有问题！我手下的女孩看起来都很可爱。你说是不是，杰克？"她侧向一旁，用手轻轻推了一下史太普先生的肋骨。

"我看她们穿水泥外套会更好看，"史太普先生不耐烦地说，"你怎么总是打岔？先生，说下去。"

"在距离诺克斯堡三十五英里的路易斯维尔，我和我的助手将会登上火车。我们准备了精密的仪器，我要说的是，在我们接近诺克斯堡时，我们有必要化验一下空气样本。到那个时候，神秘灾难袭击诺克斯堡的居民的消息已经传到了外界，估计周边地区很可能会出现一些慌乱，事实上可能会波及全美国。"估计当我们黎明时到达诺克斯堡之后不久，救护的飞机也会到达，因此，首先的任务就是要控制格德曼机场的控制塔，宣布关闭机场，引导所有的飞机去路易斯维尔。在离开路易斯维尔不久，我的助手和我将会用尽可能人道的方法处置司机和司炉工。（我敢打赌他不会，邦德心想）然后，我将亲自引导这列火车——可以说我有一些驾驶火车头的必要知识——穿过诺克斯堡，来到金库的支线。"金手指停了一下，用黯淡的目光扫视了一下四周，他对他看到的情景感到很满意，然后又以相同的语调继续说道，

"各位先生和女士，这时候你们的运输车队应该赶到了。交通管控员会按计划把你们安排在金库的邻近区域。飞行人员将会乘坐卡车前往格德曼机场，并接管那里的一切。然后，我们将进入金库，对于那些到处睡着的人不必过虑。他们只会装点草坪，对不对？"

索洛先生的黑色眼睛闪闪发光。他轻声地说："的确，到现在为止一切听起来不错。不过……"他鼓起他的面颊，快速地对金手指使劲地吹了一口气，"像这样一吹，金库那二十吨重的门就能倒了吗？"

"是的，"金手指同样的语调说道，"差不多是这样的。"他站起身，走到黑板下方的桌子旁，抬起了一个又蠢又大的纸板盒，小心地把它拿到圆桌的位置，并把它放到他的前面。这个纸板盒看起来很重。

他坐下来继续讲："我有十名受过训练的助手正在做打开金库的准备。在金库门打开时，担架队将会进入金库，将那里面的死伤人员抬到安全的地方去。"邦德发现，在金手指讲这些话时，突然传来一阵咕噜声。

"各位先生和女士，我敢保证你们全都会同意，应该尽量避免一切不必要的伤亡。所以，计划执行到目前为止，还没有任何伤亡。除了伊利诺依中央铁路的两个头痛的工作人员。"金手指并没有等待评论，继续讲了下去，"现在，"他把一只手伸出去，放在面前的纸板盒上，"各位先生，当你们和你们的助手需要武器时，不是那种小型的武器，你们会到哪里去找呢？去军事基地找，各位先生。你们通常会从附近军事基地的军需官那里购买一些轻武器和其他的重武器。当然你们是通过使用压力、勒索或金钱才获得这些东西的，我也如此。但是，只有一件武器，能够拥有足够的威力炸开诺克斯堡金库，经过苦苦寻找，我在德国的一个盟国军事基地得到了它，它花了我足足一百万美元。先生们，这是一个被设计用在中程弹道导弹上的核弹头。

"上帝啊！"杰德·米奈特先生将两只手伸到邦德旁边的桌子边

缘，并紧紧地抓住了它。

全桌的人都惊吓得面色苍白，邦德也感到下巴的皮肤一阵紧绷。为了驱散这种紧张感，他把手深入口袋里，取出香烟，点了一根。他慢慢地吐出烟气，并把打火机放回到他的口袋中去，万能的上帝！他把自己带到哪儿去了？邦德回顾了一下他与金手指交往的前前后后，第一次见到那个赤裸的棕褐色身体是在佛罗雷迪纳的卡巴纳俱乐部。他还不经意地碰了金手指的手。后来他和头儿在银行会谈后，开始追踪一个走私黄金的人。确切地说是在追查一个为俄国人工作的大走私犯，不过，这也仅仅是一个人在单独作恶。这个人，邦德曾经努力地在高尔夫球场上把他击败，然后又冷静、有效地追踪过他。可是那和跟踪许多其他人一样仅仅是作为一种获取信息的来源。而现在！他已不是一只在兔窝里的安分的兔子，甚至也不是一只狐狸，而是一条眼镜蛇王——世上最巨大的、最致命的动物。

邦德无奈地叹了口气，这回真是个大麻烦了，这就好比是圣乔治和一条恶龙（此典故来自西方传说）在搏斗，在恶龙孵化出小龙之前，乔治应该采取行动，做一些有用的事情，邦德僵硬地笑了一下，应该做点什么呢？看在上帝的名义上，他能做点什么呢？

金手指举起一只手："各位先生和女士，相信我，这个原子弹头是块完全无害的设备。在没有安装之前，即使用一个铁锤来敲它，它也不会爆炸。应该说只要它没有被安装，任何东西都不会使它爆炸。它将非常安全直到行动那天。

比利·林格先生苍白的脸上惊吓出很多汗珠，他强装微笑，用多少有些颤抖的声音说道："先生，关于这东西，嗯，不是说有什么辐射吗？"

"林格先生，辐射是极微细的，并且将被控制在非常小的范围内。这是一种最新的型号，被称为'清洁核弹'，不过，首先进入那幢建筑废墟的工作人员应穿上防护服。他们将形成一条人链，搬运黄金并传递到在外面等待的卡车上。"

"先生，到处乱飞的爆炸碎片怎么办？我是说那些到处乱飞的钢筋和水泥？"米奈特先生紧张得连声音都好像是从他胃部发出来的一样。

"米奈特先生，我们将会在金库外层钢铁障碍物后面躲起来，所有人员都要戴耳塞。一些卡车可能会有点小的损害。不过，像这点损失我们必须要接受。"

"那些睡觉的人呢？"苏洛先生的目光表现出渴望的神气，"也许他们只是睡一小会儿？"苏洛先生对于那些睡着了的人显然并不过于担心。

"我们会尽可能把他们转移到安全的地方去。不过我必须要说，我们必须要接受对那个城市造成的一些小小的破坏。我估计，当地居民的伤亡人数差不多等于在诺克斯堡公路上三天车祸的数量。我们的行动会使交通事故的统计基本保持稳定。"

"这听起来不错。"米奈特先生的神色好像恢复过来了。

"还有其他的问题吗？"金手指的声音很温和，他了解在座的这帮人，他们正在估算着这桩买卖成功的前景。现在，该是进行表决的时候了。金手指将头先转向邦德，然后转向麦特生小姐："有关的细节将会进一步精确拟定。我的员将会帮助我。这个房间将是我们行动的指挥部，你们可以随时到这里来。本次行动的代号为致命一击。今后这一术语将会泛指这一计划。我建议，你们当中参加的人应该选择一个，而且只能是一个最可靠的助手。至于其他的人只需要训练他们，好像他们在执行一桩普通银行抢劫。在行动的当天，知道实情的人可以多一点。各位先生和女士，我完全信赖你们，但是，如果你们决定参加的话，就要把这一计划当作进行一场战争。一切无效率和不安全的事必须要果断处置。那么现在，各位先生和女士，我要求你们代表你们尊敬的组织表个态，你们哪些人希望参加这项赌博？奖金是丰厚的，风险是极小的。米奈特先生？"金手指把头向右边偏了一下，邦德看见他的目光如同X射线一般紧紧地盯着他旁边的人，"您参加吗？"说着他的声音停顿了一下，"还是不参加？"

第十九章
神 秘 附 录

"金先生，"杰德·米奈特先生以洪亮的声音宣布，"毫无疑问，自从该隐发明了谋杀并杀掉自己的弟弟亚伯以来，您是最伟大的犯罪专家。"他停顿了一下，然后又强调说，"能够加入到这一伟大的事业中，我感到非常荣耀。"

"米奈特先生，谢谢。你呢，林格先生？"

邦德对比利·林格先生持怀疑态度。除了林格和海尔穆特·斯平吉尔两个人外，他都在他们的名字前面画了加号。他给林格先生画了一个零；给斯平吉尔先生画了一个减号。邦德通过观察他们的眼睛、嘴巴和手势后，得出了这样的判断。"笑面虎"脸上挂着的那种坚定的假笑一直没有什么变化。他右眼的跳动好像一个脉搏起搏器一样稳定，他的双手一直放在桌子下面。

这时，比利·林格把两只手从桌子下面拿了上来，握成一个猫的摇篮状，放在他面前绿色台布上。他注视了一会儿他那两个转动的大拇指，然后，抬起了他那恶魔似的脸看着金手指。他右眼的痉挛已经停止了，两排牙齿动起来像一个哑剧的口技表演者，他说："先生，"

林格发音有些困难，他的上唇向下覆盖在牙齿上的动作好像马从你手上衔糖一样，"现在，我和我的朋友们早就洗手不干了。我的意思是，从前尸横遍野的日子已经随着四十年代过去了。我和我的手下现在只是玩玩女人、抽点大麻、赌赌马，当我手头紧的时候，我的朋友会帮我一把。你瞧，先生。"

笑面虎摊开双手，又把它们握成摇篮状："我们从前的拼命精神已经消失了。大吉姆·克洛斯莫尔、强尼·特立奥、迪昂·班尼恩、亚尔·卡波尼……这些从前的一代枭雄今天都在哪里呢？他们都在监狱铁栅栏后面迎接每天清晨的阳光。先生，也许你并没有经历过我们那些枪林弹雨、那到处躲藏的生活。的确，那时人们相互射杀很简单，你只需要告诉他们如何去做，但是现在很多人厌倦了这种事情。当然，也许有人还没有彻底厌倦，如果你懂我的意思。我和我的组织，当五十年代来临时，大家一致同意退出那种枪林弹雨的事业。而现在，先生，这是怎么一回事？现在你把我找来，告诉我这件事，要我和我的朋友们来帮助你实施有史以来最大的抢劫案。嗯，我会怎么说呢？好吧，先生，我可以告诉你，每一个人都会获得他的报酬，对吗？这是一个十亿美元的大交易，我想我们会抛弃现有的一切，买些武器和弹药。我们干。"

"笑面虎，你卖弄了这么长时间才说加入。"米奈特先生有些不满地说。

金手指兴奋地说："非常感谢你这番生动的陈述，林格先生，我非常欢迎你和你的同伴们。现在，索洛先生？"

索洛先生把手伸到外衣的口袋里，取出一个电动剃须刀。他随后打开了开关，房间里立刻充满了如同愤怒的蜜蜂一般"嗡嗡"的嘈杂声。索洛先生把头向后一仰，开始在右边的脸上推动着剃须刀，他那向上倾斜的眼睛好像在天花板上寻求着答案。

突然，他关掉了剃须刀，把它放在身前的桌子上，突然猛地把头向前一倾，好像一条正要发起攻击的蛇。他的眼睛像黑黑的枪口直接指向桌子对面的金手指，而且不时地在他那张像月亮一样的大圆脸上慢慢地转动着。索洛先生现在有一半的脸刮得很干净，而另外一半覆盖着意大利人特有的那种黑黝黝、杂乱无章的胡须。邦德猜想他可能每隔三四小时就要刮一次胡子。现在，索洛先生决定要说话了，他的声音很低沉，好像把冷气带进了这个房间："先生，我一直在观察着你。在谈论这类大事的时候，你显得十分轻松。我以前见过一个人，也跟你一样轻松，当别人一把斧头砍过来时，他还是能够保持完全冷静。好，非常好。"索洛先生向后坐直了一些，不太十分情愿地摊开双手说，"好吧，我加入，参加，不过，先生……"突然他停顿了一下，好像要强调什么——"如果我们得不到那十亿美元，你死定了！你明白吗？"

金手指讥讽地弯了一下嘴："索洛先生，谢谢你，你的条件是完全可以接受的。我坚信我会活下去。海尔穆特·斯平吉尔先生？"

斯平吉尔先生的脸色比以前更为难看，他有些傲慢地说："我还要好好考虑一下，请你先问其他的伙伴。"

米奈特先生不耐烦地说："又是老一套，等待着他所谓的灵感，他在等待全能上帝指派个天使，给他带来的信息。我想二十年来他好像从没听过一个人类的声音。"

"那么，史太普先生？"

杰克·史太普先生对着金手指眨了一下他的眼睛，平和地说道："先生，我相信你已经估算了成败的可能性。自从我在拉斯维加斯的赌博机开动并给我带来巨大利益以来，你的酬金算是最高的了。我想，如果我们出人出枪，就会得到这笔钱。你可以算上我。"史太普先生立刻收回了和蔼的表情，目光再一次充满了恐吓性，与金手指一同转向普西·贾洛依小姐。

贾洛依小姐低下她那紫罗兰色的眼睛，避开了他们两人凶狠的目光。她冷淡地对大家说："我目前的生意有些麻烦。"她用涂得雪白的长指甲在她身前的金砖上轻敲了一下说，"你们注意，我不是说我在银行已经透支了，只是存款不足罢了。没错，我肯定要加入的。我和我的女孩们还要吃饭呢！"

金手指脸上现出一个体面的微笑："贾洛依小姐，这是个非常好的消息。"接着，他将头转向桌的对面说，"现在，斯平吉尔先生，我们可以问一下你的决定是什么吗？"

斯平吉尔先生慢慢地站起来，他像一个看完戏要离开的人一样打了个哈欠，而且还打了一个嗝儿。他取出一条精美的麻纱手帕，拍了拍他的嘴唇。

他用眼睛扫视了一下四周，最后停在金手指身上。他的头慢慢地左右移动一下，好像要活动一下他僵硬的颈部肌肉一样。然后他像一位银行经理拒绝一份贷款申请一样庄重地说："金先生，恐怕你的计划不会得到我在底特律的同伴们的同意。"他向在座的每个人微微地鞠了一躬，"我个人很荣幸能够参加这么一个有趣的聚会，各位先生和女士，再见。"

在一片沉寂中，斯平吉尔先生仔细地把手帕插到精致的左手袖口上，然后转过身去，缓步走向门口，离开了房间。门被"咔"的一声关上，邦德注意到金手指的手已经放到桌子下面去了。他猜想怪郎将会得到他的信号。信号意味着什么呢？

这时，米奈特先生恼怒地说："他离开真是太好了，这个顽固腐朽的家伙。那么接下来，"他高兴地站起来，转向着邦德，"我们喝一杯怎么样？"

大家都站了起来，聚在餐桌周围。邦德发现自己恰好站在普西·贾洛依小姐和蒂莉·麦特生二人之间。他把香槟酒递给她们，贾洛依小姐冷冷地瞧着他说："英俊的男子，请走开吧！我们女孩子希望谈点私事。你说对不对，这位小姐？"

蒂莉满脸通红，然后又变得非常苍白，她恭敬地低声说道："啊，是的，贾洛依小姐，请吧！"

邦德对蒂莉坏坏地一笑后，走到了房间的另一边。

杰德·米奈特看见了这一尴尬场面，他走到邦德身边，热切地说："先生，如果那是你的宝贝，你最好看住她。普西想要的女孩子她一定能搞到手。她一个个地消耗她们，但她们就像吃葡萄一样。"米奈特轻轻地叹了口气，"她们真令我厌烦，这些破烂货！你会看见，她马上就会把你女朋友的头发在镜子面前分成三种式样。"

邦德愉快地说："我会注意的，不过我也做不了什么。她是那种比较独立的女孩子。"

"是那样吗？"米奈特先生颇感兴趣地表示，"哦，也许我可以帮忙拆散她们。"他拉直了领带，"我去找那个麦特生，她肯定还有些女性自然的本能。等会儿见。"他对邦德笑了笑，起身向对面走过去。

此时邦德正一边吃着美味的鱼子酱和香槟酒，一边想着金手指如何很好地掌控了这次会议。这时，房间一边的门突然被打开，一个韩国人匆匆地跑进来，走到金手指面前，金手指低下头听他耳语了几句，脸色随即变得很严肃。他拿起一把叉子在酒杯上敲了一下。

"女士们，先生们，"他表情悲痛地望了一下周围的人，"我刚刚听到一个坏消息，我们的朋友海尔穆特·斯平吉尔先生发生了意外。他从楼梯上跌了下去，直接就死了。"

"呵，呵！"林格先生的笑声听起来并不像是笑声，好像从脸上的洞里发出的，"那个斯莱派·哈普古德呢？他的助手，那个人对这件事怎么说呢？"

金手指严肃地说："咳，哈普古德先生也跌下了楼梯，重伤而死了。"

索洛先生以一种新的敬畏的神色看着金手指,他轻声地说:"先生,您最好在我和我的朋友久利奥要使用那座楼梯前,把它修理一下。"

金手指认真地表示:"问题已经找到了,马上就会修理。"他的脸色立刻变得有些凝重,"恐怕这些意外会引起底特律的误解吧?"

杰德·米奈特高兴地说:"先生,这个不必担心,他们那儿喜欢葬礼,而且这正好除去了他们心头的一个负担。老家伙本来就不应该干这么久。这一年来在他底下的人对他多有不满。"

他转而对站在他身边的杰克·史太普说:"杰克,我说的没错吧?"

"杰德,没错。"史太普先生会意地说,"你一定很得意。海尔穆特·斯平吉尔先生必须要受到打击。"

"打击",应该指的是谋杀吧?当邦德晚间上床睡觉时,他一直在思索这个词的含义。怪郎获得了信号。两声铃响,斯平吉尔和他的保镖受了打击。邦德对此没有任何办法,斯平吉尔对他没有任何价值,他也想好好教训一下这个家伙。不过现在,如果他,并且只有他不能够做点什么的话,那么在诺克斯堡的 59998 个人将要受到打击。

当这场重要会议解散,大家各自去准备自己的任务时,金手指叫麦特生小姐先走,把邦德留在了房间里。他要求邦德记好笔记,然后用了大约两个小时仔细地检查了这项计划的每一个最细节之处。当他们谈到在两个蓄水池投放麻醉药时(邦德不得不做出准确的时间表,以确保诺克斯堡的人尽量都包括在这一范围内)邦德问到这种麻醉药的详细信息和扩散速度。

"你不必担心这个。"金手指说道。

"为什么不,它关系到每一件事情的成败。"

"邦德先生,"金手指的眼睛显出一种神秘的样子,"我会把事实告诉你,不过你没有机会把它传出去。从现在起怪郎会和你寸步不离,而且他的命令是非常严格的。因此,我可以告诉你:诺克斯堡所有人在行动第一天半夜都将会死亡或者失去活动能力，因为注入自来水供应系统中的物质将是一种高纯度的 GB。"

"你疯了！你不是真的要杀死六万人吧！"

"为什么不？美国每两年的车祸不也是杀死这么多人吗？"

邦德以非常恐怖的神色盯着金手指的脸。这不会是真的！他的话不是这个意思！他紧张地问："GB 是什么意思？"

"是一种最有威力的神经毒气。纳粹德国国防军于 1943 年研制了这种东西，不过因为害怕报复而从来没有使用过它，事实上，这是一种比氢弹更有效的破坏性工具，它的缺点就是不方便投放到人群中。俄国人在波兰边境的一个地点缴获了整个德国人的贮藏物。我的一些朋友能提供给我相当的数量。通过自来水供应系统向人口稠密的地区扩散看来是一种非常理想的方式。"

邦德说："金手指，你简直就是个浑蛋。"

"别在这儿耍孩子气，我们还有工作要做。"

后来，在他们谈到把这么多黄金运出诺克斯堡时，邦德做了最后一次努力，他说："金手指，你不可能运走这么多黄金。没有人能把上百吨的黄金运出这个地区，更不用说五百吨了。到时你会发现自己坐在卡车里在迪克谢高速公路上狼狈逃命，卡车上装的还只是一些受过伽马射线辐射过的金条，而美国军队还在后面紧紧追赶。你难道为了这一结果而杀死六万人吗？这实在是荒唐至极！就算你运走了一两吨黄金，可是你打算把它藏在哪里？"

"邦德先生，"金手指看起来很有耐心，"那个时候刚好有一艘苏联的斯维尔多夫斯克号的巡洋舰正在弗吉尼亚州的诺福尔克港进行访问。那是一次友好访问。它将于我们行动的第二天从诺福克离开。我的黄金先由火车，然后用大卡车运送，并在行动当天的半夜运到这艘巡洋舰的甲板上。然后我将乘这条军舰去克朗斯塔特。每一件事情都已经仔细规划好了，任何可能的困难都已经预见到了。这个计划我已经筹划了五年了，现在该是加以落实的时刻了。我已经了结了我在英格兰和欧洲的各种活动。这些我以前生活的遗迹就留给清洁工去收拾吧！他们可能不久就会调查我，不过到那时，我早已经跑了，而且带着我从美国心脏地带偷来的黄金一起远走高飞了。"金手指显得很兴奋，"当然，这种独一无二的表演并不是完美无缺的。我们没有足够的时间去彩排。我需要这些笨拙的黑帮，需要他们的枪与他们的人。不过，不到最后的时刻，我不会让他们卷入到这个计划中。因为他们会犯很多错误，可以想象得到他们把掠夺的黄金带走会有多少麻烦！有些人会被抓，有些人会被杀死，不过，我不在乎这些。这些人只不过是需要的业余演员、群众演员，邦德先生，他们是多余的。在这幕戏演完之后，无论他们发生什么事，我都不感兴趣。现在，回到我们的工作，谈我们的工作。到黄昏时我需要七份这个文件。我们刚才说到哪儿了？"

邦德头脑中紧张地思索着：事实上，这件事绝对不仅仅是金手指一个人在操作，斯莫希组织及其背后的力量也一定深深地卷入进来。这实质上是俄国和美国两国之间的对抗，而金手指只不过充当了先锋的角色！从另一个国家偷取东西是不是战争行为？可是，又有谁知道俄国会得到这批黄金呢？没有人，如果计划如金手指所愿顺利进行的话。那些强盗也根本不会意识到这一点，对于他们金手指只不过是他们的同类罢了，是另一个强盗，只不过比他们要强一些。至于金手指的员工，为他运送黄金到海岸的司机，邦德本人，蒂莉·麦特生命运如何呢？有些将会被杀死，包括他和那个女孩，有些人，如那些韩国人，将登上巡洋舰，这一切不会留下任何痕迹，没有证人会看到。这是有点古代特色的现代抢劫行为。金手指抢劫诺克斯堡就像残忍的摩根血洗巴拿马一样。除了现代化的武器和技术外，两者没有什么差别。

现在，在这个世界上只有一个人能够阻止他，可是该怎么办呢？

第二天的文书工作简直可以说是没完没了。每隔半小时，金手指就会从指挥部送来一张便条，上面的要求包括这项的规划表、那项的文件副本、评估、时间表、库存列表，等等。他们还买了另一个打字机，还有地图、参考书以及邦德想要的任何东西。可是怪郎对邦德的监视一点也没放松。每次邦德敲门，怪郎总是非常警惕。每次怪郎走进房间送饮食、便条等供应品时，他那警觉的目光总是对邦德的眼睛、两手和两脚来回扫视。邦德和那个女孩毫无疑问是他们团队的一员，可是他们仅仅被看作危险的奴隶。

蒂莉·麦特生看起来如同被包租了一般，她工作起来像一台机器——迅速、自觉、准确，但是缺少交流。邦德最初试图和她交个朋友，分享一下她的想法，但她总是反应很冷淡。到了晚上，邦德对她还是一无所知。除了知道她曾在联合利华公司当过秘书，而且是一个比较成功的业余溜冰运动员。她的滑冰水平不错，可以经常参加表演。她喜好室内手枪和步枪射击，现在是两个射击俱乐部的成员。她朋友不多，从来没有恋爱过或订过婚。她独自一人居住在伯爵宫康福特的一套房间里，现在二十四岁。她知道他们处境危险，不过总觉得会有什么转机。诺克斯堡这桩大买卖完全不会实现。她认为普西·贾洛依小姐很了不起。看起来她希望这位小姐把她救出去。女人伴随着与生俱来的敏感嗅觉，很善于处理那些需要一定策略的事情，直觉会告诉她们做什么。邦德不必替她担心。她会没事的。

邦德认为，蒂莉·麦特生应该属于那种荷尔蒙激素紊乱的女孩。邦德很了解这类女孩。他认为这类女孩和他们的男性对等群体都是妇女获得投票权和性别平等运动的直接产物。作为五十年代性解放的结果，女性品质逐渐丧失了，进而转向男性化。接着同性恋的男子和女子也在各地出现。然而，他们并不是纯粹的同性恋，而是一种困惑，他们并不了解自己的行为，结果出现了一批性失调者——不会生育而且情绪非常沮丧。这批人中女的渴望有支配权；男的则倾向女性化。邦德想到这里为他们感到遗憾，不过他现在没有时间考虑他们。他酸溜溜地对自己笑了笑，因为他想起当他们驾车沿着卢瓦尔河河谷竞速时，他还对这个女孩产生过幻想。

在今天的工作结束之前。金手指送来了最后一张便条，内容是：

五头目和我明天上午十一时搭乘由我的飞行员驾驶的包机，由拉瓜迪亚机场出发，为"致命一击"计划做空中勘查。你要同去，麦特生留在这儿，金先生。

邦德坐在床边，看着墙壁思考着，突然站起来，走向打字机。他工作了一小时，在一张打字纸的两面紧凑地把这项计划的详情全部打了出来。随后他把这张纸对折，并把它卷成小拇指大小的圆柱形，然后用胶水仔细地封好。最后他又在另一张小纸片上打了一段话：

十万火急。凡该文件的发现者能够原封不动地将这个信息立刻送交纽约市奈索街一五四号平克顿侦探社的菲力克斯·雷特先生，可以无条件地获得五千美元的报酬。

邦德把这张字条包在圆柱外面，用红墨水在外面写了"五千美元报酬"的字句。接着他把这个小纸包贴到一条三英寸的长打字色带中。然后他再次坐在床边，把色带和纸包稳妥地绑在他大腿的内侧。

第二十章
走 向 深 渊

　　"先生，机场控制台正在联络我们，他们好像知道我们是谁。他们说这是禁飞区。"

　　金手指从他的座位上站了起来，直接走向了驾驶舱。邦德看见他拿起话筒，他的声音在这架安静的、只有十个座位的私人客机上显得十分清楚。"早上好，我是派拉蒙电影公司的金先生，我们正在进行一个授权的实地调查，为的是准备拍摄一部关于1861年南北战争著名战斗的影片，在那次战斗中，谢尔曼将军在密尔顿山被俘。是的，这就是我们来的目的，凯利·格兰特和伊丽莎白·泰勒两人将主演这部片子。你说什么？特许证？我们当然有许可证，让我看一看（金手指实际上什么也没找），哦，在这儿，是五角大楼特勤部的主任签发的，我想装甲中心的指挥官那儿还会有一个副本。好的，谢谢，希望你会喜欢这个影片，再见。"

　　随后，金手指马上换了一副轻松得意的表情，将话筒放回，走回到乘客舱。他叉着腿，站在机舱中看着这些乘客说道："好了，先生们还有女士们，你们认为你们观察的足够了吗？我想你们会同意，你们所看到的和副本上对整个城市的描述是吻合的，我不想飞到六千英尺以上了，也许我们可以再飞一圈，然后就飞回去。怪郎，拿点甜点来。"

　　这时，飞机上传来一阵议论声，而且有些人提出了问题，金手指一个接一个地给了回答。怪郎从邦德的旁边站了起来，走到了飞机的尾部，邦德跟了上去，在他冷酷、怀疑的注视下，走进了飞机的卫生间，然后锁上了门。

他冷静地坐了下来，思考着。刚才去拉瓜迪亚机场的路上他没有找到一个机会，怪郎和他一直坐在一辆别克商务车的后面，车子的门都被锁上了，连车窗户都关得紧紧的。金手指坐在车的前面，与后面部分是隔开的。怪郎则稍微侧身坐在邦德的旁边，他粗壮的双手好像沉重的工具一般放在他的大腿上。他的视线从来没有离开过邦德，直到汽车驶进飞机棚，来到这架私人飞机旁边。夹在金手指和怪郎中间，邦德没有办法，只能登上飞机，然后和怪郎坐在一起。十分钟后，另外一些人来了，他们除了简单地打了一下招呼外没有任何交流。他们看起来和以前很不一样——没有机智的评论、没有闲谈，完全是一副即将投入战斗的状态。甚至连穿一件黑色的涤纶风衣、扎着黑皮带的普西·贾洛依看起来也像个年轻的党卫军战士。在飞机上，她曾两次回过头看着邦德，好像思索着什么。不过，她并没有回应邦德的微笑。也许她只是不明了邦德是干什么的，到底是什么人？

现在飞机正按原路返回拉瓜迪亚机场，机会就在眼前，否则将不会有了。可是，该把那个纸包放在哪儿呢？夹在卫生纸里面？可是机上的人也许马上就会发现，或许几个星期都没人动。这儿的烟灰缸会倒吗？可能不会。不过，有一样东西肯定会。

这时门把手传来咔嗒声，怪郎感觉有一些不对头，他估计邦德也许正在放火烧飞机。邦德回应道："就要出来了，猿猴。"他站起身来，把地下的马桶座抬起，然后扯下了绑在大腿上的那个小纸包，把它放在马桶前端的内侧。邦德认为，只要飞机一回到机库，肯定会有人清洁马桶，这个座位一定会被抬起。这五千美元报酬的字样非常清楚，只要没人在清洁工前边发现它，那么即使最粗心的清洁工也会发现它。这个卫生间实在太狭小了，以至于站起来都很不舒服。邦德慢慢地把座位放下，放水冲了马桶，然后洗了一下脸，整理了头发，走了出来。

怪郎此时正在外面生气地等着，他一把推开邦德，冲了进去，仔细地把卫生间检查了一遍，然后走了出来，狠狠地把门关上了。邦德走回到他的座位。现在求救信号已经放到瓶子里了，而这个瓶子将四处飘动，谁会发现它呢？要多久才会被发现呢？

飞机上的每一个人，甚至驾驶员和副驾驶，在飞机降落到地面前全都上过那个要命的小卫生间。每当一个人从卫生间走出来时，邦德就好像感觉有一支冷冰冰的手枪顶在他后颈上，然后是严厉的盘问，折叠纸包被打开的噼啪声。但是，直到最后，他安全地和他们一起回到了别克车上，他们来到曼哈顿，然后沿着河水上了专用车道，最后穿过保守森严的仓库大门，回到住处继续工作。

现在，这可以说是一场竞赛。竞赛在金手指有条不紊、高效的犯罪机器和邦德已经点燃的脆弱导火线之间展开。不知道外界的情况怎么样了？在随后三天的每一个小时里，邦德都幻想着外界可能发生的事情——雷特向他的主管报告，然后开会，随后以最快的速度飞往华盛顿，与联邦调查局特工、胡佛局长、军方人士和美国总统商讨。雷特坚持，邦德的条件应该被遵守，那就是先不要盲目地采取行动，要制订一个周密的计划，所有人都要严格地执行这一计划，把这帮匪徒全部装进口袋，一网打尽。

他们会接受邦德的条件吗？他们敢于冒这种风险吗？他们会与大西洋彼岸的情报机构负责人商量吗？头儿会坚持要把邦德救出来吗？不会的，头儿了解问题的关键。他会同意邦德的生命是可以牺牲的，没有什么可以阻碍这次大围剿。当然，他们会抓住那两个"日本人"，从他们嘴里拷问出金手指行动当天与他们的联络暗号。

一定会按我想的方式发生吗？也许所有一切都不如所愿，雷特正好外出执行其他任务，"谁是007？他是做什么的？估计是某个发疯的蠢蛋，嘿，史密斯，你能去检查一下这个吗？去那个仓库看一下。

先生，很抱歉，没有五千块钱给你，这里有一些去拉瓜迪亚机场的车费，恐怕你被骗了。"

也许情况会更糟。上面的所有一切都没发生。那架飞机仍停在飞机场的一个角落里，没有人去维修它。

不论白天或晚上，只要手头的工作做完了，该死的机器不叫了，邦德的脑子总是被这些想法折磨着。行动的时间马上就要到了，而这伙人的行动也越来越疯狂了。夜里，从金手指那儿送来了一张便条：

第一阶段的行动成功。照计划午夜上火车。携带所有地图、时间表、行动指南的副本。金。

到了午夜。金手指的分遣队以一种紧密的队形——其中邦德穿着一件外科医师白大褂，蒂莉·麦特生打扮得像个护士，他们两人夹在队列中间——迅速地穿过几乎没有人的宾夕法尼亚中央广场，来到了正在等待的专列。每个人，包括金手指在内，都穿着白色传统医护服装，戴着医疗救护专用的袖标。此时昏暗的站台显得十分拥挤，其他几个帮派的人已经在这等待着，静寂和紧张的气氛与急救人员赶赴灾难现场的情景十分相配。而被装上车厢的担架和防护服更增加了这种场面的戏剧效果。站长正与穿着高级医师服装的米奈特、史太普、索洛和林格小声地交谈着。贾洛侬小姐就站在附近，旁边有十几个脸色苍白的护士小姐。她们低着头等待，好像站在一个打开的坟墓旁边。她们没有化装，那些奇异的发型藏在深蓝色的红十字帽子下。显然，她们已经彩排过，此时表演得很到位，看起来很像一群尽责、仁慈、专心致力于解救受难者的白衣天使。当站长看见金手指和他的同伴们走近时，他连忙走上前去，脸色沉重地说："是金医生吗？看起来消息不太好，估计今晚的报纸会报道吧，在路易斯维尔所有的火车都没有得到诺克斯堡的答复。不过，我们会让你们顺利地前往的。我的上帝，医生！那儿到底发生了什么事？从路易斯维尔来的人说俄国人在空中喷洒了什么东西。"站长急切地看着金手指，"当然，我不相信有那回事，不过到底怎么了？是食物中毒吗？"

金手指的表情很严肃，他用平和的语气说："我的朋友，那正是我们要去的目的，也是我们为什么这么匆忙赶来的原因。如果你让我做一个推测的话，不过我要提醒你这只是推测，我认为这是一种睡眠性疾病，通常被称为锥虫病。"

"是这样？"站长的表情看起来对这种疾病留下了深刻的印象，"好吧，请你相信我，医生，我们对你以及你们的救护队的勇敢行为表示非常钦佩。"他主动地伸出了手，金手指马上握住了它，"祝你们好运，医生，现在你们的医护人员可以上车了，我会安排这辆火车尽快地赶到那里。"

"非常感谢你，站长，我和我的同事将不会忘记你们的帮助。"金手指微微地鞠了一躬说道。随后他的人开始行动起来。

"上车！"

邦德发现自己上了一辆卧铺车厢，蒂莉·麦特生在车厢的过道上，而那些韩国人和德国人在他们的周围。金手指坐在车厢前面，正与那几个黑社会首领愉快地交谈着。普西·贾洛依小姐走了过来，她并没有在意蒂莉·麦特生正抬头望着她的那张脸，而是很不寻常地对邦德扫视了一下。这时，车上响起了关门的声音。普西·贾洛依停下来，把一只手放在邦德前面座位的靠背上。她低下头来看着邦德说道："嗨，帅哥，好久不见。你的叔叔看起来仍然把你管得很紧。"

邦德说："嗨，美人，你这套衣服实在是太漂亮了。我现在感觉有点虚弱，你能给我护理一下吗？"

她那双深紫罗兰色的眼睛仔细地审视着他,温柔地说:"邦德先生,你知道吗?我觉得你一直在演戏。我有一种直觉,你懂吗?你和那个洋娃娃,"她把头向后看了一眼蒂莉·麦特生,"到底在做些什么?"

"我们做一些应该做的事。"邦德回应道。

火车开动了。普西·贾洛依挺直了腰,说:"或许是这样。不过,如果这件关于我发财的事出了什么差错的话,我想帅哥你知道会是什么原因。懂我的意思吗?"

她没有等待邦德的答复,直接走到了车厢的另一端,加入了头头们的谈话中。

这是一个混乱而忙碌的夜晚。在列车员那种质疑和同情的目光下,大家不得不伪装自己的表情。火车上举行着重要的会议,大家的表情也如同正在参加一场重要的医疗秘密会议——没有人抽烟,没有人骂人,也没有人吐痰。各黑帮之间的怨恨和竞争好像得到了严格控制。可以想象,如果这些头头们不做安排,并在这照看的话,那么估计东部多少带有些冷酷优越感的黑党与来自西部的杰克·史太普手下那些自由散漫的牛仔早就大打出手了。所有这些细微的心理性因素,金手指都事先预料到了,并且为此做了准备。来自水泥搅拌者的妇女们被小心地隔离开了。这儿没有酒水,帮派的头头们都在使自己的人进一步掌握计划的要点,以及通过研究地图来讨论他们携带黄金外逃的方案。当然,这也偶尔出现一些探听他人计划的情况。如果出现争执,金手指就会被要求进行裁决,规定谁应该走哪一条路去墨西哥边界,谁该去沙漠,谁该去加拿大。这百十来号对美国来说是最凶狠毒辣的暴徒们,竟然在兴奋和贪婪的边缘能够如此克制,这实在令邦德感到惊讶不已。这种奇迹是金手指创造的。除了镇静之外,金手指还有个可怕的特性,那就是他制订计划的缜密性和流露出的非凡自信,这些特性使他能够轻松地安抚紧张的神情,并在一帮敌对的暴徒之间创造出某种团队精神。

当这辆狭长的火车在宾夕法尼亚州的平原上飞速急行时，车上的旅客们逐渐进入了不安和烦躁的睡眠。但金手指和怪郎没有睡。他们依然保持清醒和警惕，邦德原来打算当火车缓慢地通过车站或者向上爬坡时，用他暗藏的刀子袭击怪郎，然后逃跑。看来他不得不放弃这个计划了。邦德断断续续地瞌睡着，思考和想象着刚才车站站长有点莫明其妙的话。站长一定是知道了真实情况，他知道诺克斯堡正处于紧急状态。他从路易斯维尔得到的消息是真的呢，还是故意演一出戏，以便把参加这一阴谋的所有人都一网打尽呢？

如果其中真有另一个大计划，那他们准备的是否周全呢？会不会有人泄露计划呢？不会弄糟一些事情，提前给金手指提了醒吧？如果站长的消息是真的，如果毒药已经投放成功，那还有什么事需要我去做呢？

邦德已下定了决心，在最关键的时刻他将靠近金手指，用他那把藏着的小刀切断他的喉咙。这样做除了报私仇外，还会有什么作用呢？金手指的人会不会接受另外一个人的命令，安装核弹并且引爆它呢？谁会有这么大的勇气，冷静地接管这一任务呢？索洛先生？也许吧，这样的话，这个计划可能会成功一半，他们会抢走一些黄金，金手指的人可能得不到黄金，因为他们此时群龙无首。如果六万人都死了，那邦德还有别的事情可做吗？之前他有没有办法来阻止这种情况发生呢？曾经有机会杀死金手指吗？在宾夕法尼亚车站把他杀了对整个事情会有好处吗？

邦德凝视着车窗中自己的影子，倾听着火车通过交叉道时传来的悦耳铃声，以及清除障碍的鸣叫声，陷入深深的怀疑、迷惑和自责中。

第二十一章
富 有 之 人

红色的朝霞照在一望无际的黑色平原上，肯塔基州的影子慢慢浮现出来。六点钟火车开始减慢行驶速度，他们很快就驶过了宁静的路易斯维尔郊区，来到了如同荒废一般的车站，车站非常安静，甚至连水流的回声都听得很清楚。一小拨人员正在等待着他们，金手指由于缺乏睡眠，两个眼睛的周围有十分明显的黑眼圈。他召唤了手下的一个德国人，然后拿起了他的象征权威的小黑包，走出火车来到了站台。

接着他们进行了简短而严肃的交谈。路易斯维尔站的站长说着什么，金手指插问了一些问题，并对站长的回答郑重地点点头。然后金手指疲乏地返回了火车。

苏洛先生此时已经站在卧铺车厢一端的门口，等待着他要通报的信息，邦德听见金手指遗憾地说："医生，恐怕情况和我们所想象的一样糟，现在我要带着这个到前面的机车上去，"他举起那个小黑包，"我们将要缓慢地进入受污染的区域。你可以通知所有的人员准备戴上他们的防毒面具吗？我替司机和司炉预备了防毒面具。请所有其他的铁路人员在这里下车。"

苏洛先生严肃地点点头："好的，教授。"他把门关上了。金手指返回到站台，并向车头走去，那个强壮的德国人和一群摇头叹息的人跟着他。

火车停了一会儿，紧接着伴随着一声沉闷的鸣叫，驶出了车站。站台上除了一些官员外，又增加了四个从车上下来的列车员。他们哭丧着脸，挥手向列车告别，以此表示对他们的祝福。

还有三十五英里，差不多半个小时，就到达目的地了。护士小姐们送来了咖啡和油煎圈饼，还有几粒镇定药（金手指想得很周到）。护士小姐们脸色苍白，一言不发。车厢里没有玩笑，没有闲谈，整列火车都充满了紧张的气氛。

十分钟后，火车突然减速，紧急的制动发出了嘶嘶的尖叫声，咖啡溅得哪儿都是，火车几乎要停下来。接着车身震动了一下，又恢复了原来的速度。估计是一个新手接管了那个死去司机对火车的驾驶。

几分钟后，史太普先生在车厢中激动地走了起来，他喊道："还有十分钟就要到了！准备好，弟兄们！A队、B队和C队带好装备。把一切都准备好，保持冷静，记住你们要做的事情。"接着他又匆匆地走到下一个车厢，邦德听到他在重复刚才的话。

邦德转身对怪郎说："听着，你这个猿猴，我要到卫生间，可能蒂莉·麦特生小姐也要去。"他转向女孩，"蒂莉，你要去是不是？"

"是的，"她冷淡地说，"我想我应该先去。"

邦德说："好吧，你先去。"

在女孩旁边的韩国人用询问的眼光看着怪郎，怪郎摇了摇头。

邦德说："如果你不让她单独去，我可要动手了。金手指可不想看到这样。"随后他转向女孩说，"去吧，蒂莉，我会看着这个猿猴的。"

怪郎发出一阵咆哮声，旁边的韩国人好像明白了他的意思，站起来说道："好吧，不过不能锁门。"他跟着女孩走到了卧铺车厢另一端的卫生间，站在门口，等她出来。

同样，怪郎也一样跟着邦德，守在门口。邦德一进到卫生间，就取下了他右侧鞋子里的小刀，然后把它插到裤腰带的内侧。尽管他的一只鞋子现在已经没有了后跟，但是在这样的一个清晨谁又会注意到呢。邦德简单洗漱了一下，在镜子中看到了自己苍白的脸色和黑色的眼眶。随后他走了出来，回到了座位上。

这时火车右侧远处的方向突然闪出了一道微光，在清晨的薄雾中可以隐约看到一些低矮建筑的影子，如同海市蜃楼一般，他们逐渐地看出来那是机库，还有塔台。原来是戈德曼机场！伴随着一声长鸣，火车减速了。一排排整齐的现代小别墅和新建的住宅从火车两旁扫过。不过他们发现屋子里好像没有人。这时他们看到勃兰登堡车站如同一条黑丝带在火车左侧。

邦德抬头向前看去，诺克斯堡在淡淡的薄雾中显得十分柔和。天空中没有一丝烟雾，清洁的如同水晶一般，可以清楚地看到参差不齐的城市轮廓。火车继续慢慢向前爬行。在通往车站的路上，他们发现这儿发生了一起严重的车祸，两辆车看起来是迎头相撞。一具尸体半挂在一个破碎的车门外，另一辆车倒翻在路上，像一只死了的昆虫。邦德看得心惊肉跳。路旁一个窗户上面好像挂了一个白色的织物，原来那是一件男子衬衫，穿着这个衬衫的尸体正挂在窗户上，头垂在窗台下。在一排现代的平房前，一具穿了衬衫和长裤的尸体仰面躺在整洁的草坪中间，一排排修剪过的草坪十分美观。但在这个尸体附近，剪草机把草坪弄得一团糟，并停在新翻的土地旁边。一根晒衣绳被拽断了。一个妇女正抓着它，并躺在一堆一堆松松垮垮的白色内衣、衣服和毛巾中间。火车此时如同步行一般缓慢地驶向市区，沿途的每一个地方、每一个街道、每一条人行道都横七竖八地躺着尸体——有单独的，有成堆的；有躺在门廊前的摇椅上的，还有躺在十字路口上的，不过十字路口的交通信号灯仍在不慌不忙地变换着颜色。一些车已经撞成了一团，另一些则撞碎了路边商店的窗户。死亡！到处都是死尸。没有动静，没有声音，除了凶手的铁鞋通过这座墓地时发出的阵阵的咔嗒声（火车正在穿过市区）。

这时，车厢里面一阵忙乱，比利·林格笑嘻嘻地走过来，停在邦德座位旁边："嗨，老兄！"他十分高兴地说，"肯定是金手指的那些药发挥了作用！他们刚好驾车出来，撞到了一起，这实在是太糟糕了。不过，正如俗话所说，如果你要煎鸡蛋，那么不敲碎它，是办不到的。"

邦德勉强地笑了一下："没错。"

比利·格林大笑一声，继续向前走去。

当火车通过勃兰登堡站时，他们看到站台上到处都是男人、女人、小孩和士兵的尸体。他们有的仰面朝上，有的趴在地上，还有的侧倒在一边。邦德想尽力找到一个活的——一双求助的眼睛，一个挥动的手势，但是什么也没发现！等等！那是什么？几声微弱的啼哭声从关闭的窗子里传了出来。三辆手推车正靠在售票口旁，母亲们倒在手推车旁，婴儿们一定喝了牛奶，而不是那些致命的水。

怪郎站了起来，金手指的手下也都站了起来。韩国人的表情没有任何变化，还是很冷漠，只是他们的眼睛像受惊的动物一样不停地眨动。那些德国人的脸色看起来很苍白而且冷酷，没有人看着别人。随后这些人默默地来到出口，排好队，等待着。

蒂莉　麦特生抓着邦德的袖子，用颤抖的声音说："你肯定那些人只是昏睡吗？我想我看到了一些……一些人的嘴里流出了泡沫。"

邦德也看到了同样的东西，那些泡沫是粉红色的。他说："我希望他们昏睡时正吃着糖或其他什么东西，要知道，美国人总是喜欢口里嚼点什么。"随后又轻轻地嘟囔着，"离我远点，这儿可能会有一场枪战。"他坚毅地看着她，看她是否明白。

她默默地点了点头，不再看着他，嘴角里嘟囔着："我会去普西身边，她会照看我。"

邦德冲她一笑，劝说道："很好。"

火车慢慢地晃动几下后，停了下来。这时从前面的牵引机那里传来一声鸣叫，随后车门打开了。不同帮派的人蜂拥而出，挤到了金库支线旁的站台上。

现在一切行动都要如军事般精确，各个小队按照他们各自的口令排好了队。最前面的是拿着冲锋枪的突击队，接着是去抬金库卫兵的担架队和一些留守金库外的人员（在邦德看来，这部分人的任务显然没什么用），接着是金手指的爆破组——由十个拿着体型巨大的防水包裹的男士组成，然后是一个混合的小队，由一些司机和交通管控员组成。再后面是一组护士，现在手里都配了手枪，站在最后面的是一队拿着重武器的后备队，他们将处理任何突发事件。比如，金手指提到的"可能会有人醒过来"。

邦德和蒂莉·麦特生被编入由金手指、怪郎和五个黑社会头目组成的指挥部。他们将指挥部设在两个牵引机车的平顶上。机车头所在的这个位置显然是事前计划好的，这个位置高出周边所有的建筑物，在这里可以清楚地看到攻击的目标和线路。邦德和女孩被要求负责处理地图、时间表和秒表，邦德同时还要监控各种失误和延迟，并且要及时向金手指报告，以便他和几个头目通过无线电联系加以纠正。当那个炸弹要引爆时，他们将会躲到机车头的后面。

这时传来两声机车的长鸣，当邦德和女孩跑到第一节车头平顶上的位置时，突击队及跟在后面的其他队伍排成两行，穿过铁路与金库之间的二十码宽的开阔地带。邦德想尽可能地在侧面靠近金手指，此时金手指正举起双筒望远镜，他的嘴正对着用皮带固定在胸前的麦克风。可是，怪郎站在他们之间，坚固得如同一座小山。看起来他对眼前这个即将上演的大戏并不感兴趣，他的目光始终盯着邦德和麦特生。

邦德一边假装地检查他的塑料地图，并且用一只眼睛盯着秒表，测量着距离和方位，一边扫视着旁边的四个男人和一个女人，他们正一动不动地盯着前方。杰克·史太普兴奋地说："他们已经通过了第一道门。"邦德快速地扫了一眼战场的情况，一边处理着手头的工作，一边盘算着自己的计划。

这是奇特的景象。在场景中央趴窝着一座巨大的墓场，太阳照在其光滑的花岗石墙壁上。在迪克谢、葡萄树和金砖大道三条公路所围成的这块宽敞的开阔地内，正堆积着成排的卡车和运输工具。从车队的车首到车尾都飘扬着各个帮会的独特的旗帜。他们的司机们此时正聚集在金库警戒墙外围屏障的外侧，从火车上下来的那些队伍正整齐有序地涌进大门。而此时在这个行动的外部世界，则是完全沉寂的，沉寂得好像美国的其他地方都在屏住呼吸，惊恐地看着这个有史以来最大的犯罪行径。

在碉堡的外面，横七竖八地躺着几个士兵的尸体，手中还握着他们的自动手枪。在护墙内，两队穿着战斗服装的士兵凌乱地倒在一起，有些尸体相互交叉地躺着，有的压在其他人上面。在金砖大道与大门之间，两辆装甲车相撞，并连在一起，车上面的重机枪一架枪口瞄准地面，一架枪口对着天空。一个驾驶员的尸体正趴在一辆装甲车的炮塔上。

邦德绝望地搜索着生命的迹象、移动的迹象，他希望能够发现一丝线索证明这一切都是精心设计的埋伏。但是什么也没有！连一只走动的猫都没有，在构成整个画面背景的建筑物里没有一点声音传出来。只有几支行动分队在匆忙地行动着，或者站在那里，等待着他们计划中的任务。

金手指平静地对着麦克风说："把最后的担架抬出去。爆破组好了吗？准备隐蔽。"掩护的部队和担架队都匆忙地退到了出口，趴在地上，以护卫墙作为遮掩，在爆破组行动之前，还剩下五分钟清理现场，爆破组此时正在门口等着，准备冲进去。

邦德突然说："他们早了一分钟。"

金手指从怪郎的肩头望过去，眼中充满了怒火，他直盯着邦德的眼睛。金手指扭曲的嘴型好像要尖号一般，他透过牙齿说："邦德先生，你错了，我是正确的。十分钟后，我就是世界上最富的人，有史以来最富的人！你对此怎么看？"这句话儿乎是一个字一个字地崩出来。

邦德用同样的口吻回敬道："十分钟后，我会告诉你的。"

"你会吗？"金手指说，"也许吧。"紧接着他看了一下表，急忙地对着麦克风大声叫着。金手指的爆破组慢慢跑过大门，其中四个人肩膀抬的一个重重的东西好像一个摇篮。

金手指回头透过邦德，看了看第二节机车顶上的人。他得意扬扬地说："先生们，再过五分钟，我们必须隐蔽起来。"接着他又看了一下邦德，并轻声地说，"邦德先生，我们一会儿就要说再见了。我要谢谢你和这个女孩提供给我的帮助。"

邦德通过眼角看见有个东西在天空中移动，那是一个黑色的、旋转的斑点。它沿着轨迹上升到顶点便停住了，紧接着传来一个栗红色的信号弹震耳欲聋的爆炸声。

邦德的心提到了嗓子眼儿。他向四周扫视一下，看到那些死去的士兵一跃而起，那两辆相撞的装甲车上的重机枪，也掉转枪口对准了大门，不知从什么地方传来了扬声器的声音："不许动，放下武器。"但是，这时从后面掩护队伍中传来一声枪响，紧接着枪声乱作一团。

邦德把蒂莉·麦特生拦腰一抱，一起跳下火车。车顶离站台足有十英尺高。邦德用左手爬了起来，并通过拉女孩的臀部把她提了起来。他们选择跟前的火车作为掩护，准备逃跑。这时，他听到金手指在大喊："抓住他们，杀死他们。"金手指的自动手枪射出的一阵枪弹打在邦德左边的水泥地上。但是，金手指只能用左手射击，所以邦德不必担忧，他真正害怕的还是怪郎。当邦德拉着这个女孩的手一起沿着站台逃跑时，他听见身后紧追的脚步声。

女孩想尽力挣脱他，她生气地尖叫着："不，不，放开我！我要和普西在一起，和她在一起会比较安全。"

邦德也大声喊道："闭嘴，你这个小傻瓜！快点跑！"但此时她正在反向挣脱他，这减慢了他们的速度。突然，她挣开了他的手，向一个打开的卧铺车厢门跑去。邦德心想，上帝啊，这是怎么搞的！他停下来，从腰间抽出小刀，对着迎头赶来的怪郎比画着。

怪郎在十码之外突然停了下来，他用一只手取下了他那顶可笑但致命的帽子，对着目标瞄了一下，仍出了他那黑色的半圆形的飞镖，它的一端刚好击中蒂莉·麦特生的后颈部位。她还没有来得及喊一声，就倒在了怪郎前面的站台上。怪郎此时正要对着邦德的头部来一个高飞腿侧踢，但女孩倒下的位置刚好挡住了他要做的动作。于是他改踢腿为向上一跳，他的左手像一把利剑一般向邦德砍来。邦德急忙闪躲，同时用小刀向上横向一划。小刀好像刺中了怪郎肋骨附近的某个地方，但他飞起的巨大动能把刀子从邦德手中撞飞了。刀子"叮当"一声倒在站台上，怪郎转过身，冲着邦德。很明显他没有受伤，只见他双手伸开，双脚向后反撑，正准备再来一个飞身或者踢打。此时他已经血脉偾张，两眼通红，一张正在张开、大口喘气的大嘴正在向外喷出唾液。

车站外面，枪声乱作一团。突然从火车头传来三声急促的鸣响。怪郎愤怒地吼叫着，跳了起来。邦德奋力向旁边一闪，突然什么东西狠狠地击中了他肩膀，把他打倒在地。在他落地的一刹那，邦德心想：看来这回躲不过去了！他摇摇晃晃地爬起来，缩紧脖子等待致命一击。但是，没有受到另外的攻击。邦德的目光似乎隐约地看到怪郎的身影从他的身旁跳上了站台。前面的火车头已经开始移动了。怪郎赶了上去，向车厢的踏板一跃。他抓住了它，然后一点点向上爬去，不一会儿他爬进了车厢，火车飞一般开走了。

这时，邦德身后车站办公室的门突然被打开，一个人快步跑来，并大声喊道："圣迭戈！"——圣·詹姆斯，在科特斯的战斗口号，雷特曾经开玩笑这么称呼邦德。

　　邦德转过身，看见一个金色头发的得克萨斯人，穿着海军陆战队制服，正从站台跑过来，身后还跟了十几个穿着黄褐色军服的士兵。他手上拿着一个单兵火箭筒。邦德跑着迎上去："别射我的狐狸，你这个浑蛋，给我。"他从雷特手里一把抢来火箭炮，然后马上趴在站台上，双脚分开。这时，火车头已经跑到二百码以外，正要驶过迪克谢公路上的大桥。邦德大喊一声："散开！"（他怕火箭筒反冲的火焰烧到身后的人）。随后打开保险，仔细地对准目标。火箭筒轻微一震，一枚十磅重的穿甲火箭飞了出去，只见前方火光一闪，喷出一道蓝烟，那辆飞速行驶的机车尾部被炸开了花。不过，它仍往前行驶，穿过了大桥，转弯逃掉了。

　　"就一个新手而言已经不错了。"雷特评论着，"可能把后面的发动机打坏了，但是，这种机车有两个发动机，它可以用另一个继续行驶。"邦德站起来，对着那老鹰一般的蓝灰色眼睛和蔼地笑了笑，然后用讽刺的口气说，"你这个笨蛋，你为什么不封锁这条线路？"

　　"听着，你这家伙。如果你对整个的安排有什么不满的话，你可以直接向总统申诉。他亲自指挥了这次行动。现在头顶上还有一架侦察飞机，他们会找到那个火车头的，到了中午，我们就会把那个金发老家伙送到监狱去。还有，我们怎样知道他会一直待在火车上呢？"他停了一下，拍了一下邦德的肩膀，"嗨，很高兴看见你，我和这些人都是奉命来保护你的。我们到处找你，最后却弄得两面不讨好。"他转身对那些士兵说，"是吧，伙计们？"

　　他们大笑起来："没错，头儿。"

　　邦德深情地看着这个他们曾在一起同甘苦共患难的得克萨斯人，认真地说："菲力克斯，谢谢你，你总在关键时刻救我的命。不过这一次你来得有点晚了。恐怕蒂莉·麦特生已经死了。"

　　邦德边说边向那节车厢走去，菲力克斯跟在他后面。那个女孩仍然躺在刚才倒下的地方。邦德跪在她身旁，看起来她的颈部骨折很严重。他摸了一下她的脉搏，然后站起来轻声地说："可怜的女孩，她从来不好好考虑一下男人。"他看着雷特辩解道，"菲力克斯，如果她听我的话，我保证能让她逃出来。"

雷特没弄懂他的话，他把手放在邦德手臂上，说道："当然，老弟，别太难过了。"他转身对部下说："你们两个把这个女孩抬到车站办公室去，奥布雷恩，你去找辆救护车，顺便到指挥所，向他们报告一下这里的情况。就说我们已经找到了邦德，我会把他带回去。"

邦德站在那儿，看着地下那团肢体和衣服，此时他仿佛看到了愉快、高傲的女孩，头上围着带斑点的头巾，驾驶着那辆凯旋轿车。不过现在，她已经走了。

在他头顶很高的地方，一个盘旋的黑点升入空中，飞到最高点时，它停住了，随即传来一声尖锐的爆炸声。看来是停火信号。

第二十二章
最　后　一　招

两天以后，菲力克斯·雷特驾着一辆黑色的斯塔迪拉克牌轿车在特里保罗桥上快速地行驶着，他左躲右闪地超过前面开得很慢的车辆。邦德晚间要搭乘英国海外航空公司的"君主"号客机飞往伦敦。看起来要赶上邦德的飞机时间还很充足。但是，雷特似乎想要改变一下邦德鄙视美国车的看法。为了提高车速他换了挡位，车子向前一冲，正好驶到一个非常狭小的空间，被一辆大型冷藏卡车和一辆破旧的老式汽车夹在中间，从车上可以清楚地看见那辆破车的后视镜非常模糊。

由于车子突然提速，邦德的身体被猛地向后一甩，他紧紧地咬着牙齿，当整个超车动作完成时，他们之间的相互埋怨也就自然消失了。邦德温和地说："你看起来好像是刚从小孩驾驶班毕业，就知道开快车。你想让车子散架吗？看这块踏板也快到使用寿命了，估计没多久，这辆破车就开不动了，当你开不动时，你也就要玩完了。"

雷特大笑起来，说："看到前面的绿灯吗？我可以在它变成红灯前冲过去。突然汽车猛地向前飞跃出去，好像被谁踢了一脚。邦德瞬间感到了一丝脱离感，如同在开加力向前猛冲的战斗机，或者汽车的一块钢板被甩了下来。雷特按了三声喇叭，汽车以九十英里的时速冲过了信号灯，沿着公路中央平稳地向前驶去。

邦德冷静说："如果你遇到一个脾气不好的交通警，你那个平克顿的侦探证件恐怕会被没收。你开得不算太慢，刚好挡住了后面的汽车，也许你也需要一辆漂亮的老式劳斯莱斯银鬼轿车，那样的话你就可以一边开车，一边欣赏风景了——邦德随手指了一下他们右边的一堆破旧汽车，说道，"最高时速不超过50英里，它可以随时叫停或者倒退，球形喇叭正好符合你沉稳的风格。事实上金手指就有一辆这样的车。顺便问一下，金手指现在怎么样了？你们抓到他没有？"

雷特看了一下手表，将车子开到了公路的外侧车道。他将车速降到四十英里。然后严肃地说："坦白地说，我们现在都有些担忧。报纸们都在挖苦我们，或者讽刺埃德加·胡佛的愚蠢决定。他们首先指责我们过分地顾及你的安全，可是那不是我们的错，我们不能告诉他们真相——是伦敦的一个人不让我们这么做，一个叫 M 先生的英国人坚持要保护你的生命安全。另外他们对我们行动如此迟缓也感到不满，说我们妨碍了自己的手脚。"雷特的声音显得很郁闷，"坦白告诉你，詹姆斯，我们现在一点线索也没有，他们找到了那辆火车头，但是，金手指把火车时速控制在三十英里，并让它沿着线路自动向前行驶。

我估计金手指和那些韩国人早就跳下了火车，可能那个普希小姐和四个黑帮头目也跳下了火车。因为他们都消失了。我们也发现了他们卡车的行进路线，并且在伊丽莎白向东的路段等着他们，可是最后没有发现一个司机，也许他们四散逃跑了。不过我认为金手指和他的团伙此时正在某处躲藏着，他们并没有去诺福克搭乘俄国人的巡洋舰。我们在码头布置了很多便衣特工，他们报告说当军舰启航时，没有任何陌生人上船；在纽约东河的仓库附近，我们连一只猫也没有发现；同时也没有一个人在艾德维尔德或墨西哥和加拿大的边境现身。我估计杰德·米奈特正在想办法跑到古巴去。如果他们从车队中挑选两三辆车子和一些精干的司机，他们可能在第二天一早到达佛罗里达的代顿那海滩，米奈特的犯罪网络在那儿运营得很好。海岸警卫队和空军尝试了各种办法去搜索，但一无所获。也许他们在白天会躲起来，然后在夜间偷渡去古巴。这种情形使得每个人都非常焦虑，却没有办法，总统也急得暴跳如雷。"

在之前的一天，邦德在华盛顿受到了热情的接待。他走上了厚厚的红地毯，在造币总局发表了演讲，参加了五角大楼的盛大午餐，总统也在繁忙中抽出十五分钟接见了他。其余的时间则不得不与胡佛局长手下的速记员一起努力工作。在这些忙完后，他通过英国大使馆的专用线路与在伦敦的上司简要地谈了十五分钟。头儿向他介绍了这件案子在欧洲的进展情况。正如邦德所料，金手指发给通用出口公司的电报恰恰露出了马脚。他们搜查了金手指在英国雷库维尔和瑞士科佩的工厂，并且找到了他走私黄金的证据。印度政府已经得到通报，他们正密切地注视着麦加航空公司飞往孟买的飞机，并会在其降落后采取措施处理它。瑞士警方也快速地找到了邦德的汽车，并且得知邦德和那个女孩正在被一同押往美国的路上，可是，在纽约艾德威尔德机场，美国联邦调查局失去了线索。头儿对邦德处理这个"致命一击"行动的方式感到很满意，不过他说英格兰银行对金手指价值两千万的黄金感到很担忧。金手指曾经把这些黄金存放在纽约的帕拉根安全存储公司，可是在行动的前一天，他和他的人用卡车将黄金拉走了。英格兰银行已经准备向议会提交报告，要求在这批黄金出现时立即扣押，但是现在需要一个证据去证明这些黄金是由英国走私出去的，或者至少应证明，经过各种非法手段，这些走私出去的黄金的价值已大大增加了。

不过现在这事由美国财政部和联邦调查局处理，头儿在美国没有职权。邦德最好马上返回英国，以便帮助把整个事情弄清楚。谈话快结束时，头儿的声音突然变得有点严肃。原来美国方面向英国首相提出了一个友好的要求，就是希望英国方面允许邦德接受美国的勋章。当然，头儿已经向首相做出了解释，原因是无论对方多么热情，英国情报机构从来不接受这种荣誉，特别是外国政府给予的。头儿知道这对邦德有些不公，而且知道邦德其实很想要这个荣誉，不过既然是规定，就必须要遵守。邦德对此表示同意，并向头儿表示了感谢，然后说他会乘下一航班飞机回国。

现在，当他们在范维耶克高速公路上静静地行驶时，邦德感到了一丝暧昧的不安。他不喜欢办一件案子，最后却草草了事。这一大帮匪徒竟然没有一个落入法网。而他所负责的两个任务——抓住金手指和找回金手指的黄金也都没有完成。这可以说是一无所获，除了"致命一击"行动被粉碎了，可是这只能算是一个奇迹。他们坐过的那架飞机在两天后被再次使用。清洁工发现了那个纸包，并把它带到平克顿侦探社。然而只差半个小时，雷特就要动身去海岸边处理一件大的竞赛丑闻案件。但随后，雷特几乎被这件事忙疯了——马上联系主管，然后是联邦调查局和五角大楼。联邦调查局一边核实邦德的记录，一边通过中央情报局与邦德在英国的顶头上司取得联系，整个事情竟然在一小时之内就上报到了总统。随后他们动员诺克斯堡所有的居民制造了一个巨大的假象。那两个日本人很轻松地就被抓住。经过验证，这些藏在皮包中的三品脱 GB 化学武器，如果被投放到自来水中，足以杀死诺克斯堡所有的人。接着这两个人受到了严厉的审讯，他们招出了与金手指进行电报联络的方式。之后，电报被发了出去。军队进入了紧急状态。所有通往诺克斯堡的公路、铁路和空中的交通都被切断，只留下这伙匪徒不受阻挡。整个表演非常成功，那些粉红色唾液、婴儿的啼哭，增加了表演的逼真效果。

没错，从华盛顿的角度来看，这一切还算令人满意。可是从英国方面考虑呢？在美国，谁会关心英格兰银行的黄金呢？谁会关心在这个案子当中有两个英国女孩被杀害了呢？现在美国的金库又安全了，谁还会介意金手指逍遥法外呢？

他们驾车慢慢开过艾德威尔德机场土黄色的停机坪，途经一个价值一千万美元的钢筋混凝土框架，那是未来的完善机场，估计要取代目前临时的旧机场。

这时，他们听到了机场十分礼貌的广播声："泛美航空公司宣布：总统号航班 PA100 马上就要起飞了，环球航空公司寻找墨菲机长，墨菲机长，有请。"

紧接着，机场显示屏出现了一连串的字母"BOAC"，广播开始播音："英国海外航空公司百慕大号航班 BA491 已经到达，旅客们将从九号门登陆。"

邦德拿起了他的包，向雷特告别。他说："非常感谢，菲力克斯，时常写信联系。"

雷特紧紧地握住了他的手说："一定会的，老弟。轻松一点，告诉你那个老板，让他尽快派你回来。下次你来的时候，我们得找点开心的事做，到我家乡，我让你看看我的油井。再见。"

雷特回到了他的汽车里，加速离开了停机坪。邦德抬手告别，雷特驾驶着他那辆斯塔迪拉克走远了。

邦德叹了一口气，拿起他的包，走进了候机大厅，来到了英国海外航空公司的检票口。

邦德独自一人乘飞机时，他从不介意机场的好坏。他还需要等待半个小时，所以索性就在杂乱的机场人群中四处瞎逛。然后，他来到一家餐厅要了点酒和苏打水，并花了点时间在一家书店选了一些喜欢读的东西。他买了一本由本·豪根写的《现代高尔夫球运动基本技能》和一本雷蒙德·钱德勒最新的侦探小说。接着他又来到一家纪念品商店，想看看能否发现一些有趣的小玩意儿带回去送给他的秘书。

这时，英国海外航空公司的广播系统突然传来一个男子的声音，他正在读一长串"帝王"号客机的旅客姓名，请他们马上到检票口检票。十分钟后，当邦德正付款购买一支最新、最贵的圆珠笔时，他听到广播在叫自己的名字："詹姆斯·邦德先生，乘坐英国海外航空公司'帝王'号510次航班赴干达和伦敦的詹姆斯·邦德先生，请马上到检票口检票。"

很显然，他要去填那个可恶的税收表格，用来证明他在逗留美国期间一共赚了多少钱。原则上讲，邦德完全可以不去纽约的税务办公室办理税务手续，但看来这次他在艾德维尔德机场不得不为此理论一番了。他走出商店，直接奔向英国海外航空公司的检票口。一个工作人员有礼貌地说："我可以看一下你的健康证明吗，邦德先生？"

邦德从他的护照中拿出表格，递给了他。

那个工作人员看得很仔细。他说："先生，对不起，干达地区出现了一种伤寒病。他们要求，所有过境旅客凡是在半年之内没有打过预防针的都要补打。这的确很烦人，先生。不过，干达方面对此要求非常严格。更糟糕的是，由于强烈的逆向气流，我们不能直飞伦敦。"邦德讨厌注射。他愤怒地说："看看这儿，我被扎了一针又一针。二十年来不是打这个该死的东西就是注射那个！"他向四周看了一下，很惊奇地发现英国海外航空公司的登机口附近竟然没有人，他问："其他旅客呢？他们在哪儿？怎么没有看见人影？

"先生，他们都同意，并且正在接受注射。先生，这不需要多少时间，如果你同意，请这边走。"

"好吧。"邦德不耐烦地耸了一下肩膀。他跟着这个工作人员走到检票口后面，穿过一道门进入英国海外航空公司的机场经理办公室。这儿有一个穿着白衣服的医生，脸上戴着口罩，针头已经准备好了。

"最后一个吗？"他问那个工作人员。

"是的，医生。"

"好的，请脱掉上衣，卷起左手袖子。没办法，干达方面对此非常敏感。"

"真是见鬼了，"邦德说，"他们怕什么？怕黑死病传播吗？"

这时邦德突然闻到一股刺激的酒精味，同时感到针头已经扎进去了。

"谢谢。"邦德生气地说道。他把左臂的袖子拽了回去，同时想从椅子后面拿起衣服，他把手向下伸了过去，可是没有拿到，却对着地板伸了下去。这时他的身体随着手一点一点地倒了下去……

飞机里所有的灯都亮着，似乎很多座位都是空的。可为什么一个乘客还要挤他？这个乘客的手臂正弯曲地放在中央的扶手上。

邦德试图要起来，换一个位子。可是浑身上下感到十分不舒服。他闭上眼睛，等待着。怎么这么奇怪！他从来不晕机的，可怎么这次会这样？他感到脸上直冒冷汗，想用手帕将汗擦掉，可手怎么也动不了。他再次睁开眼睛，向下看了一下手臂，他发现他的手腕是被缚在座椅的扶手上。发生了什么事？他接受了注射，然后晕倒了还是其他什么的。难道他受到了袭击？到底发生了什么事？他向右边看了一眼，突然吓得目瞪口呆。怪郎竟然坐在那儿。怎么会是怪郎，他竟然穿着英国海外航空公司的制服！

　　怪郎冷淡地看他一眼，伸手按了一下呼叫电铃。邦德听见飞机后面的餐具室里传来了叮咚的声音，随后他身边又传来裙子沙沙作响的声音。他抬头一看，竟然是普西·贾洛依！她穿着一件整洁的、蓝色的空中小姐制服。她说："嗨，帅小伙。"她用认真深切的目光看着邦德，这种表情他好像曾经在什么时候见到过？几百年以前。

　　邦德绝望地说："看在上帝面上，这到底发生了什么？你从哪儿蹦出来的？"

　　女孩开心地微笑着："当你起来时，发现自己竟然在两万英尺的高空吃着鱼子酱、喝着香槟酒，你们英国人肯定喜欢这种生活方式。不过没有芽甘蓝，茶叶倒有，但是我没有冲泡。好吧，现在轻松一点，一位大叔想要和你谈谈。"随后，她扭着屁股，慢慢悠悠地穿过过道，消失在驾驶舱门后。

　　现在，没有什么比这更令邦德惊讶的事了。金手指从驾驶舱走了出来，他随手关上舱门，沿着过道走过来。他竟然穿着英国海外航空公司机长的制服，虽然这套服装对他来说有点小，帽子也不太合适。

　　他站在过道上，低下头冷冰冰地看着邦德说："嗯，邦德先生。看起来命运希望我们再赌一把。不过这一次，邦德先生，你的袖子里不可能拿出牌了吧，哈！这是一种掺杂着愤怒、得意和敬畏的号叫。你果然变成了我牧场中的一条蛇。"金手指肥大的脑袋慢慢地晃动着，"我为什么要留你一条性命？我为什么不把你像甲壳虫一样压扁？我当时只是觉得你和那个女孩对我有用。没错，这一点是没错的，但是我太草率地去冒这个险了，是的，太草率了。"随后他将语气变轻问道，"现在你告诉我，邦德先生。你是怎么做的？你是怎么和外界联系的？"

　　邦德也平静地说道："金手指先生，我们可以谈谈，我会告诉你一些事情。但是，你必须要给我解开这些带子，再给我拿一杯酒、冰块、苏打水和一包香烟。然后，当你问我你想要知道的事情时，我才会决定告诉你什么。正如你所说，我现在的处境不太好，不过我没什么可损失的，如果你想要从我这儿得到什么东西的话，就按照我说的办。"

金手指低头严肃地看着邦德说道："我不反对你提出的条件，出于对你作为对手能力的尊敬，我会让你舒适地度过你最后这段旅程。怪郎，"金手指突然厉声说道，"按铃找贾洛依小姐，把这些带子解开。你坐到前面的位子上去。他在飞机后面不会有什么危害，但是不要让他靠近驾驶舱门。如有必要，立即杀死他。不过，我宁愿他在我们到达目的地的时候还活着，明白吗？"

"明白。"

五分钟后，邦德得到了他想要的东西。一个大盘子放在他面前，里面放着威士忌和香烟。他为自己倒了一杯烈性的威士忌。金手指此时就坐在过道对面的椅子上，等待着。邦德端起酒杯尝了一下，正当他要大口喝酒时，突然看见杯底上有什么东西。于是他小心地把酒杯放下来，避免碰到那个小圆形纸片。这个小纸片此时正粘在他杯子的底部。邦德点了一支香烟，又把杯子拿起来，用手取出浮在上面的冰块，并把它们放回冰桶里，随后他几乎一口喝完了这杯威士忌。透过杯底的玻璃，他能够认清上面的字了。他又小心地把酒杯放下去。纸片上的信息是：我站在你这边，XXX.P。

邦德转过头，装出一副看上去很舒适的样子。他说："好吧，金手指，你先告诉我这到底是怎么回事？你是怎么得到这架飞机的，我们要去哪里？"

金手指把一条腿跷了起来，他的目光扫过邦德，看着远处的过道，用轻松谈话的口吻说道："我弄了三辆卡车，驾车穿过村庄，来到了哈特拉斯海角附近。三辆车中的一辆装的是我个人的金条，另外两辆装的是我的司机、其他人员和这些强盗。不过，除了贾洛依小姐外，这些人我都不需要。我只能保持我所需要的核心成员。我把大量的钱分给了其他人，并在沿途把他们逐一打发了。然后，我和四个黑帮头目在海边一个偏僻的地方开了一次会，并用借口把贾洛依小姐留在卡车里。随后我用我惯用的方式开枪打死了他们四个—— 一枪一个。然后我回到卡车处，说这四个人选择要钱，并单独行动了。此时，留在我身边的只有六个男的、一个女孩和金条。我租了一架飞机，飞到了新泽西的纽瓦克机场，然后将一箱箱黄金谎报为 X 射线骗过了安检。然后，我从纽瓦克机场独自来到纽约的某地，在那用无线电和莫斯科取得了联系，并向他们解释了'致命一击'行动失败的原因。在我们谈话中，我向他们提到了你的名字，我的朋友，我相信你也认识他们。"金手指紧紧地看着邦德，"斯莫希组织搜索了一下名单，他们发现了邦德的名字，并且告诉了我你是谁。我立刻明白了你先前对我隐瞒的事情。斯莫希说他们很想与你见一面。我考虑了一下，最后想出了现在这个正在运行的计划。我假装为你的一个朋友，竟然很轻松地知道了你预定的航班。我手下的三个人曾经是德国空军飞行员，他们向我保证驾驶这种飞机没有问题，至于其他事就仅仅是细节问题了。通过冷静大胆的伪装和欺骗，以及使用了一点点暴力，在艾德威尔德机场的所有英国海外航空公司人员、这架飞机上的乘务人员和旅客都被注射了药品，估计他们现在可能清醒过来了。我们换上了那些失去意识的乘务人员的制服，将黄金装上了飞机，随后又解决了你，并用担架把你抬上了飞机。在规定的时间内，一批英国海外航空公司的新职员和他们的空中小姐一起登上了这架飞机，飞走了。"

金手指停顿了一下，把一只手向上一抬说道："当然，这中间也有些小麻烦，我们曾被要求沿着阿尔法滑行道驶向四号跑道。可我们并不知道它在哪儿，于是只好跟在一架荷兰航空公司的飞机后面，幸运的是我们成功了。艾德威尔德机场的规则是不太容易掌握，我们也显得有点笨拙和不熟练。不过，邦德先生，只要有自信心、有胆量、一点粗暴和一些恐吓手段，要制服那些民航服务人员并不困难。毕竟他们只是一些小职员。我从无线电操作员那儿了解到，他们正在搜寻这架飞机。在楠塔基特岛他们用甚高频盘问过我们，接着又通过高频用远程预警系统查询我们，不过这些并没有扰乱我们。我们有足够的燃料。现在，我们可以一路畅通无阻从莫斯科飞往东柏林、基辅或摩尔曼斯克。当然，根据天气状况，我们也会调整飞行路线。不过，这不会有麻烦。如果有麻烦的话，我将通过无线电说服他们。没有什么人会击落一架英国海外航空公司的班机。神秘和困惑将保护我们，直到我们完好无损地飞进苏联领空。然后我们将会消失，不会留下任何踪迹。"

对邦德来说，自从他从金手指口中听到"致命一击"的详细规划起，他就认为对于金手指说的事情没有什么是异想天开的，没有什么是不可能的。盗窃一架同温层飞机听起来很荒谬（正如金手指刚才自我介绍的），但这与他走私黄金和购买原子弹的手法相比简直是小巫见大巫了。当一个人拥有了神奇，甚至天赋，再加上严谨周密的思考，所有这些都被他有效地支配和驾驭。它们的不寻常之处仅仅在于其规模大小，甚至连欺骗杜邦先生那种小小的行动也计划得非常周到。毫无疑问，金手指在犯罪方面是一个艺术家、科学家，就如同切利尼和爱因斯坦在他们各自的领域同样出色一样。

"现在，英国情报局的邦德先生，我们做个交易吧。你要告诉我什么呢？谁派你跟踪我？他们怀疑我什么？你是怎样设法干扰我的计划的？"金手指向后一靠，两手交叉着放在胃部上面，看着天花板。

邦德把一个事实的缩略版本说给了金手指。关于斯莫希、信箱的位置他都只字未提，对于追踪器的秘密，他也没有说，也许这种设备对俄国人来说还是新玩意儿。最后，他说道："你已经看到了，金手指，你只是侥幸逃掉了。如果不是蒂莉·麦特生在日内瓦干扰了我，你早就被装进口袋了，也许此刻你正在瑞士的监狱里剔你的牙齿，等待着被送往英国。你低估了英国，他们也许行动缓慢，但他们到那儿了。你以为你在俄国会很安全吗？我可不能保证。我们过去往那儿派了很多特工人员。金手指，我要给你的书送上最后一句格言'永远不要惹英格兰'。"

第二十三章
战 火 玫 瑰

飞机在高空飞行时有些抖动，它的下面是一片月光照耀下的美丽景象。机舱中的灯被关闭了，邦德在黑暗中静静地坐着，想到即将到来的恐怖，他不免一身冷汗。

一个小时前，女孩给他送来了晚餐，餐巾纸里面藏了一支铅笔。由于看到怪郎正在他身边，所以就尖酸刻薄地说了几句，然后便离开了。邦德吃了一些食物，喝了很多威士忌，这时他丰富的想象力又被调动起来，他琢磨着怎么能让这架飞机在干达或在新苏格兰（加拿大地名）进行紧急迫降。在这一紧急关头，他是否可以放火烧了这架飞机？他绞尽脑汁，试想着强行打开舱门的可能性。这些想法看起来都不切实际，而且等同于自杀。正当他为了自救而苦苦思索时，一个德国人走了过来，邦德在去英国海外航空公司检票口之前好像在哪里见过他。他走到邦德身边，停了下来。

他低下头笑着对邦德说："英国海外航空公司把你照顾得很周到，是不是？金手指先生认为你可能会有一些愚蠢的想法，所以派我留意一下飞机后部。我看你还是好好坐在这里，享受一下旅行，好吧？"

这个人见邦德没有回复，便直接朝飞机的尾部走去。邦德的大脑此时还在不停地飞转，他好像正试图把某些事情与以前的想法联系起来。强行打开舱门，会发生什么情况呢？一九五七年一架飞跃波斯上空的飞机曾遇到过这种事。邦德坐在那里，瞪大着眼睛，但并没有看前排座位的背面。应该可以的！很有可能办到的！

邦德在餐巾纸的内侧写道："我尽力而为，系好你的安全带。XXX.J."当女孩过来拿盘子时，邦德故意将纸巾弄掉，然后又将它捡起，递给了她。他握了一下她的手，并用搜索的眼光看着她。普希·贾洛依低下头收起盘子，乘机在他的脸颊快速地亲了一口。随后直起身，严厉地说："我会在梦里盯着你，帅小伙。"然后向餐具室走去。

现在，邦德已经下定了决心，他已为即将要采取的行动制订了精确的计划。距离已经估测过，另一个鞋跟的小刀此时正藏在外衣里面，他用安全带长的一端缠住了左腕。现在需要的只是怪郎把身体转到窗户那侧。他并不奢望怪郎会睡着，但至少他能把他自己的位置调的舒服些。邦德的目光从来没有离开过椭圆形的机舱玻璃，从这里他可以看到前面座位上怪郎模糊的侧影。可是，这家伙一直在灯下麻木地坐着，眼睛凝视着天花板，嘴巴略微地张开着，双手紧握，并放在座椅的扶手上。

一个小时，两个小时……邦德开始有节奏地、昏昏欲睡地打着鼾声，他希望鼾声能够使怪郎催眠。现在，怪郎的双手已经放到腿上了，头不自觉地低了下来，又提起来。他变换了姿势使自己更舒服些，凶狠的目光也移向了墙壁一侧，并把他的右脸贴在机舱的窗户上。

邦德像刚才一样有节奏地打鼾，躲过这个韩国人的监视如同躲过一条饥饿的猎狗一样困难。他踮起脚尖，蹲伏着，一点一点地向前移动，他拿着刀来到了墙壁和怪郎之间，此时匕首的刀尖正对着他选的那块机舱玻璃中央，邦德用手紧紧地抓住了他安全带的末端。然后把刀向后移了两英寸，猛地刺过去。

邦德并不清楚打破窗户时会发生什么事，他所知道的都是从新闻报道上看到的，在一九五七年的波斯事件中，加压机舱所产生的吸力把靠近窗口的旅客旋出窗外，抛到空中。

当他猛地把匕首拔回时，机舱内发出了一种奇怪的呼啸声，那是一股强烈气流的声音。邦德被吸得紧紧地靠在怪郎座位的后面，他感觉此时有一种力量正在拽他手中安全带的一端。在座位的另一面，他看到了一个奇特景象：怪郎的身体看上去好像被拉长了，直接朝那个号叫的黑洞钻了进去。随着一声碰撞，他的头部也被吸了进去，然后两肩撞在窗框上，接着韩国人的身体好像牙膏一样，慢慢地，一点一点地被这个可怕的、号叫的黑洞吸进去了。现在，他的腰部也被吸了出去，但巨大的臀部卡在窗口上，整个一团肉逐渐地向外移动。紧接着砰的一声，那个巨大的臀部穿过黑洞，带着他的腿一起消失了，如同枪里射出的子弹一般飞了出去。

接下来发生的事情如同世界末日一般——伴随着餐具室里令人恐怖的瓷器碎裂声。这架巨大的飞机倒立起来，并向下俯冲。在他失去知觉之前，邦德最后意识到的是他还能够听到由破碎窗口传来的飞机引擎的轰鸣声，以及还能看到舱内的枕头、毯子从眼前飞过，旋转地飞向天空的景象。接着，邦德的身体令人绝望地撞向前排座位。由于严重缺氧，在一阵剧烈的肺部疼痛中，他倒了下去。

邦德在昏迷中感觉自己的肋骨被狠狠地踢了一脚，他的嘴里有一股血液的味道，他呻吟着，接着他的身体又被踢了一脚。他在两个座位之间痛苦地爬了起来，透过血肉模糊的双眼向上看着。所有的灯还在亮着，机舱里有一层薄雾，刚才剧烈地减压使得机舱中的空气降到最低点。从破损的窗户口传来的引擎声依然很大，一阵冷风向他袭来。金手指站在他的身边，他的表情在黄色的灯光下如同恶魔一般。他的手中拿着一把小巧的自动手枪，他把脚向后一拉，又踢了邦德一脚。邦德异常愤怒，抓住了这只脚，猛烈地扭动，几乎要把脚踝折断。金手指大叫一声，"砰"的一声摔倒在飞机上。邦德向过道一跃，侧着身体压在了金手指的身上，突然他的脸旁响了一声枪响。邦德随即用膝盖击打金手指的腹股沟，同时用左手按住了手枪。

这是邦德有生以来第一次这么狂暴，他一边用他的拳头和膝盖狠狠地打着这个困兽般的身体，一边用他的前额一遍遍地撞击金手指的面门。那把手枪又颤抖地对准了他，邦德毫无畏惧地用手向一边抽过去，只听见座位间响起了金属的撞击声。现在金手指和邦德两个人互相掐着对方的脖子，他的大拇指一点点向下按去，按住了金手指的颈动脉，随后他把全身的力气都集中在手指上，大口大口地喘着气。他会在金手指死前先完蛋吗？他能禁受住金手指粗壮双手的压力吗？这个发光的圆脸正发生着变化，由褐色逐渐变成了深紫色。他眼睛开始向上翻，卡在邦德脖子上面双手的力量逐渐变弱。随后，两只手掉了下去，舌头也从张开的大嘴吐了出来，接着从肺部深处传来一阵可怕的咕噜声。邦德横跨地坐在他平静的胸前，慢慢地，一个接一个地松开他僵硬的手指。

邦德深深地喘了口气，跪在那里，然后又慢慢地站起来。他头晕目眩地上下打量了一下光亮的飞机，在餐具室旁边，普西·贾洛依正被安全带绑在座位上，如同一堆要洗的衣服。再远处的过道中间，那个德国人四肢散开趴在那里，手臂和头部堆放的角度很滑稽。当飞机向下俯冲时，由于没系安全带，他一定像一个破布娃娃一样被抛到顶端。

邦德用手在脸上抹了两下，现在他才感到手掌和脸上如火烧一般灼痛。他疲乏地再次跪下身去，寻找那支小手枪，那是一支科尔特0.25口径自动手枪。他打开弹匣，发现里面只剩下三发子弹，另一发已推上枪膛。随后，邦德沿着过道一跌一撞地走到那个女孩躺的地方。他把她的上衣解开，把手放到了她温暖的胸口上，他感觉她的心脏好像一只在他手里的鸽子一样不停地跳动着。他帮她解开安全带，让她平躺在地板上，自己则跪在一旁，有节奏地向她口部吹气。五分钟后，当她开始呻吟时，邦德起身，把她留在那里，继续沿着过道往前走。随后，他从那个已死的卫士的枪套里拿出一支装满子弹的鲁格尔手枪。在经过一片混乱的餐具室时，他看见一瓶没有打破的威士忌在地上慢慢地滚来滚去。他把它拿起来，拔出软木塞，倾斜地倒入已经张开的口中。这酒如同消毒剂一般烤热了他的心肺。他把木塞插回原处，继续向前走。在驾驶室的门外，他停了一会儿，思考了一番。然后，双手各拿着一把枪，打开舱门，冲了进去。

在仪器灯光地照射下，五张蓝色的面孔一齐转向邦德。由于惊吓，他们张着大嘴，眼睛泛着白光。在这里，引擎的声音已经很小了，但是布满了汗臭和香烟的味道。邦德两腿叉着站在那里，紧紧地握住了手中的枪。他说："金手指已经死了，如果任何人动一下或者不听我的话，我就杀了他。飞行员，我们现在的位置在哪里？高度和速度？"

"在这个高度，你还能飞多久？你目前燃料消耗得很快。"

"是的，先生。我估计以这个高度和速度，我们大概还能飞两个小时。"

"告诉我现在的时间。"

领航员马上回答："先生，刚刚和华盛顿校对过时间，还差五分钟到早上五点，在这个高度，一个小时后会天亮。"

"查理号气象观测船在什么位置？"

"大约在东北三百英里处，先生。"

"飞行员，你认为你能飞到鹅湾吗？"

"不能，先生，估计要差一百英里，我们只能飞到它北面的海岸线。"

"好吧，掉转航线，向查理号气象观测船飞。报话员，马上联系他们，给我一个麦克。"

"是，先生。"

当飞机绕了一个大弯时，邦德静静地听着，随即头顶上的报话机里传出呼叫声。

报话员的声音很柔和："查理海洋观测站，这里是雷鸟五一〇次客机。雷鸟号呼唤查理，雷鸟号呼唤查理……"

突然一个尖锐的声音蹦出来："雷鸟号，报告你的位置，雷鸟号报告你的位置。这里是干达空中管制中心，紧急呼叫，雷鸟……"

从伦敦传来了很微弱的声音，声音听起来很兴奋，接着是欢呼声，然后，从四面八方传来很多声音。邦德能够想象得出所有的飞行管控中心相互间快速配合的情景：忙碌的人员集中在弧光灯下，对着大地图忙碌地工作着。他们都在接听电话，紧张地互相传递着信息。这时干达控制中心的强烈信号盖住了其他无线电信号："我们已经发现了雷鸟，它目前的位置大概在北纬五十度，东经七十度。所有的控制站停止发送信号，我重述一遍，我们已经找到雷鸟的位置……"

突然，从查理观测船传来了平静的声音："这里是查理海洋观测站，呼叫雷鸟 510 号客机，查理呼叫雷鸟，你能听到我的声音吗？请回答，雷鸟 510 号。"

邦德把小手枪放到口袋里，拿起指令麦克风，打开开关，一边对着麦克风平静地讲话，一边盯着驾驶舱内的工作人员。

"查理，这是昨晚在艾德维尔德机场被劫持的雷鸟五一〇号客机，我已经杀死了他们的负责人，但是由于机舱压力降低，这架飞机受到了部分损坏。我正用枪指着驾驶员，飞机没有足够的燃料飞到鹅湾，所以我们想尽可能地靠近你，请打开成排的闪光灯。"

这时一个新的声音传来，这个声音听起来很权威，也许是站长的声音："雷鸟，这里是查理，你的信息已经听到，而且明白。请说明你的身份，我重复一遍，请说明你的身份，完毕。"

邦德知道他要说的话可能会有点麻烦，他对自己笑了笑，然后说："雷鸟回答查理，我是英国情报局007号特工。我重复一遍，我是007号特工，怀特霍尔通信站可以证明。我重复一遍，怀特霍尔通信站可以确认我。"

突然，无线电如同死了一般沉寂了一会儿，接着又好像从各地传来了混杂的声音。这时，可能又是干达管控中心控制了局势，清除了其他无线电波。查理站又恢复了通话："雷鸟，这是查理，现化名为加布里埃尔天使，好的，我会和怀特霍尔通信站核对，并且会遵照你的要求，打亮闪光灯。不过，伦敦和干达需要更多的详细情况……"

邦德插嘴道："很抱歉，查理，我不能一边盯着五个男子，一边又同时和警察对话。你只需要告诉我海上的情况，然后我将中断通话，直到我完成海上迫降。"

"好的，雷鸟，我明白。现在这里风力二级，海面有些平缓的风浪，不过没有破坏性的巨浪，你应该可以应付，我们的雷达马上就会发现你，同时还会持续监听你的波长。我们还会为你准备一份威士忌，以及为那五个人准备五副手铐。期待好运，完毕。"

邦德说："谢谢，查理，请在那份订单中再加一杯茶水，飞机上还有一位漂亮的女孩。好了，这是雷鸟在告别，完毕。"

邦德放松开关，把麦克风递给报话员。他说："驾驶员，他们将点亮闪光灯，持续留意你的波长。风力二级，海面上有些平缓的风浪，没有破坏性的巨浪。现在，放松一下，尽力而为，但愿我们能活着走出这架飞机。只要我们接触水面，我就把机舱门打开。但是，如果有任何人提前走出驾驶舱门，他会挨枪子儿，明白吗？"

这时，女孩的声音从邦德背后的门口传来："我本打算参加这次聚会的，但是，我现在不想参加了，我可不喜欢挨枪子儿。你可能得告诉那个人，叫他准备两份威士忌，喝茶会使我打嗝儿的。"

邦德说："普西，回到你的座位上去。"他又扫视了一遍驾驶舱，然后退了出来。

两小时后——对邦德来说就好像是两年之后了——他躺在查理气象站一间温暖的小屋里，朦朦胧胧地听着一个加拿大的早间广播节目。他全身都酸痛不已，离开驾驶室后，邦德走到了飞机的尾部，他叫普西跪下，用双手把头紧紧抱住，放在座椅上面，然后，他挤到她身后，伸出双手将她那穿了救生衣的身体紧紧地抱住，他的背部则紧凑地贴在她后面的椅子背面。

当这架同温层飞机的腹部以每小时一百英里的时速撞上第一个涌起的海浪时，普西正对这种粗俗的姿势神经过敏地发表着滑稽的评论。接着这架飞机急速地跳跃了一下，然后，飞机的机首一头撞进了一道水墙之中。巨大的冲击力弄断了飞机的尾部，同时行李舱中沉重的金条又将飞机撕裂成两半。邦德和贾洛依二人被甩进了冰冷的海水，此时海水在成排红色闪光灯的照耀下也变成了红色。他们穿着黄颜色的救生衣，在冻得他们浑身僵硬的海水里随波漂流，直到一艘救生艇把他们救起来。

这时候，海面上只剩下一些漂浮的大块飞机碎片，而驾驶室的那几个家伙，则只能脖子上挂着三吨黄金沉到大西洋的海底。救生艇搜索了十分钟，没有发现其他尸体漂到海面上，于是放弃了搜索工作，同时掉转探照灯，指向了一艘老式巡洋舰神圣的外围甲板。

气象站的人对待他们既像对待王室一样尊重，又像对待火星人一样充满了好奇。邦德首先回答了一些最紧迫的问题，可是随后他那已经过于疲惫的大脑再也应付不了其他问题了。此刻，他正躺在一个对他来说已经很奢侈的安静环境里，一边体会着威士忌的温暖，一边思索着普西·贾洛依，为什么她会选择我作为她的庇护所，而不是金手指呢？

这时与下一个舱室相连的门被打开了，普西·贾洛依走了进来。她身上只穿了一件"渔夫"牌运动衫，衣服看上去很得体，但长了半英寸，袖子被她卷了起来。她如此美丽，简直像是一幅韦尔特斯所做的油画作品。她说："他们老是问我是否喜欢用酒精把身体擦一遍，我则一直回答如果有人要来摩擦我的话，那这个人就是你。同时，如果我将被任何东西摩擦的话，那我只喜欢被你的摩擦。"

邦德坚定地说："普西，把门锁上，把那件衣服脱掉，到床上来，要不会感冒的。"

她按照他说的去做了，如同一个听话的孩子。

然后，她靠在邦德的臂弯里，抬头看着他。用一种女孩的口吻，而不是强盗或女同性恋的口吻说："我到了纽约的新新监狱，你会给我写信吗？"

邦德向下看着她那双深紫罗兰色的眼睛，此时这双眼睛已没有了一丝凶狠和专横。他低下头，轻轻地吻了一下这双美丽的眼睛，说道："他们告诉我，你只喜欢女人。"

她说："因为以前我没有遇到一位真正的男子汉。"她的声音又变得坚韧起来，"我来自南方，你知道那个地方对处女的定义吗？好吧，那就是一个女孩子应该比她弟弟跑得更快。可是对我来说，我没有我的叔叔跑得快。那年我才十二岁，实在太不幸了。詹姆斯，你应该想象得到那种痛苦。"

邦德微笑地看着她那白皙、美丽的脸庞，说："你所需要的，是一个 TLC 课程。"

"什么是 TLC？"

"这是一种温柔、爱抚加关心的治疗方法的缩写，每当一个流浪儿童被送到儿童医院时，医院就会开出这样的药方。"

"我很喜欢这种疗法。"她看着上方那张正在等待她的热情似火的嘴唇说道。随后，她凑上前去，伸手拨开他那已经盖住他右边眉毛的一溜黑发，充满深情地盯着他那双灰色的眼睛，"什么时候开始啊？"

邦德的右手慢慢地挪向了她那坚挺、丰满的臀部，然后越过她那平坦而柔软的腹部，最后放在她右侧乳房上。此时，两个人已经到了欲火的顶点，邦德温柔地说："现在。"随后，两个人的嘴唇缠绵到了一起。